SUSANNE ZIEGERT

Störtebekers Erben

INSELMÖRDER Auf dem Friedhof der Insel Neuwerk liegt der beliebte Kaufmann Peter Hein in seinem Blut – sein abgetrennter Schädel wurde auf einen Zaun gespießt. Die Hamburger Kommissarin Friederike von Menkendorf übernimmt den Fall. Ein Schatzgräber ist verdächtig, denn er hat mittelalterliche Dokumente über Störtebeker vom Opfer in seinem Besitz und wurde am Tatort gesehen. Doch dann schlägt der Mörder ein zweites Mal zu. Das Opfer ist Hamburgs Umweltsenator, der die Gegend mit einem gigantischen Hafenausbau zubetonieren wollte. Die Polizei sucht fieberhaft nach Verbindungen zwischen den beiden Männern, um weitere Taten zu verhindern, während die Insulaner schweigen. Die Malerin und Leuchtturmhüterin Margo Valeska stellt eigene Recherchen an. Dabei stößt sie auf Jugendliche, die vor Jahren Piraten spielten und gestrandete Schiffe ausraubten. Zudem entdeckt sie ein schreckliches Geheimnis und vermutet eine Verbindung zu den Morden, doch die Polizistin glaubt ihr nicht. Wird der Mörder erneut töten?

© Heike Leuschner

Susanne Ziegert wurde im Erzgebirge geboren. Zwei Tage vor dem Mauerfall floh sie in den Westen, um endlich Paris zu sehen. Sie studierte in Aix-en-Provence, arbeitete mehrere Jahre in Brüssel. Nach dem Volontariat in Berlin arbeitete sie für überregionale Zeitungen wie Die Welt und die Neue Zürcher Zeitung am Sonntag. Seit 2019 lebt die Autorin mit ihrem Ehemann sowie Pferden und Eseln in einem 230 Jahre alten Bauernhof im Landkreis Cuxhaven. Neben ihrer schriftstellerischen Arbeit ist sie als Journalistin und Dolmetscherin für Französisch tätig. Land und Menschen im Norden inspirieren sie zu ihren Büchern.

SUSANNE ZIEGERT

Störtebekers Erben

KRIMINALROMAN

GMEINER

Dieses Werk wurde vermittelt von der Agentur
EDITIO DIALOG, Dr. Michael Wenzel

Bei Fragen zur Produktsicherheit gemäß der Verordnung über die allgemeine Produktsicherheit (GPSR) wenden Sie sich bitte an den Verlag.

Immer informiert

Spannung pur – mit unserem Newsletter informieren wir Sie
regelmäßig über Wissenswertes aus unserer Bücherwelt.

Gefällt mir!

Facebook: @Gmeiner.Verlag
Instagram: @gmeinerverlag

Besuchen Sie uns im Internet:
www.gmeiner-verlag.de

© 2018 – Gmeiner-Verlag GmbH
Im Ehnried 5, 88605 Meßkirch
Telefon 0 75 75 / 20 95 - 0
info@gmeiner-verlag.de
Alle Rechte vorbehalten
7. Auflage 2025

Lektorat: Claudia Senghaas, Kirchardt
Satz: Mirjam Hecht
Umschlaggestaltung: U.O.R.G. Lutz Eberle, Stuttgart
unter Verwendung eines Fotos von: © Dirk70/photocase.de
Druck: Custom Printing Warschau
Printed in Poland
ISBN 978-3-8392-2266-9

Heimatlos! Wie weh' das klingt.

Namenlos ins Grab gesenkt.
Das kein Mutterarm umschlingt,
Dem kein Bruder Blumen schenkt.
Ach, im Wind der diesen Stein,
Diesen Hügelsand umweht,
Wird manch banges Klagen sein,
Das euch weinend suchen geht.
Aber reiht sich himmlisch schön,
Nächtens oben Licht an Licht,
Taut's wie Trost aus jenen Höh'n:
»Heimatlose seid ihr nicht.«

Gustav Falke,
Inschrift auf dem Friedhof der Namenlosen

KAPITEL 1

Schwarz hoben sich die Umrisse der Holzkreuze vor dem Lichtschimmer des Leuchtturms ab. Ein kalter Westwind fauchte über den Deich, aber hinter dem Schilfwall, im Schutz der kreisförmig gepflanzten Erlen, war es fast windstill, und die Insel wirkte wie ausgestorben.

Nur ein paar Pferdeäpfel auf dem Platz vor dem Leuchtturm erinnerten noch an den Trubel des Tages. Bei Ebbe, wenn sich das Meerwasser zurückgezogen hatte, schoben sich gelbe Pferdewagen in einer Reihe die steile Auffahrt an der Insel hinauf über den Pflasterweg und setzten schließlich die Tagesbesucher vom Festland auf dem Platz vor dem Leuchtturm ab. Paul hatte das Hallen der Pferdehufe gehört und aus dem Fenster zugesehen, wie sich der Platz bevölkerte und die Touristen zu einem Schnelldurchgang der Sehenswürdigkeiten aufgebrochen waren.

Vor dem Laden des Inselkaufmanns am Platz vor dem Leuchtturm hatte sich eine längere Schlange gebildet. Mit Fischbrötchen und Bier ließen sich die ersten Besucher trotz der herbstlichen Temperaturen vor dem Laden auf den Holzbänken nieder, Grüppchen waren über den Deich spaziert und hatten das Tor zu dem kleinen Friedhof der Namenlosen geöffnet, wo seit Jahrhunderten Unbekannte bestattet wurden, die im Meer den Tod gefunden hatten.

Erleichtert hatte Paul gehört, wie ein Kutschfahrer mit einer Glocke die nahende Flut ankündigte. Nicht einmal zwei Stunden dauerte der Trubel Tag für Tag, rechtzeitig vor der auflaufenden Flut trabten die schweren Kaltblüter mit den Gästen auf den hohen gelben Wagen zur Küste zurück. Danach waren die Insulaner und die wenigen Übernachtungsgäste wieder unter sich.

Nach Einbruch der Dunkelheit schlich sich Paul die hölzernen Stufen des alten Leuchtturms hinunter und setzte dabei seine Stirnlampe auf. Nun würde er endlich ans Ziel kommen. Schon seit Jahren hatte er auf diesen Moment hingearbeitet. Zum Glück hatte niemand seine Ausrüstung entdeckt, die er im dichten Unterholz hinter dem Leuchtturm deponiert hatte. Er schleppte die Tasche zum zweiten Mal am unbeleuchteten Weg hinter dem derzeit unbewohnten Schullandheim entlang, querte schnellstmöglich den beleuchteten Mittelweg zum Nationalparkhaus und nahm dort den abgesperrten Schleichweg über die kleine baufällige Holzbrücke. Ihn trennten nur noch wenige Meter vom Eingang des Friedhofs, er suchte den über ihm verlaufenden Deich ab, konnte aber niemanden entdecken. Voller Ungeduld hatte er an diesem Abend bereits in der Dämmerung einen ersten Versuch unternommen und gerade alles ausgepackt, als ein laut streitendes Paar über den Deich gelaufen kam. Sie setzten ihre Abrechnung ausgerechnet vor dem kleinen Friedhof fort.

Er wartete geduckt hinter dem Gedenkstein, einem wuchtigen Findling mit einer Bronzetafel in Form eines Rettungsrings und einem daraufgesetzten hölzernen Kreuz in der Mitte des kreisförmig angelegten Friedhofs. Jemand hatte dort drei rote Grabkerzen aufgestellt und Blumen abgelegt, vielleicht jemand, der Angehörige in der Nordsee verloren hat, grübelte er und betrachtete die beiden Reihen schlichter Holzkreuze um den Findling herum. Jedes stand für einen Toten, der im Watt aufgefunden oder an die Ufer der Insel gespült worden war. Nur ein Holzkreuz war etwas mächtiger als die anderen, mit einer Holzschnitzerei verziert und mit einem Namen versehen. Der Sprössling einer reichen Bremer Familie war mit seiner Segeljacht im Watt gekentert und ertrunken, das hatte ihm ein älterer Insulaner erzählt, der Stammgast beim Kaufmann war.

Paul kauerte immer noch in seinem Versteck und versuchte, seine Beine abwechselnd zu lockern. Er sah in Richtung der kleinen Brücke, vor der sich der Eingang befand. Er konnte das Paar wegen des Windes nicht verstehen, doch ihre Stimmen klangen versöhnlicher, sie schienen ihn nicht entdeckt zu haben. Fast eine halbe Stunde hatte er gewartet, bis sich die beiden entfernt hatten, da nahte noch eine Gruppe Urlauber auf dem Deich, die den rot zerlaufenden Sonnenball hinter der markanten Silhouette des Turms ablichten wollten, und ihr Stativ aufbauten. Paul hatte sein Vorhaben schließlich um ein paar Stunden auf den späten Abend verschoben.

Als er jetzt aus der Tür schlüpfte, um einen zweiten Versuch zu wagen, war es stockfinster, nur der Turm sandte seine roten und grünen Blinksignale. Paul ließ seine Blicke von der Leuchtkuppel hinabschweifen über die düsteren Umrisse des Turms. Jetzt im Dunkeln sah er nur die Umrisse des Backsteinbaus, und dieser schien noch imposanter zu wirken als im Hellen, ganz und gar nicht wie einer der typischen runden schlanken Leuchttürme, sondern eher wie der Festungsturm einer Burg. Sogar die meisten Fenster wirkten wie Schießscharten in den meterdicken Mauern. Jetzt waren sie dunkel, nur in der zweiten Etage sah er einen Lichtschein, das musste der Flur der Pension sein, wo immer eine Art Notbeleuchtung an war.

Niemand aus dem Leuchtturm schien ihn bemerkt zu haben, auch nicht Margo, mit der er sich in den vergangenen Tagen trotz seiner Vorsätze mehrmals lange unterhalten hatte. Warum musste ihm diese Frau ausgerechnet jetzt über den Weg laufen?

Er verdrängte den Gedanken an Margos leicht spöttischen Blick, an den er viel zu oft denken musste, und rief sich selbst zur Räson, schälte seine Sonde aus der Hülle und fuhr Zentimeter für Zentimeter über den Boden. Bei seinem ersten Versuch hatte er einige Meter vom Gedenkstein entfernt gerade ein Signal empfangen, als er gestört wurde. Jetzt musste es klappen, ihm blieben nur noch zwei Tage in seinem Leuchtturmzimmer.

Die Sonde fiepte, er musste die richtige Stelle erreicht haben, doch was war das? Beinahe wäre er auf seine Sonde gefallen, mitten im Weg lag ein Ast. Er berührte ihn mit dem Fuß, die nackte Angst durchfuhr ihn. Das war kein Ast, das war ein Arm. Da lag jemand bewegungslos auf dem Friedhof. Sternhagelvoll, dachte Paul, knipste seine Stirnlampe an und wollte die traurige Gestalt durch ein paar Ohrfeigen wieder zu Bewusstsein bringen. Er versuchte, den Körper zu drehen, doch der Arm war steif und die Hand eiskalt.

Blitzartig wurde ihm klar, dass seine Hilfe zu spät kam, der Mann war mausetot. Diesen Wollpullover mit dem Zopfmuster hatte er heute auch schon gesehen, da hatte das Kleidungsstück allerdings noch nicht diese dunkelroten Einfärbungen. Das war doch Hein, der Inselkaufmann. Paul schauderte es, als er ein Rascheln im Gebüsch hörte. So schnell er konnte, raffte er seine Ausrüstung zusammen und rannte los, im Laufen zwängte er die Sonde in die Hülle. Seinen Plan konnte er nun erst einmal abschreiben. Bald würde alles von Polizei wimmeln, und das war das Letzte, was er gebrauchen konnte.

KAPITEL 2

Das leise Knarren auf der Treppe entlockte Margo, die im Zimmer hinter der Rezeption am Computer saß, ein amüsiertes Lächeln. In dem Leuchtturm brauchte man einfach keine Alarmanlage, die jahrhunderte alte Holztreppe knarrte und quietschte, so vorsichtig man seine Füße auch setzte. Das Treppenhaus war außerdem lückenlos mit Kameras behängt, um die sogenannte *Staatsetage*, die sich über dem kleinen Hotel befand, vor unerbetenen Besuchern abzuschirmen. Im historischen Ratssaal mit den alten Wappen im oberen Geschoss konnten Hamburgs Senatoren tagen, wenn sie den Außenposten der Stadt besuchten. Drei luxuriöse Suiten standen für längere Aufenthalte bereit. Für das Wohlbefinden der Amtsträger war das Neueste und Teuerste gerade gut genug. Die Besuche waren jedoch rar, und die Räume standen meist leer.

Margo erkannte ihren derzeit einzigen Gast, der offenbar versuchte, die knarrende Treppe zu überwinden, ohne dass es jemand merkte. Seine Schuhe trug er in der Hand und drückte sich an die Wand, er wollte nicht gesehen werden. Lassen wir ihn mal in dem Glauben, dachte Margo. Dann fiel ihr Blick aber auf einen schwarzen Schatten. Was war das für eine merkwürdige, lange schwarze Tasche, die er sich umgehängt hatte und mit beiden Händen festhielt? Man sieht die merkwürdigsten Dinge, hatte sie die Wirtin vorgewarnt, sogar auf einer ganz kleinen stillen Insel in der äußersten Provinz. Sie saß noch spät vor dem Computer, denn sie wollte der Wirtin Hillu ihren ersten Bericht schicken und überlegte krampfhaft, was sie ihr an besonderen

Vorkommnissen mitteilen sollte. Ihre Gedanken schweiften ab, und sie dachte an ihre abenteuerliche Überfahrt vor einer Woche. Wie in einer Karawane in der Wüste kamen die Pferdewagen über das Watt gefahren, diese graue Sandfläche voll unberechenbarer Wasserläufe. Es war beeindruckend für Margo, als sie auf dem Kutschplatz auf dem Festland stand und dann die ersten Wagen in der Ferne auftauchen sah. Sie schienen direkt aus dem Meer zu kommen, in der Ferne hinter ihnen sah Margo große Schiffe vorüberfahren. »Ist das nicht gefährlich?«, hatte sie einen älteren Mann gefragt, der sich um das Gepäck der Touristen kümmerte. Doch der belehrte sie, dass die Pferdewagen nur bei Ebbe hin- und herfuhren, und diese Wattwagen seien immer noch die zuverlässigste Möglichkeit, auf Neuwerk zu kommen. Die fuhren auch noch in der Nachsaison, wenn das Schiff Pause machte, bei Regen, Sturm und Gewitter. Jeweils bei Ebbe setzten sich die speziell für den nassen Untergrund konstruierten Kutschen am Festland und auf der Insel in Bewegung, um Gäste oder Material auf die andere Seite zu bringen.

Schon seit Jahrhunderten fuhren die Insulaner gemeinsam zum Festland, um sich beizustehen, wenn ein Wagen mit seinen Rädern in einen tiefen Priel geriet oder eines der Pferde stürzte. Das passiert nur sehr selten, versicherte ihr der Mann. Die Kutschen waren mittlerweile am Sandstrand angekommen, die Pferde nahmen Schwung und kamen dann auf den Halteplatz angetrabt. Ihr Gesprächspartner warf ihre Koffer nach hinten und stellte ihr eine Leiter an die Kutsche, und sie war erstaunt, wie hoch diese war. Zwischen den Rädern und einem Aufbau mit Sitzbänken befand sich noch eine Art Gestell, durch die Höhe blieben die Gäste meist trocken, hatte sie von ihrer Bekanntschaft erfahren. Sie nahm auf einer kalten und durchnässten Sitzbank Platz. Der Kutscher hatte ihr kurz zugenickt und dabei einen knurrenden Ton von sich gegeben, der wohl eine Begrüßung sein sollte. Hillu hatte ihr in der Mail geschrieben, dass sie sich am Deich einfinden sollte und dass sie dort von einem Wattwagen abgeholt würde. Das sei eine wunderschöne Überfahrt, manche Touristen kämen nur nach Neuwerk, um einmal mit einem solchen Wattwagen zu fahren. Die Geschmäcker sind eben verschieden, dachte Margo. Sie verstand bald, warum der Mann mit dem Cowboyhut so verkniffen aussah. Sie fröstelte schon nach wenigen Minuten auf dem feuchten Sitz unter dem strömenden Regen, merkte, wie die Feuchtigkeit durch ihre Kleidung hindurch bis auf die unterste Schicht kroch, und schlang die Decke fester um sich.

Die beiden schweren großen Pferde trabten den Strand hinab und in den graubraunen Schlamm hinein. Das Wasser spritzte Margo ins Gesicht, an der Seite wirbelten die Räder noch mehr Nass nach oben. Ihre Augen brannten von den Regentropfen, sie sah ohnehin nur Schlamm um sich und Wasser. Der Wagen schien geradezu ins Nichts zu fahren. Erleichtert sah sie nach einer unendlich lang erscheinenden Zeit Land vor sich auftauchen, grün ragte es aus dem Meer hervor, außer einem rötlichen Gebäude, wahrscheinlich dem Leuchtturm, konnte sie keine Häuser erkennen. Das musste Neuwerk sein, ihre neue Heimat für die nächsten sechs Monate.

»Böses Omen«, hatte der Cowboy finster gebrummt, als sie nach einer Stunde triefend und durchgefroren am Leuchtturm angekommen waren. Margo hatte schon genug über die Insulaner gehört, ein streitbares Völkchen, das gegen Festlandbewohner fest zusammenhielt.

»Ich bin die neue Leuchtturmwärterin – jedenfalls für den Winter«, hatte sie sich ihm vorgestellt.

»Die Letzte ist nach drei Tagen abgehauen: Inselkoller«. Verächtlich spuckte der Typ irgendein braunes Zeug haarscharf an ihr vorbei, wahrscheinlich Kautabak. »Wir sind hier nicht so verkommen wie ihr auf dem Festland. Hier hilft jeder jedem. Doch das geht in eure Köpfe nicht rein.« Er schlug sich mit der Hand an seinen wassertriefenden Lederhut.

Der Typ hatte offensichtlich etwas gegen Zugezogene im Allgemeinen, und sie konnte er wohl im Besonderen nicht ausstehen. Wortlos ließ er ihren Koffer vor den Eingang plumpsen und ging ohne Gruß zurück zu seinem Gespann. Er winkte nur ab, als sie ihn fragte, was sie für die Überfahrt schuldete.

»Das hat Hillu geregelt. Die weiß, was sich gehört.«

Das war nicht gerade ein ermutigender Anfang, aber sie war nicht zum Vergnügen hier. Und sie fragte sich, wie sie die Stille der Natur aushalten würde. Sie liebte ihre Wahlheimat Berlin, die Stadt hatte genau die richtige Größe, war nicht ganz so hektisch, wie Paris, wo sie davor studiert hatte. In Berlin lebte es sich entspannter, die Stadt war aber dennoch lebendig und inspirierend für sie.

Selbst ihre Bilder, die sie als Malerin schuf, zeigten keine grünen Idyllen oder gar Meer mit fluffigen Wolken, sondern Großstadtlandschaften mit Brücken, Schienen oder Hochhausgebirgen. Die Natur inspirierte sie nicht zum Malen, ihre Kunst brauchte das schrille Kreischen der Hochbahn in den Kurven, das Heulen der Martinshörner, und sie vermisste sogar das monotone Spiel des bulgarischen Akkordeonisten unter ihrem Kreuzberger Fenster. Aber sie brauchte Zeit für sich, sechs Monate, nachdem ihre Mutter gestorben war. Der Notar hatte ihr zwei Briefe ausgehändigt, einen, den sie nach dem Tod ihrer Mutter verschicken sollte und einen, der an sie selbst gerichtet war. Diese letzten Worte hatten sie tief erschüttert, doch der Brief hatte ihre Fragen, die sie ihrer Mutter gerne gestellt hätte, nicht beantworten können, er hatte sie mit noch mehr Fragen allein zurückgelassen und Margo hatte beschlossen, diesen Dingen auf den Grund zu gehen.

Mutterseelenallein fühlte sie sich, und das war sie ja nun auch, ihr Lebensgefährte Friedrich hatte kein Verständnis für ihre Trauer und ihre Grübeleien gezeigt. Sie wollte deshalb auch gleich eine Auszeit von dem Mann an ihrer Seite nehmen, um über ihre Beziehung nachzudenken. Sie hatte es satt, immer nur das Anhängsel des bekannten Ökounternehmers zu sein und nur eine winzig kleine Nebenrolle in dessen Leben voller bedeutsamer Termine zu spielen.

Von einem Tag auf den anderen hatte sie die Stelle als Vertretung im Leuchtturmhotel angenommen. Die Hotelbetreiberin wollte den Winter mit ihren Kindern auf dem Festland verbringen. Bald war Saisonende, dann hatte Margo keine Gäste mehr zu betreuen, sondern einen Bereitschaftsdienst mit Präsenzpflicht, denn die Senatswohnung musste dauerhaft besetzt sein. Außerdem hatte Hillu ihr eine Liste mit Erledigungen hinterlassen, die sie im Lauf des Winters abarbeiten sollte. Stress würde sie auf jeden Fall nicht haben, wenn sie nicht einmal mehr Frühstück servieren musste.

Sie schaute hinter sich auf den Kalender, die Pension war nur noch zwei Tage geöffnet. Sie fragte sich, wie sie mit der Ruhe und der Einsamkeit zurechtkommen würde, wenn bald der letzte Gast abgereist war. Insgeheim hoffte sie, dass ihr Lebensgefährte nun um sie kämpfen würde und vielleicht ganz überraschend ein Motorboot chartern würde und zu Besuch käme. Offiziell fuhren die Wattwagenkutscher außerhalb der Saison nicht mehr täglich zwischen

Insel und Festland, doch gegen das entsprechende Kleingeld würden sie sicher ihre Pferde anspannen. Aber sie wusste auch, dass sie sich wahrscheinlich etwas vormachte. Er hatte beim Abschied am Bahnsteig niedergeschlagen gewirkt und gesagt, dass er sie vermissen werde. Sicher war sein Bedauern über ihre lange Abwesenheit nicht gespielt gewesen, aber in seinem stressigen Alltag hatte er dies bestimmt schon bald wieder vergessen. Ihr Blick fiel wieder auf den Computer, gerade einmal zwei Zeilen hatte sie in ihrem Bericht geschafft. Vielleicht war es besser, sie würde sich am Morgen mit neuer Energie an den Text setzen. Dann fiel ihr noch ein, dass ihr Hillu eingeschärft hatte, den Konzertabend im »Seemannsgarn« nicht zu verpassen, der an diesem Abend stattfand. Sie schloss die Tür zur Rezeption ab und ging über den Flur in ihr Zimmer, das sich auf der gleichen Etage befand.

Heute Abend wollte sie endlich wieder unter Menschen gehen; sie hoffte, weitere Inselbewohner kennenzulernen, die Antworten auf all ihre Fragen hatten.

Margo schlüpfte in ein kurzes schwarzes Kleid, zog elegante Schuhe an und den dicken Wollmantel darüber, um sich gegen den Wind zu schützen. Der Platz vor dem Leuchtturm wirkte wie ausgestorben, die Fensterläden am Schullandheim waren geschlossen, das Haus winterdicht eingemottet, und auch beim Kaufmann, ihrem direkten Nachbarn, war kein Licht zu sehen. Heins Wohnung befand sich über seinem Laden, davor hatte er zwei Zelte mit Sitzbänken aufgestellt, damit die Tagestouristen seine Fischbrötchen auch bei Schlechtwetter im Trockenen verspeisen konnten. Sie hatte sich anfangs gewundert, warum er täglich andere Öffnungszeiten hatte, und dann verstanden, dass sich der komplette Rhythmus der Insel nach den Gezeiten richtete.

Ob Hein auch zu dem Konzert gegangen war? Sie war froh, als sie auf dem beleuchteten Mittelweg angekommen war, der nach Norden führte, rechts und links in der Dunkelheit befanden sich Weiden, auf denen Kutschpferde und Kühe grasten. Sie musste dem Weg bis zum anderen Ende der Insel folgen, das zum Glück keine zwei Kilometer entfernt war. Schon von Weitem sah sie die hell erleuchteten Fenster vor sich, das musste das »Seemannsgarn« sein, Kneipe, Café, Restaurant und Konzertbühne in einem, der einzige Ort mitten im Wattenmeer, wohin man ausgehen konnte, hatte ihr Hillu vorgeschwärmt. Das schloss insbesondere den Wirt ein, den Musiker Jo Prell, der als *Wattrocker* bekannt geworden war.

Angefangen hatte er mit einer schnell zusammengezimmerten Holzbude hinter dem Deich. Damals reichte der Wattrocker seine Grogs und geräucherten Heringe über den Tresen ins Freie und sang im Sommer mit der Gitarre am Lagerfeuer. Aus der Bude war ein solides Gasthaus mit gutbürgerlicher Küche geworden und der Wattrocker eine Berühmtheit. Mit seinen Konzerten füllte er selbst größere Veranstaltungsorte und wurde bundesweit in Talkshows eingeladen.

Vor dem flachen Holzbau, der an ein traditionelles Friesenhaus mit Reetdach angebaut war, wehte knatternd eine schwarze Piratenflagge, das Markenzeichen, das wohl noch aus den Anfangsjahren stammte.

Margo stand in der offenen Tür und ließ ihren Blick über den mit Fischernetzen, Rudern, Muscheln und präparierten Fischen dekorierten Gastraum schweifen. Links befand sich ein Tresen, vor dem sich die Gäste drängten, rechts und links davon waren die Tische im Restaurant voll besetzt, zwei

Kellner mit Piratentüchern um den Kopf eilten mit Teller-stapeln an ihr vorbei, eine weitere Bedienung im Seeräuber-kostüm verteilte kleine Gläser mit Hochprozentigem, wohl zur Verdauung der norddeutschen Spezialitäten. Zum Essen war Margo zu spät dran, dabei sollte es hier die beste Nord-seescholle Neuwerks geben. Von einem runden Tisch, der auf einer kleinen Plattform in der Mitte der beiden recht-winklig aufeinander zulaufenden Galerie um einen alten Schiffskompass herum gebaut war, sah sie jemanden hek-tisch in ihre Richtung winken.

David, der Leiter des Nationalparkhauses, ruderte mit seinen Armen, um Margo an den Tisch zu lotsen, an dem er mit zwei Wattführern vom Festland beim Bier saß. Margo hatte die beiden mehrmals beim Inselkaufmann gesehen, als sie mit einer Gruppe Wanderer eingetroffen waren. Sie setzte sich neben David und scherzte: »Lange nicht gese-hen«, denn er hatte noch am Nachmittag eine Gruppe Orni-thologen auf den Leuchtturm begleitet.

»Manche Menschen kann man gar nicht oft genug sehen«, antwortete David, als ihn Margo mit einem Küsschen begrüßte.

»Oho, der Schwerenöter. Wo ist denn deine Freundin?«, rief einer der beiden Männer in Davids Richtung. »Wir sind gestrandet«, erklärte er Margo. Sie waren mit ihren Gästen vom Festland durch das Watt gewandert und sollten mit dem Schiff zurück fahren, doch wegen des Sturmtiefs war der Schiffsverkehr ausgesetzt, und die Gruppe saß über Nacht auf der Insel fest. Ein Paar mittleren Alters kam an den Tisch und protestierte lautstark gegen die Programmänderung.

»Aber es muss doch möglich sein, von dieser öden Insel zu kommen«, zeterte die dickliche Frau in bunter Funktions-bekleidung. »Mein Mann ist Unternehmer, er hat schließlich wichtige Termine.« Der stille sehr dünne Gatte schwieg zu dem Lamento. Die Gattin zischte verächtlich. »Nicht mal einen Wellnessbereich gibt es!« Plötzlich verstummte sie.

Ein blonder Hüne im Karohemd mit Dreitagebart hatte sich den Weg von der mittlerweile sehr vollen Bar zu ihrem Tisch gebahnt und deutete eine leichte Verbeugung vor Margo an: »Die schöne Leuchtturmwärterin, welch Glanz in meiner bescheidenen Hütte.« Seine wasserblauen Augen hatte er wie Scheinwerfer auf Margo gerichtet, und seine Gedanken ließen sich leicht erraten, als sein Blick an ihrem Dekolleté hängen blieb.

»Ich bin Jo. Jo Prell, wie Jacques, aber mit P und zwei L«, sagte er dann und streckte erst Margo und dann David lässig seine Pranke hin, die anderen Gäste am Tisch bedachte er mit einem leichten Nicken.

»Malgorzata, kurz Margo«, stellte sie sich vor. Sie kannte den Wattrocker bisher nur aus den bunten Magazinen, in denen sie manchmal im Wartezimmer ihres Zahnarztes blätterte; dass er sich nun neben sie gesetzt hatte, passte perfekt in ihren Plan. An Seemannsgarn über Jo Prell fehlte es nicht, sie war natürlich auch davor gewarnt worden, dass er ein unverbesserlicher Casanova sei, der in jedem seiner Konzertorte mehrere Freundinnen habe. Es kam ihr aber durchaus gelegen, dass er offensichtlich mit ihr flirten wollte. Am besten reden lassen und ganz naiv auf sein Geplänkel einsteigen, dann wird er mehr Informationen preisgeben, als ihm am Ende lieb ist.

»Jetzt verstehe ich den Namen ›Seemannsgarn‹«, entgegnete sie.

»Was lässt Sie denn zu dieser überraschenden Schlussfolgerung kommen, schöne Frau?«, er warf ihr einen langen und eindeutigen Blick zu.

»Nun ja, Leuchtturmwärter sind ja leider ausgestorben. Und bescheiden ist die Hütte nur noch auf dem Foto.« Sie deutete auf eine Reihe Schwarzweißaufnahmen an der Wand, auf denen noch das alte Holzhäuschen mit Piratenflagge zu sehen war.

»Genau genommen sitzen wir jetzt noch hier«, erklärte der Musiker. Mit seiner rechten Hand skizzierte er vier Linien in der Luft und zeigte in Richtung der Wände des großen Mittelraumes. »Genau hier, das sind exakt zehn Mal drei Meter, der Grund, den mir mein Vater für mein Geschäft überlassen hat. Ansonsten hat er mich enterbt. Alles andere habe ich mir selbst erarbeitet, Jahr für Jahr ein Stück ausgebaut«, erklärte er voller Stolz. »Aber wenn mich mein Alter damals wegen der Musik nicht rausgeschmissen hätte, dann wäre ich heute nicht hier, wo ich bin.«

»Ja, manchmal kann ein Familienkrach auch Gutes bewirken«, pflichtete ihm Margo bei. »Dann sind Sie trotzdem Ihrer Insel treu geblieben?«, fragte sie, als eine dickliche blonde Frau mit Kochmütze an den Tisch trat, die den Wattrocker wütend anblickte und mehr forderte als fragte: »Kommst du bitte mal in die Küche, Schatz!«, was dieser ohne hörbaren Protest auch tat.

»Jaja, da weiß man, wer die Hosen anhat«, mokierte sich David über Jos Abgang.

Margo entdeckte auf dem Stuhl neben ihr etwas Weißes, das Jo aus der Tasche gerutscht war. Unauffällig schob sie ihre Handtasche darüber und steckte das verlorene Stück Stoff in die Tasche. Sie würde es sich später genau ansehen. Bisher war der Abend ganz gut gelaufen, jetzt konnte sie den kulturellen Höhepunkt des Insellebens genießen, jedenfalls sahen das die Ureinwohner so.

Eine Viertelstunde später setzte sich der Wattrocker mit seiner Gitarre auf die Bühne. Er begleitete sich selbst zu, wie er ankündigte, romantisch-depressiven Songs über die Gezeiten, die Natur, das Leben, die Liebe, die in seinen Liedern selten gut ausging, seinen Bruder, der zu früh gegangen war.

»Was war denn mit seinem Bruder?«, fragte sie David leise.

»Der hatte wohl einen Unfall im Watt, war vor meiner Zeit«, flüsterte er und verabschiedete sich dann. Margo hörte gebannt zu. Die poetischen Texte seiner Songs, die er mit seiner rauchigen Stimme vortrug, überraschten Margo. Sie hatte eher so eine Art Stimmungsmusik erwartet. Mittlerweile hatten sich die Tische geleert, da stimmte Jo mit einigen Fans noch das »Insellied« an. Es war eines der stimmungsvoll fröhlichen Lieder, die den Ruhm des Musikers begründet hatten, die er allerdings nur noch auf ausdrückliches Verlangen des Publikums spielte.

»Der Rausschmeißer«, scherzte einer der Wattführer. »Länger darf er nicht, da schimpft die Gattin.« Margo erschrak, als sie auf die Uhr sah. Schon nach eins, sie schnappte ihre Handtasche, nickte dem Künstler kurz zu und eilte zum Leuchtturm zurück. In nicht einmal sechs Stunden musste das Frühstück bereit sein. Doch der Abend hatte sich gelohnt, sie hatte etwas, das sie weiterbringen würde. Sie sah sich den Stoff genauer an, legte ihn in eine Plastiktüte und verstaute diese ganz unten in ihrem Kleiderschrank.

*** *Holzfischen. Den Menschen des Meeres die Früchte des Meeres. Das hatte sein Großvater immer gesagt. Arm waren sie und ständig der Gefahr der tosenden See ausgesetzt, den*

Stürmen, den Wellen und den Fluten, die so viele von ihnen verschlungen hatten. Von alters her gehörte ihnen, was das Meer an ihre Küste spülte. Manches Mal hatte das ihren Vorfahren das Leben gerettet, wenn die Frauen nicht mehr wussten, womit sie ihre vielen Kinder am nächsten Morgen ernähren sollten und die Männer weit weg auf dem Meer oder eines Tages nicht mehr wiederkamen. Dann erbarmte sich der Wettergott und sandte ein Fass voller Heringe oder Brot, das eines der gestrandeten Schiffe mit sich geführt hatte. Nicht immer erreichte sie die rettende Gabe noch rechtzeitig, um alle Münder zu füttern, die Alten erzählten oft von den kleinen Särgen, die sie zum Festland brachten. Wann immer eine Ladung Holz über Deck gegangen war, fuhren die erwachsenen Männer der Insel zum Holzfischen. An Land wurden die Bretter und Balken in Stapel aufgeschichtet. Sie stellten dann einen kleinen Jungen mit dem Rücken zum Holz, sodass er es nicht sehen konnte. Von Stapel zu Stapel führten sie ihn, dann rief er jedes Mal den Namen einer Familie. So wurde Haufen für Haufen gerecht verteilt. In jedem Haus wirst du die Balken und Bretter finden, die über Bord gegangen sind. Denn das wenige Geld reichte gerade einmal für eine Handvoll Getreide für jeden von ihnen, und auf dem salzigen Fleckchen Erde wuchs nichts, womit sie ihre armseligen Hütten bauen konnten. Der Herr nimmt und der Herr gibt, sagte dann der Großvater.

KAPITEL 3

Es war ein grausames Bild. Noch niemals in seinem Leben hatte der Inselbürgermeister Kai-Uwe König auch nur etwas vergleichbar Schreckliches gesehen. Eine Hysterikerin, hatte er gedacht, als ihn der Anruf erreichte. Die junge Frau, die mit ihren beiden Kindern und ihrer Mutter als Tagesausflüglerin auf die Insel gekommen war, weinte und schrie ins Telefon, und er wurde nicht richtig schlau aus dem Gestammel. Er hatte nur verstanden, dass sie etwas Schreckliches gesehen hatte und den Wattwagenfahrer Andrej, der in der Saison für ihn arbeitete, losgeschickt. Dieser hatte ihn gebeten, dringend an den kleinen Friedhof zu kommen. »Hier liegt Hein. Chef muss kommen sehen er selbst.«

Genauer gesagt lag Hein nicht, sondern sein blutiger abgetrennter Kopf steckte auf dem Geländer der kleinen Holzbrücke, die über den Sumpf zum Friedhof der Namenlosen führte. Ein großer Nagel war durch den Schädel getrieben, um den Kopf dort festzumachen.

Wortlos zeigte Andrej hinter den Gedenkstein, wo der Rest des Körpers lag, am kopflosen Hals hatte sich eine Blutlache gebildet. Die junge Frau, die ihn angerufen hatte, saß mit fast grünlicher Gesichtsfarbe auf der Wiese.

Kai-Uwe König wandte sich schnell ab, lange hätte er den Anblick nicht ertragen. Es war eindeutig, der Inselkaufmann war tot, und zwar auf eine ausgesprochen grausame Art und Weise umgebracht worden. Was war mit ihm geschehen? Und wie konnte so etwas Entsetzliches nur auf dieser kleinen stillen Insel geschehen. Es schien ihm wie ein böser Traum. Auch, dass es ausgerechnet einen Freund aus Kindertagen getroffen hatte, wenngleich sie sich in den letzten Jahren aus dem Weg gegangen waren. Aus gutem Grund.

Als im letzten Jahr mitten in der Sommersaison mehrere Brieftaschen gestohlen wurden, war das eine Sensation, über die alle Insulaner nebst Gästen wochenlang redeten. Ansonsten brauchte die Insel nicht mal einen eigenen Polizisten, nur die Wasserschutzpolizei beäugte die Bewohner argwöhnisch, wenn mal wieder ein Schiff oder eine Jacht auf den umliegenden Sandbänken strandete. So manche Rumflasche oder Zigarettenstange von liegen gebliebenen Segelbooten war in der Vergangenheit überraschend in den Vorratskammern aufgetaucht.

Mit dem Rücken zum kleinen Friedhof winkte er Andrej zu sich. Vor seinen Mitarbeitern wollte er seine Ratlosigkeit auf keinen Fall zugeben, obwohl seine Gedanken wie wild durcheinander gingen. Er zeigte auf den Weg vor dem kleinen Friedhof und kommandierte: »Absperren. Du bleibst bis auf Weiteres hier, keinen durchlassen!«

Margo hatte sich auf die Holzbank am Fuß des Turms gesetzt, um eine Zigarette zu rauchen, es war eine Herausforderung gewesen, die volle Kaffeetasse über die seitlich am Turm angebaute Holztreppe unbeschadet nach unten zu tragen. Überhaupt, die Arbeit war das reinste Fitnesstraining. Zwei Treppen hinab in den Keller, über 100 Stufen hinauf unter die Kuppel des Turms, die einmal in der Woche gereinigt werden musste.

Die Bank vor dem Turm war ihr Lieblingsplatz, vor allem während der Ebbe, wenn sich mit lautem Hufschlag die Wattwagen vom Festland ankündigten. In genau festgelegter Reihenfolge fuhren sie vor und stellten sich auf dem Platz zwischen Leuchtturm, Inselkaufmann und Schullandheim auf. Dann wurden die Pferde ausgespannt, kauten gemächlich eine Ration Futter und erleichterten sich auf den jahrhunderte alten Steinen. Vermutlich waren sie verlegt worden als der Turm gebaut wurde, der vor einigen Jahren 700-jähriges Jubiläum hatte.

»Hey Margo, was ist mit deinem Nachbarn los«, rief ihr Jan, ein Wattwagenfahrer, zu, der sich manchmal während ihrer Zigarettenpause zu ihr auf die Bank setzte.

Sonst saßen die Tagesgäste, egal, zu welcher Uhrzeit sie eintrafen, mit dem Inselspezialgetränk Eiergrog, einem Kaffee oder Krabbenbrötchen auf der Terrasse vom Inselkaufmann unter den drei knorrigen Eichen. Doch heute waren seine Bänke aufeinandergestapelt und angekettet.

»Keine Ahnung«, sagte sie und dachte daran, dass Peter Hein offenbar am Abend vorher auch nicht zu Hause gewesen war, sie hatte ihn auch im »*Seemannsgarn*« nicht gesehen, obwohl dort fast die komplette Inselbevölkerung versammelt war.

Sie hatte gehört, dass ihr Nachbar manchmal am Morgen nicht rechtzeitig aufgeschlossen hatte, zumal in seinem Laden mit Ausschank und einem immer größer werdenden Gartenlokal manchmal bis in den späten Abend feuchtfröhlich gefeiert wurde. Aber an diesem Tag war das unwahrscheinlich, Niedrigwasser war gegen elf Uhr. Jeden Tag verschoben sich die Gezeiten um etwa eine halbe Stunde, das war das wichtigste Naturgesetz, denn hier diktierten noch immer die Gezeiten den Lebensrhythmus.

Aus dem kleinen Inselchen wurde ein hektischer Ort, wenn die Wattwagen für eine gute Stunde mehrere Hundert Menschen vor dem Turm absetzten. Margo war immer noch erstaunt, wie sich die ganze Stimmung von einer Sekunde auf die andere veränderte, und wie plötzlich nach der Abfahrt der Tagestouristen wieder Ruhe einkehrte.

Sie machte ihre Zigarette aus und beschloss, »Störtebekers Wunderkammer« einen Besuch abzustatten. Der kleine Laden befand sich unter der Pension im Turm, hatte aber einen eigenen Eingang, der über eine Stahltreppe zu erreichen war. Dort befanden sich noch die originalen Gewölbe, wo der Turmvogt, den die Hamburger Kaufleute zur Überwachung des Seeverkehrs in den Norden geschickt hatten, seine Amtsstube hatte. Unter seinen Räumen sollte angeblich der Pirat Störtebeker nach seiner Festnahme im Verlies geschmort haben. Mark Cors, der Ex-Schwiegersohn des Inselkaufmanns, der den Laden betrieb, hatte den berühmten Piraten verewigt. Sie trat ein und sah sich um, er hatte die Gewölbe weiß gestrichen und an vielen Stellen das Mauerwerk freigelegt, dazwischen standen Glasvitrinen mit seinen Schmuckkreationen aus Bernstein. Sie entdeckte ihn an einem der Glasschränke, wo er zwei älteren Damen seine Bernsteinschmuckstücke zeigte. Er breitete mehrere Colliers auf seinem Tresen aus und nickte Margo knapp zu. Sie wollte warten, bis er seine Kundschaft abgefertigt hatte, und sah sich nach neuen Kreationen und besonderen Bernsteinen um. Plötzlich kam eine blonde junge Frau auf hohen Absätzen in den Laden gestürmt und schrie mit überschnappender Stimme:

»Papa ist tot!«

Sie wurde von heftigem Schluchzen geschüttelt, dann sah sie Mark feindselig an und kreischte: »Aber du freust dich ja vielleicht.« Er wollte ihr nachgehen, aber sie war schon dabei, die Treppe hinab zu stürmen, und schrie ihm noch »Fass mich nicht an« zu.

Die beiden älteren Damen standen erschrocken und unschlüssig herum. Beinahe hätte die wütende Frau Margo, die an der Tür stehen geblieben war, umgerannt. Sie sah sie hasserfüllt an und kreischte weiter: »Du Schlampe, du Erbschleicherin. Ich kann mir denken, was du vorhattest.« Margo war völlig perplex, und ehe sie eine Antwort parat hatte, hörte sie nur noch das schnelle Hämmern der Absätze auf der Stahltreppe vor dem Laden.

»Meine Ex-Frau«, erklärte Mark überflüssigerweise.

KAPITEL 4

Rike hörte das Zwitschern ihres Telefons schon, als sie die Tür noch gar nicht aufgeschlossen hatte. Eigentlich hatte sie frei, Überstunden abbummeln, und die Zeit für einen langen Spaziergang mit Prinz genutzt, ihrem Mischlingsrüden, den sie vor einem halben Jahr aus dem Tierheim mitgenommen hatte. Das damals mitleiderregend winzige Häufchen Hund war inzwischen ein stattlicher Rüde geworden, dessen stürmische Liebesbekundungen eine weniger durchtrainierte und hochgewachsene Person umgeworfen hätten.

Obwohl sie ansonsten keine Frau war, die Probleme hatte, sich durchzusetzen, versagte ihre Autorität gegenüber ihrem Hundebaby, wie sie Prinz insgeheim noch nannte, das sie am Anfang mit der Flasche aufgepäppelt hatte. Sie nahm sich immer wieder vor, irgendwann mit dem Vierbeiner die Hundeschule zu besuchen. Jetzt zumindest schien er genauso erschöpft zu sein wie sie. Sie waren die drei Treppen von ihrem Haus zur Elbe hinuntergestiegen, wo Prinz sich am Strand ausgetobt hatte, und immer wieder vergeblich versucht hatte, Möwen zu fangen. Rike liebte es, den Binnenschiffen hinterherzusehen, die Sand oder Kies auf die Baustellen Hamburgs transportierten. Sie waren dann über eine Stunde elbaufwärts gelaufen, an Villen und einem Golfplatz vorbei, durch einen kleinen Wald und eine Fläche voll Heidekraut, eine Landschaft, die sie an ihre Kindheit erinnerte.

Das Handy, das zwischendurch verstummt war, zwitscherte leider schon wieder. Ärgerlich sah sie die Nummer der Polizeizentrale. Im letzten halben Jahr hatte sie Hunderte von Überstunden angesammelt, und doch wurde meistens sie angerufen, wenn Not am »Mann« war, schließlich war sie ja ledig und hatte keine Kinder.

»Von Menkendorf«, sagte sie schroff in den Hörer, als es wieder klingelte, und hörte überrascht die Stimme von Kriminaloberrat Karl Roth, dem obersten Leiter der Mordkommission. Der altgediente Kripomann war so etwas wie ihr Mentor, seit sie ihn noch als Jurastudentin nach der Vorlesung angesprochen und er sie ermutigt hatte, zur Polizeiakademie zu wechseln, um bei der Kriminalpolizei Karriere zu machen.

»Friederike, ich weiß, Sie haben sehr viele Überstunden gesammelt und noch nie eine Ermittlung geleitet. Aber wir haben einen Mordfall, und ich möchte, dass Sie diesen übernehmen. Ich bin davon überzeugt, dass Sie mittlerweile genug Erfahrungen haben, und die Fähigkeiten bringen Sie sowieso mit«, sagte er in einem schmeichelnden Ton und warb weiter: »Das ist auch eine große Chance für Sie.«

Offenbar gab es wirklich einen Engpass, dachte sich Rike und wusste in dem Moment, dass sie ihrem Mentor diese Bitte schlecht abschlagen konnte.

Wegen der herbstlichen Grippewelle war das Kommissariat dünn besetzt, die Beamten von zwei der drei Hamburger Mordbereitschaften waren mit den Ermittlungen einer Todesserie im Altenheim mehr als ausgelastet.

»Da sitzt uns der Senator persönlich im Nacken«, erklärte Roth. Das Ganze, so lockte er, habe auch eine angenehme Seite, der Tote liege auf der Insel Neuwerk, dem schönsten Stadtteil Hamburgs. »Nehmen Sie die Spusi und das ganze Team mit«, ordnete er an und fügte hinzu: »Ach ja, Sie fliegen mit der »Libelle 1«. Im Moment ist der Schiffsverkehr ausgesetzt. Genießen Sie den Ausflug, so etwas werden Sie nicht oft geboten bekommen. So schwer kann es nicht sein, auf einer Insel mit 30 Einwohnern einen Mörder zu finden.«

Rike folgerte, dass er mit der »Libelle 1« wohl einen der beiden Hubschrauber der Hamburger Polizei meinte. Diese wurden vor allem für die Suche nach Vermissten oder die Überwachung von Demonstrationen eingesetzt, sie hatte noch nie gehört, dass Kommissare der Mordkommission damit zum Einsatz geflogen worden waren.

Das Ganze musste tatsächlich dringend sein. Sie sollte mit Volker Hendrichs, einem erfahrenen Kriminaltechniker, schnellstmöglich losfliegen, zwei Kollegen sollten ihnen folgen.

Der Chef hatte ihr ausgerechnet Robert Galinowski zugeteilt, mit dem sie gemeinsam auf der Polizeiakademie gewesen war. Ein unangenehmer Wichtigtuer, der nichts konnte, als hohle frauenfeindliche Sprüche zu klopfen, und versuchte, sich damit zu profilieren. Sie waren während der Ausbildung mehrfach aneinandergeraten. Die andere Kollegin, Mareike Schmidt, kannte sie nur flüchtig, die junge Frau war erst vor zwei Wochen in ihre Abteilung versetzt worden. Eigentlich gehörten fünf Polizisten zu einer Mordbereitschaft, doch Roth hatte erklärt, dass er unmöglich mehr Mitarbeiter abstellen könne. Er selbst wollte die Ermittlungen von Hamburg aus koordinieren.

Rike fuhr ihren Rechner hoch und druckte eine Mail mit einem Briefing aus, das sie während der Fahrt lesen wollte.

Während des Gesprächs mit Roth hatte sie nicht zugeben wollen, dass sie keinerlei Vorstellung hatte, wo sich diese Insel eigentlich genau befand. Sie gab den Namen in einen Kartendienst ein und war erstaunt. Neuwerk lag ganz und gar nicht in der Nähe von Hamburg, sondern 100 Kilometer weiter nördlich vor Cuxhaven in der Nordsee. Trotzdem gehörte der Ort administrativ zu Hamburg-Mitte. Man lernte in dem Job doch fast jeden Tag etwas dazu, das schätzte sie an der Polizeiarbeit.

Sie packte ein paar Kleidungsstücke und ihren Laptop in einen Seesack, dann schnappte sie sich den Hundekorb und Spielzeug für Prinz und klingelte am Haus nebenan. Sie hatte Glück, ihre Freunde Carlos und Stefan waren zu Hause. Die beiden waren für Rike in den letzten Jahren so etwas wie Familienersatz geworden, vor allem, nachdem ihre geliebte Großmutter erkrankt und bald darauf gestorben war. Wann immer sie von einer Sekunde auf die andere zu einem Einsatz gerufen wurde, hatten sie Prinz in Pflege genommen und sich nie über seinen Mangel an Hundebenehmen beklagt. Rike war eine der Trauzeuginnen der beiden Männer, als diese vor einem Jahr geheiratet hatten, und die drei verbrachten Weihnachten und manche Feiertage gemeinsam. Carlos, der Tänzer war und aus Italien stammte, schwankte unter der Umarmung der kräftigen Pfoten und kraulte dem Rüden liebevoll den Kopf. »Mein Lieblingskuscheltier«, sagte er zärtlich. Und: »Natürlich nehmen wir ihn«, fügte er hinzu, ohne dass Rike überhaupt fragen musste.

Sie stellte den Korb in die Küche, wo sich Stefan gerade bei einem Kaffee in die Sonntagszeitungen vertieft hatte. Er las täglich drei überregionale Zeitungen und war stets auf dem neuesten Stand der Weltpolitik und der wichtigsten kulturellen Ereignisse.

»Kaffee, Gnädigste?«, fragte er. Gelegentlich zog er Rike mit ihrem adeligen Namen auf, dabei hatte sie sich weitgehend von ihrer Familie abgenabelt und verachtete die Gepflogenheiten ihrer adeligen Verwandten, die ihre Zeit auf »standesgemäßen« Bällen oder Jagdgesellschaften verbrachten und sich sogar noch wie im letzten Jahrhundert mit Ihresgleichen verheirateten. Die Ablehnung beruhte wegen ihrer Berufswahl allerdings auf Gegenseitigkeit.

»Nein danke, ich muss leider«, sie verabschiedete sich schnell, damit Prinz erst gar nicht in Versuchung kam, jämmerlich jaulend hinter seinem Frauchen herzulaufen. Zudem hatte sie aus dem Fenster den blau-silbernen Streifenwagen gesehen, der sie abholen und zum Flughafen Fuhlsbüttel in den Norden der Stadt bringen sollte. Die beiden jungen Kollegen, die sie fuhren, kannte sie nicht. Sie hatte Mühe, die beiden zu überzeugen, erst auf der Elbchaussee Blaulicht und Sirene einzuschalten und nicht die gesamte Nachbarschaft zu beschallen.

»Wir haben unsere Anweisungen«, beharrte der Fahrer, normalerweise würde die Fahrt fast eine Dreiviertelstunde dauern. Rike war froh, dass sie sich zumindest noch kurz vorbereiten konnte. Viele Informationen hatte ihr Roths Sekretariat nicht zukommen lassen. Es ging um einen männlichen Toten, Verdacht auf Fremdeinwirkung. Das war alles, was über den Fall in den Unterlagen stand. Die Wasserschutzpolizei hatte nicht ausrücken können, da zu diesem Zeitpunkt Ebbe war und sie die Insel daher nicht mit dem Schiff erreichen konnten. Stattdessen hatte der Ortsvorsteher, das war so eine Art Bürgermeister, den Tatort abgesperrt. Dieser Kai-Uwe König war ihr Ansprechpartner für alle Fragen der Unterbringung und Logistik. Sie und ihre Kollegen sollten für die Zeit der Ermittlungen im Leuchtturm wohnen, wo der Hamburger Senat über eine eigene Etage verfügte. Roths Sekretärin hatte noch einige Seiten mit allgemeinen Informationen über die Region hinzugefügt.

Der Streifenwagen hielt am grauen Hangar der Hubschrauberstaffel, und Rike sah, dass die »Libelle 1«, einer von zwei Helikoptern, schon abflugbereit vor der Halle stand und bereits den Rotor angeworfen hatte. Sie bemerkte, dass der Kriminaltechniker Volker Hendrichs auf einem der drei Passagiersitze Platz genommen hatte. Der Flugtechniker nahm ihr das Gepäck ab und bat sie, schnellstmöglich ihren Platz einzunehmen. Er half ihr, sich anzuschnallen und die Kopfhörer aufzusetzen, ohne die man sich an Bord wegen des Lärms nicht verständigen konnte. Über Funk begrüßte sie der Pilot und erklärte, dass er in wenigen Minuten starten werde. Gerade hatte der Tower den Abflug freigegeben, da sich der Wind vorübergehend gelegt hatte. Rike hatte über Funk gefragt, ob der Hubschrauber nicht auf die beiden Kollegen warten könne. Der Pilot erklärte, dass der Hubschrauber wegen der Technik nur drei Passagiere mitnehmen könne. Er musste ohnehin zweimal fliegen und dabei auf dem Rückweg auch den Toten nach Hamburg transportieren. »Voraussichtliche Flugzeit 30 Minuten, ich wünsche einen guten Flug«, hörte sie über Funk.

Der Helikopter stieg steil nach oben und folgte der Elbe, überflog Cuxhaven, die Elbmündung, bis sie schließlich das dunkelblaue aufgewühlte Wasser der Nordsee unter sich sahen. Der Pilot meldete sich nochmals:

»Vor uns bei ein Uhr können wir die Insel Helgoland sehen, unser Reiseziel liegt jetzt genau unter uns. Vorbereitung zur Landung.«

Der Hubschrauber flog einen Bogen um ein fast viereckiges Landstück unter ihnen, das langsam größer wurde. An einem Ende sah sie einen weißen Turm, der aussah wie ein Fernsehturm, an der Südseite einen burgartigen roten Klinkerturm mit einer grünen Kuppel, einer davon musste der Leuchtturm sein, in dem sie auch wohnen sollten. Sie erkannte eine Handvoll Häuser, die wie bunte Bauklötzchen um den Rand der Insel wie hingestreut lagen, in der Mitte rannten Kühe und Pferde wohl wegen des Geräuschs panisch über die Wiesen. Direkt neben dem roten Turm setzte die »Libelle« auf einem gepflegten Grasplatz sanft ihre Kufen auf.

Kaum war der Rotor zum Stehen gekommen, näherte sich ein etwa 50-jähriger Mann mit Cowboyhut, Reithose und Wachsjacke.

»Frau von Menkendorf?«, fragte er und stellte sich als Inselbürgermeister Kai-Uwe König vor. Dann sah er sie und ihren Kollegen ratlos an. »Wen wollen sie denn zuerst verhören?«

Rike schüttelte den Kopf. »Wir würden uns gerne schnellstmöglich den Tatort ansehen, solange es noch hell ist.«

KAPITEL 5

Noch immer stand Andrej vor dem Absperrband am Weg hinter dem Deich und ließ die Besucher erst auf ausdrückliche Anweisung seines Chefs passieren. Als Rike den angenagelten Schädel sah, ahnte sie, dass dies alles andere als ein netter Ausflug werden würde. Sie versuchte, sich auf die Schnelle alte Fälle ins Gedächtnis zu rufen, es war selten, dass die Täter ihre Opfer zerstückelten. Fälle mit abgetrennten Köpfen hatten sie nur theoretisch in der Polizeischule behandelt.

»Was für eine Tatwaffe wurde wohl hier benutzt?«, fragte sie Volker Hendrichs. Der kleine rundliche Mann mit Vollbart, der in einem weißen Overall steckte, zuckte mit den Schultern. Geschwätzigkeit konnte man ihm nicht gerade vorwerfen. Das war Rike aber allemal lieber als die makabren Witze, die einige Kollegen gerne rissen, am Tatort oder bei der Obduktion. Wohl ihre Art, Distanz zu den Ereignissen und den grausamen Schicksalen zu schaffen, aber Rike konnte mit diesem Versuch, die schrecklichen Bilder ihres Berufes zu verarbeiten, nur wenig anfangen.

Der Inselbürgermeister riss sie aus ihren Gedanken. »Das war noch nicht alles.« Er führte sie über die Brücke, an deren Geländer der Schädel aufgespießt war, auf einen kleinen Friedhof, auf dem Holzkreuze um einen Gedenkstein mit einer Inschrift standen, und zeigte ihr den Körper dahinter. »Kennen Sie den Mann?«, fragte sie König.

»Das ist nicht schwierig bei 30 Einwohnern.«

Rike wurde ungeduldig: »Name, Alter, Anschrift – ginge es denn bitte etwas genauer?«

König schüttelte entschuldigend den Kopf. »Sie müssen wissen, das ist mein erstes Mal ... äh, mein erster Mord ... als Bürgermeister. Hier passiert sonst nicht viel.« Er zeigte auf den Toten: »Das ist Peter Hein, er betrieb den Laden und die Gastronomie am Leuchtturm. Geschieden.« Rike notierte die Personalien und die Namen der Angehörigen, nachdem sie die Taschen des Opfers durchsucht hatte. Kein Handy, keine Papiere, kein Portemonnaie.

»Wir müssen den Toten abkleben, um die Faserspuren zu sichern«, sagte sie zu Hendrichs. »Er muss noch heute Abend nach Butenfeld, wenn wir hier fertig sind.« Das war ihr interner Name für die Gerichtsmedizin, nach der rückwärtigen Anfahrtsstraße für die Leichenwagen am Universitätsklinikum Eppendorf benannt, wo die Klienten der Mordkommission eingeliefert wurden. Der Hubschrauber stand bereits auf dem Landeplatz bereit, sie hatte die beiden Kollegen Robert Galinowski und Mareike Schmidt nur kurz empfangen und dann damit beauftragt, Wohnung und Arbeitsort des Opfers auf mögliche Kampfspuren und Auffälligkeiten zu überprüfen und dann zu versiegeln. Der Inselcowboy hatte die beiden zu dem Haus gebracht, das sich direkt neben dem Leuchtturm befand. Volker Hendrichs war noch damit beschäftigt, die Faserspuren am Körper des Toten zu sichern und den Tatort aus allen Perspektiven aufzunehmen. Sie würde die unangenehme Aufgabe übernehmen, die Angehörigen zu benachrichtigen und außerdem die Personendaten des Opfers prüfen.

Auf dem Weg zum Leuchtturm, wo sie wohnen und ihr provisorisches Büro einrichten sollten, überlegte sie. Was für ein schauriger Ort, dieser Friedhof der Namenlosen. Der Inselbürgermeister hatte ihr erklärt, dass dort bis zum Zweiten Weltkrieg alle Toten bestattet worden waren, die das Meer an den Strand der Insel gespült hatte. Warum hatte der Mörder den Toten ausgerechnet dort abgelegt? Dann dachte sie an den Kopf, der auf den Zaun genagelt worden war. An irgendetwas erinnerte sie dieses Bild. Sie dachte angestrengt nach, was für Fälle sie an der Polizeiakademie behandelt hatten. Diese Art, den Toten zur Schau zu stellen, hatte sie irgendwo schon einmal gesehen.

KAPITEL 6

Margo hatte die gesamte Schrankwand Zentimeter für Zentimeter mit der Taschenlampe abgeleuchtet. Wie viel Plunder Menschen in ihrem Leben ansammelten. Meterweise Geschirr, Zinnbecher, Bierkrüge mit Jahreszahlen, Holzfigürchen, Deckchen und Dekorationsartikel für sämtliche Jahreszeiten. Aber nirgendwo persönliche Unterlagen, keine Fotoalben, wie sie gehofft hatte.

Ihre Wirtin hatte an ihrem Schlüsselbord an der Rezeption auch die Zweitschlüssel ihrer Nachbarn hängen. Jedes Jahr im Spätherbst, wenn die Übernachtungsgäste abgereist waren, gingen viele Insulaner auf Reisen, gönnten sich den verdienten Urlaub. Jeder, der auf der Insel blieb, kümmerte sich so lange um die leer stehenden Nachbarhäuser. Margo hatte den Kommissaren Tee und Kaffee in den Ratssaal des

Leuchtturms gebracht, der sich in der Etage über der Küche befand. Das war der einzige Raum in der Pension, der noch weitgehend im Original erhalten war mit seiner dunklen Wandtäfelung und den historischen Gemälden der Hamburger Ratsherren. Unter dem schweren Kronleuchter stand ein alter Eichentisch, der nun zum Arbeitstisch umfunktioniert worden war. Zwei weitere Schreibtische hatten die beiden Polizisten, die mit dem zweiten Hubschrauber eingetroffen waren, mit ihr aus einem Lagerraum über der Senatswohnung heruntergetragen. Die blonde Kommissarin, offenbar die Chefin, hatte sie dann aufgefordert, die Tür zu schließen, und mitgeteilt, dass sie in den nächsten beiden Stunden nicht gestört werden wollten.

Sie hatte den Moment genutzt, um dem Nachbarhaus einen Besuch abzustatten. Der Inselkaufmann Peter Hein hatte in der ersten Etage über seinem Laden gewohnt. Der Eingang befand sich auf der Westseite des Hauses und war so von den Besuchern, die auf den Sitzbänken vor dem Laden verköstigt wurden, nicht einsehbar.

Es galt, leise zu sein, denn Barbara, Heins Tochter, lebte mit ihrem Vater in einer Einliegerwohnung Wand an Wand.

Am Nachmittag hatte Margo die Zimmer der Polizisten vorbereitet und dabei aus dem Fenster im Leuchtturm gesehen, wie die junge Frau mit einer Tasche in der Hand in westlicher Richtung über den Ringdeich lief.

Barbara war dann in den Karlshof gegangen, einen ehemaligen Bauernhof, der als einziges Haus an der Westseite der Insel lag. Das Wohnhaus war, wie die meisten anderen Häuser, zur Pension und Gasthof ausgebaut worden, dahinter befanden sich Pferdeställe, Hallen mit Wattwagen und Kuhweiden.

Vermutlich wollte Barbara die Nacht nach dem grauenvollen Ende ihres Vaters bei ihrer Freundin Simone verbringen, die dort eingeheiratet hatte. Peter Hein hatte Margo bei einem ihrer Gespräche anvertraut, dass er selbst sich immer gewünscht hatte, dass seine Tochter den jungen Karl heiraten würde. Doch es war ihre Freundin, die dann die gute Partie gemacht hatte. Margo tastete sich an der Vorderseite des Schreibtischs entlang, konnte aber die Schubladen nicht öffnen und wollte sie auch nicht aufbrechen. Unten am Eingang hatte sie ein Schlüsselbrett gesehen, vielleicht wurde sie dort fündig. Doch da war ein Geräusch, das eindeutig aus Heins Wohnung kam. Margo lauschte und verharrte still im Dunkeln. Es kam von oben und war jetzt wieder verstummt. Vielleicht war es nur ein Fensterladen, der sich im Wind bewegt hatte, manche alten Gebäude knarrten und ächzten ja.

Dann ging alles sehr schnell, Margo nahm eine Bewegung am oberen Absatz der Treppe wahr, doch sie fühlte sich wie in einem Albtraum, wo sämtliche Gliedmaßen gelähmt scheinen. Starr vor Schreck empfing sie einen heftigen Stoß und konnte sich nicht mehr halten. Als sie stürzte, hechtete ein Schatten an ihr vorbei aus dem Haus. Margos linkes Handgelenk pochte schmerzend und schien anzuschwellen. Unter ihrem Fuß klirrte etwas, sie hob den Gegenstand auf und ertastete einen Rahmen und Glas mit einem Sprung, offenbar ein Foto. Sie steckte es mit der gesunden Hand in die mitgebrachte Tüte und beschloss, das Haus schnellstmöglich zu verlassen. Bevor die Polizisten ihre Sitzung beendet hatten, wollte sie wieder im Turm sein. Es würde sicher Ärger geben, wenn diese das zerstörte Siegel am Eingang des Nachbarhauses entdecken würden. Sie wollte nicht unter Verdacht geraten.

Sie eilte in ihr Leuchtturmbüro, kühlte die verletzte Hand mit einem Eisbeutel, bis der Schmerz endlich nachließ. Dann dachte sie an das mitgebrachte Fundstück und suchte die

Tüte, die sie von nebenan mitgenommen hatte. Doch sie konnte diese nirgendwo finden. Dabei war sie sich sicher, dass sie die Tüte in der Hand hielt, als sie das Nachbarhaus verlassen hatte. Krampfhaft versuchte sie sich zu erinnern, wo sie diese abgelegt hatte. Sollte die ganze Mühe etwa umsonst gewesen sein?

Wer war dieser Mann, der an ihr vorbeigestürmt war? Sie dachte an ihren Hotelgast, doch der war in sein Zimmer gegangen. Merkwürdig, genauso wie diese merkwürdige lange schwarze Tasche neulich. Sie hatte an ein Instrument gedacht, vielleicht befand sich etwas ganz anderes darin.

KAPITEL 7

Rike sah von der breiten Fensterbank ihres Leuchtturmzimmers in die Dunkelheit und konnte an einem Lichterband das gegenüberliegende Ufer von Sahlenburg erahnen, das nur zehn Kilometer entfernt in südlicher Richtung lag, und doch im Moment unerreichbar war. In der Ferne glitt ein Containerschiff vorüber, das aussah wie ein Hochhaus mit Festbeleuchtung. Im Osten der Insel befand sich die Schifffahrtsrinne in Richtung Elbe. Die Verbindung in den Hamburger Hafen war seit Jahrhunderten ein wichtiger Wasserweg, um diesen zu sichern, hatten die Senatoren vor über 700 Jahren diesen Turm gebaut. Lange bevor er ein Leuchtturm wurde, diente er der Überwachung der Nordsee. Vielleicht hatten genau hier, von der Fensterbank, wo Rike saß, Wachmannschaften nach feindlichen Piraten Ausschau gehalten. Damals waren die Öffnungen noch nicht verglast, die Männer Wind und Wetter ausgesetzt, allerdings stand damals bestimmt auch noch keine derart spießige Einrichtung im Raum. Sie hatte zweimal nachgefragt, ob das wirklich die Schlafräume der Senatoren waren. Die Einrichtung bestand aus einfachen Holzmöbeln, jede freie Fläche schien mit Blümchenstoff bedeckt zu sein, vor dem Fenster hingen Blümchenvorhänge, Blümchenkissen bedeckten die Fensterbank und natürlich zierten auch die Bettwäsche rosafarbene Rosen. Das Dekor stand so im Gegensatz zu dem Todesfall, den sie aufzuklären hatte. Wie gerne wäre sie jetzt eine ganz normale Urlauberin. Prinz hätte die Spaziergänge auf dem Deich genossen und wäre durch das Watt getollt. Langsam bürstete sie ihre langen, lockigen blonden Haare, die sie am Tag immer streng hochgesteckt hatte.

Dieser Fall war deprimierend und beängstigend, und das auch noch nach Jahren bei der Mordkommission. Diese grausame Art der Tötung, die so gar nicht in diese Naturidylle passte und diese Insel inmitten der tosenden Naturgewalten zusätzlich bedrohlich machte. Rike dachte an Karl Roth und dessen Erwartung, dass sie den Mörder auf der kleinen Insel schnell finden würde, sie hoffte, dass sie seinen Erwartungen gerecht werden konnte. Sie hatte alle Gespräche, die sie geführt hatte, zusammengefasst und wollte nochmals alle Informationen durchgehen. Vielleicht ergab sich mit etwas zeitlichem Abstand irgendein Ansatzpunkt.

Es war häufiger so, dass die Angehörigen ein Mordopfer als Menschen ohne Fehl und Tadel darstellten, dem niemand etwas Böses gewollt haben könnte. Auch die Tochter des Opfers, Barbara Hein, hatte das Offensichtliche zunächst nicht glauben wollen, dass ihr Vater durch einen Mord ums Leben gekommen war, dieser bei allen so beliebte Inselkaufmann, der sieben Tage in der Woche für seine Kunden da war.

Nur konnte man in diesem Fall ausschließen, dass er durch einen Unfall ums Leben gekommen war. Barbara Hein hatte ihren Ex-Mann als einzig möglichen Verdächtigen genannt, allerdings lebten die beiden gerade in Scheidung.

Von Anfang an hatte Hein seinen Schwiegersohn nicht gemocht und mit seiner Meinung nicht gerade hinter dem Berg gehalten, das hatte ihr der Ortsvorsteher verraten. Nach der Trennung hatte er Cors auch wirtschaftlich das Wasser abgraben wollen, indem er in seinem Inselladen auch Bernsteinschmuck und allerlei Modeartikel ins Sortiment aufnahm und diese stets günstiger anbot als der kleine Laden im Leuchtturm.

Natürlich war Cors empört über dessen Geschäftsgebaren. Das hatte er offen eingeräumt, als sie ihn in seinem Laden im Leuchtturm aufgesucht hatte. Er hatte jedoch ein wasserdichtes Alibi für den ganzen Abend. Denn er war auch nach der Trennung von seiner Frau Mitglied der Inselfeuerwehr geblieben, und an dem Abend hatten sich vier Kameraden im Feuerwehrschuppen getroffen und das Rettungsboot repariert. Auf der Insel kannte nicht nur jeder jeden, es gab auch ein komplexes Beziehungsnetzwerk, wer mit wem in der Feuerwehr, im Leuchtturmverein war oder miteinander die Schulbank gedrückt hatte. Dazu kamen Liebschaften, Exliebschaften, Ehen zwischen den Familien und Ex-Ehen. Sie mussten morgen nochmals bei den Freunden des Kaufmanns nachhaken, um sich ein besseres Bild von ihm zu machen. Der Inselbürgermeister Kai-Uwe König war offenbar seit früher Jugend mit ihm befreundet ebenso wie der Sänger Jo Prell.

Der Alte, der immer mit seinem Fernglas im Rollstuhl auf dem Platz vor dem Leuchtturm saß, hatte auf Plattdeutsch gekrächzt: »Bagaluten, Bagaluten, de Hein. Dat hat so kommen müssen.« Etwas Konkretes ließ er sich auch auf mehrfache Nachfrage nicht entlocken. Aber Rike hatte erfahren, dass *Bagaluten* auf Plattdeutsch *Bösewichte* bedeutete. Allzu viel wollte sie jedoch darauf nicht geben, denn der alte Herr schien doch reichlich verwirrt zu sein, wenn man seinem Gerede lauschte.

Rike seufzte, als sie ihren Computer verstaute.

Nachdem der Tote mit der »Libelle« in die Gerichtsmedizin geflogen worden war, hatte sich das Team im Ratssaal des Leuchtturms versammelt und seine bisherigen Erkenntnisse ausgewertet. Viele Ansatzpunkte hatten sie nicht. Sie hatten weder ein Mobiltelefon des Opfers gefunden noch hatte die Auswertung der in der Funkzelle benutzten Mobiltelefone brauchbare Hinweise ergeben. Ihr war dann noch eine Aussage eingefallen, die sie noch nicht aufgeschrieben hatte, weil Heins Tochter dies erst erwähnt hatte, als sie die Vernehmung eigentlich schon abgeschlossen hatte und gerade gehen wollte. Diese Margo, die Rezeptionistin im Leuchtturm, sollte sich an den Kaufmann herangemacht haben. Wie lange war die nochmal auf der Insel? Die Tochter hatte sie im Verdacht, den Alten beerben zu wollen. Rike nahm sich vor, die Wirtin schnellstmöglich zu befragen, denn sie war die nächste Nachbarin des Opfers gewesen.

KAPITEL 8

Margo glaubte sich noch mitten in ihrem Traum, dann schreckte sie aus dem Schlaf hoch. Es klopfte leise an ihre Tür, nach einem Moment Stille ging das Klopfen weiter.

Schlaftrunken torkelte sie der schweren Eichentür entgegen. Als sie einen Spalt geöffnet hatte und den stechenden Schmerz im Handgelenk fühlte, dachte sie an die Ereignisse vom Vortag.

Da sah sie Paul und wollte die Tür sofort wieder zudrücken. »Rezeption geschlossen«, murmelte sie. Da hielt er den Bilderrahmen mit dem Foto hoch, den sie vermisst hatte.

»Gehört dir das vielleicht?«

»Wo haben Sie das her?«, fragte sie ärgerlich und nahm ihm den Rahmen mit der unverletzten Hand ab.

»Als Archäologe finde ich so einiges.«

»Haben Sie immer so eine zuvorkommende Art wie vorhin?«

»Wir waren doch beim Du«, antwortete Paul.

»Ach ja, und das gibt Ihnen das Recht, mich umzurennen wie ein Irrer?«, fragte Margo wütend.

»Umrennen gehört nicht zu meinem Flirtrepertoire«, parierte Paul.

Entweder wusste er nicht, worauf sie anspielte, oder er konnte es gut verbergen. Sicher war sie sich nicht über die Identität des Schattenmanns. Einen Mitwisser wollte sie allerdings auch nicht für ihren Ausflug haben. Wie sollte sie erklären, was sie einen Tag nach dem Mord im Haus des Toten gesucht hatte?

Aber was wollte der Mann um ein Uhr nachts an ihrer Zimmertür?

»Und nächtliche Zimmerbesuche gehören sehr wohl zu Ihrem Flirtrepertoire? Da muss ich Sie bei den Erfolgsaussichten aber leider enttäuschen«, beschied ihm Margo kühl.

Paul zögerte. »Tut mir leid, Frau Wirtin. Ich habe eine Bitte und konnte nicht bis morgen warten. Ich würde gerne ein paar Papiere von dir aufbewahren lassen, falls das möglich wäre. Das darf auf keinen Fall in die falschen Hände kommen. Damit meine ich auch eine gewisse Dame, die im Hause logiert.« Er zeigte nach oben in Richtung Senatsetage, wo die Polizisten untergebracht waren.

Margo wurde hellhörig: »Warum sollte sich diese Dame für Ihre Papiere interessieren?«

»Nun ja, wegen Hein …«, stammelte Paul. »Ich stehe schon seit Jahren mit ihm im Kontakt. Er war ein Sammler seltener Urkunden und Karten und hat mir Material verkauft.«

»Und dabei ist etwas schief gelaufen, und er ist ums Leben gekommen?«, fragte Margo ihn provokativ.

Paul sah sie entsetzt an. »Das denkst du doch nicht wirklich, dass ich einen Menschen auf dem Gewissen habe? Wir haben miteinander Geschäfte gemacht, das war alles.«

So richtig konnte sich Margo auch nicht vorstellen, dass er ein Mörder war. Warum sollte er den Inselkaufmann wegen irgendwelcher alter Papiere, so spektakulär diese auch sein mochten, umbringen? Allerdings hatte er ihre Nachfrage geschickt umgangen.

»Also nochmal: Was sind das für Unterlagen? Ich werde ja nicht selbstgedruckte 500er oder Heins Testament verstecken und die Insel per Heli in Handschellen verlassen?«

»Och, das sind also … ähm … ein paar historische Dokumente für meine Mittelaltervorlesung.«

Jetzt riss Margo der Geduldsfaden. Für wie dämlich hielt er sie eigentlich, dieser Typ, der mit Mitte 40 immer noch den großen Jungen gab und seinen Charme für unwiderstehlich hielt. Natürlich hatte sie ihn amüsant gefunden, als er mit seinem trockenen norddeutschen Humor über seine Reisen zu Ausgrabungsstätten sprach und berichtete, über welche Umwege er manchmal an sein Ziel kam. Aber ansonsten hatte sie gerade genug von Männern, die in erster Linie sich selbst liebten.

»Dann brauche ich ja nichts zu verstecken. Die gänzlich unspektakulären historischen Dokumente für die Mittelaltervorlesung, typisches Skandalthema auf Seite 1 der ›Bildzeitung‹, sind für die Polizei sowieso völlig irrelevant.«

»So unspektakulär sind sie nun auch wieder nicht«, sagte Paul zerknirscht. »Wenn sich das als echt erweist, wäre es eine wissenschaftliche Sensation. Das wäre eine Riesenchance für mich, einen Lehrstuhl zu bekommen.«

Misstrauisch hakte Margo nochmals nach: »Und worum geht es dabei?«

Paul zögerte: »Das muss aber streng geheim bleiben. Ich sage nur ›Störtebeker und seine Zeit auf Neuwerk‹.« Dann wurde er nachdenklich und fragte sie:

»Im Übrigen: Was willst du eigentlich mit dem Foto?«

Touché, dachte Margo. Aber er wäre der Letzte, den sie in ihre persönlichen Probleme einweihen würde. Ein Glas zu viel an der Bar und ein tiefer Blick der Adelszicke, und der würde wahrscheinlich alles brühwarm weitererzählen. Wenn die Frau nicht immer so verkniffen wäre, würden Männer die große Blondine sicher attraktiv finden. Auf jeden Fall wollte sie es nicht darauf ankommen lassen, Paul einzuweihen, lieber wollte sie seine Papiere verstecken. Dann könnte sie immer noch selbst einen Blick darauf werfen und später entscheiden.

»Okay, es gibt eine geheime Tür im Keller, die in eine Art unterirdisches Labyrinth führt. Das waren einmal Fluchtwege für die Turmbesatzung im Fall eines Angriffs. Dort können Sie die Dokumente ablegen.«

Paul drängte, das umgehend zu tun, und fragte nochmals: »Auf dem Bild, sind das nicht Hein und seine Jugendfreunde? Das habe ich übrigens vor der Rezeption auf dem Boden gefunden, es gehört dir doch?«

Margo überlegte kurz, ihn in das Labyrinth einzuschließen, allerdings hätte sie sich dann wohl verdächtig gemacht, und sagte resigniert: »Dann wollen wir mal in die Unterwelt hinabsteigen.«

*** *Das kleine Holzschiff mit der Kerze schaukelte auf den Wellen, bis die ablandige Strömung seinen Rumpf umschlang und das Licht immer kleiner wurde. Einen Moment tanzte es noch auf den Wellenkämmen, während es vom auflaufenden Wasser in die Unendlichkeit des offenen Meeres getrieben wurde. Die drei Männer standen bewegungslos und still am Ufer und sahen dem Flackern hinterher, bis es nur noch ein ganz kleiner leuchtender Punkt war, der sich schnell gen Norden bewegte. Keiner sagte ein Wort. Sie sahen dem Licht noch nach, bis es außer Sichtweite war. Dann griff einer der drei Gefährten zu seiner Gitarre und stimmte ein Lied an, in das die beiden anderen brummend einfielen.*

My boat's by the tower, and my bark's on the bay,
and both must be gone at the dawn of the day.
The moon's in her shroud, and to light thee afar
On the deck of the daring's a lovelighted star.
So wake, lady wake, I am waiting for thee,

Oh, this night or never my bride thou shalt be,
So wake, lady wake, I am waiting for thee,
Oh, this night or never my bride thou shalt be.

»Du warst unser Bruder, leb wohl«, sagte einer der beiden kleineren Männer, der bis dahin geschwiegen hatte. Alle drei senkten ihre Köpfe und blieben für eine Weile stehen. »Jetzt sind nur noch wir drei übrig«, sagte der Dritte. Schweigend umarmten sie sich, und ihre Schatten verschwanden in der Dunkelheit.

KAPITEL 9

Margo stand ruckartig von ihrem Stuhl im Frühstücksraum auf und schloss das Fenster. Draußen hob sich der dichte milchige Morgennebel nur langsam.

»Ich wüsste nicht, was Sie mein Privatleben angeht«, sagte sie schnippisch. »Oder soll das ein Verhör werden?« Irgendjemand hatte dieser Adelszicke etwas von ihrem Treffen mit Hein gesteckt. Wahrscheinlich dessen hysterische Tochter, vielleicht war es auch Paul, den sie einmal nach einem Besuch bei ihrem Nachbarn getroffen hatte und der sie voller Neugier gefragt hatte, ob sie mit Peter Hein befreundet sei. Sie fragte sich noch immer, ob er es war, dem sie im Dunkeln begegnet war. Ob er ihr nachspionierte? Sie glaubte nach ihrem nächtlichen Gespräch aber nicht, dass er sie bei der Polizei anschwärzen würde. Ganz klar, die tappten bei ihren Ermittlungen komplett im Dunkeln und suchten nun krampfhaft einen Verdächtigen. Sie wollte sie nur ganz informell als Zeugin vernehmen. Statt sie in die Ratsetage zu einer förmlichen Vernehmung einzuladen, hatte die Kommissarin sie am Frühstücksbüffet überrascht und sie gebeten, am Tisch ihr gegenüber Platz zu nehmen. Das war wahrscheinlich deren persönliche Taktik.

»Praktisch, so ein Sugar-Daddy, dann muss man keine Betten mehr machen, um seine Miete zu bezahlen«, sagte die Kommissarin spitz. Heute schien die Gute sogar Reißzwecken gefrühstückt zu haben. Vielleicht sollte sie ihr mal einen Hanftee kochen, damit sich die Dame etwas entspannen konnte.

Margo ließ einen kurzen verächtlichen Zischlaut hören, dann besann sie sich, ging zum Büffet zurück und begann, die Schälchen mit Konfitüren zu füllen. Das war doch ein ziemlich durchsichtiger Trick, um sie zu provozieren. »Sehr praktisch, ganz genau. Sie scheinen ja beste Erfahrungen zu haben mit Sugar-Daddys.« Sie lächelte kühl. »Aber mit einem Familienschloss im Hintergrund muss man sich ja über so etwas keine Gedanken machen«, giftete Margo zurück.

Die von Menkendorf schwieg, die Lippen zusammengepresst. Hatte sie einen wunden Punkt erwischt, obwohl sie einfach nur ihrer Fantasie mit ein paar Adelsklischees freien Lauf gelassen hatte? Die Dame kam also wirklich aus einem Schloss, wollte dies aber unter allen Umständen geheim halten, vermutete Margo.

»Wie nah standen Sie dem Opfer, hatten Sie eine Liebesbeziehung?«, wechselte die Polizistin abrupt das Thema.

Margo war sonst selten um eine Antwort verlegen, doch von dieser Frage so verblüfft, dass sie plötzlich in der Bewegung stoppte und der Tellerstapel, den sie gerade auf das Büffet stellen wollte, ihr aus der Hand glitt und klirrend zu Bruch ging. Wütend fegte sie die Scherben mit einem Handfeger in einen Eimer, dessen Inhalt sie dann geräuschvoll in einen Müllsack pfefferte.

Das grenzte an üble Nachrede, sie fragte sich, ob sich das die Menkendorf ausgedacht hatte oder jemand von der Insel? Sie ging nochmals zum Tisch zurück, an dem diese noch immer saß und in ihren Laptop tippte. »Was wollen Sie eigentlich von mir? Glauben Sie, dass ich einen Menschen hinrichten könnte?«

Dann ging sie zurück in die Küche, um den Käseteller zu holen, und spürte die Blicke der Kommissarin im Rücken. »Ich muss dann mal wieder an die Arbeit. Danke noch für das erhellende Gespräch und weiter gute Erholung auf Neuwerk.« Diese Spitze konnte sie sich nicht verkneifen. Kurz hatte sie überlegt, ob sie etwas von dem nächtlichen Besuch von Paul und dem Schattenmann erzählen sollte. Aber warum sollte sie der aufgeblasenen Schlossherrin ihre Arbeit abnehmen? Außerdem hätte sie sich damit sogar noch verdächtiger gemacht.

KAPITEL 10

Es war einfach lächerlich, der Typ wollte wohl einen auf Pferdeflüsterer machen. Finster sah Robert Galinowski dem Mann mit Cowboyhut hinterher, der in einem runden Holzverschlag ein dickes braunes Pferd im Kreis traben ließ. Die Menkendorf hatte ihn dafür eingeteilt, den Ortsvorsteher Kai-Uwe König nochmals zu ihren bisherigen Erkenntnissen zu befragen und mit seiner Hilfe das Beziehungsnetz von Peter Hein auf der Insel zu rekonstruieren.

Seine Freunde hatten neidisch zugehört, als er während ihrer wöchentlichen Skatrunde den Marschbefehl für die Insel in der Nordsee bekam, doch er selbst hätte gerne darauf verzichtet. Dieses ganze Gelaufe ging ihm auf die Nerven, diese Insel war autofrei. Das musste man sich ja einmal vorstellen in unserem Jahrhundert! Bis auf die Müllabfuhr, die Feuerwehr und ein paar Traktoren gab es keine motorisierten Privatfahrzeuge. Den Vorschlag, das Feuerwehrauto zu beschlagnahmen, hatte die von Menkendorf mit empört gespitzten Lippen zurückgewiesen. Das sah der Frau ähnlich.

Zum Glück war das entgegengesetzte Ende der Insel nicht weit entfernt, in einer Stunde hatte man Neuwerk sogar komplett umrundet. Er war aber nicht außen am Deich entlang zu den Häusern im Norden der Insel gegangen, sondern hatte den Mittelweg hinter dem Leuchtturm genommen, einen Plattenweg, der einen öden Blick auf die flache Landschaft ohne Bäume bot. Kühe glotzten ihn blöde aus ihren großen Augen an, dahinter weideten die Pferde, die wohl Königs Kutschen ziehen mussten. Vom Meer sah Galinowski nichts, der Deich im Norden versperrte den Blick auf die Nordsee. Er fragte sich, warum hier jemand seinen Urlaub verbrachte. Er würde sich schnellstmöglich mit der Dienstpistole ins Jenseits befördern, wenn er hierher versetzt würde. König ignorierte ihn noch immer, er räusperte sich schließlich.

»Kriminaloberkommissar Galinowski. Ich ermittle in einem Mordfall, würden Sie sich bitte zur Befragung bequemen?«

Der Cowboy knurrte: »Hab schon mit Chefin gesprochen.« Galinowski kochte innerlich – die Menkendorf, von wegen Chefin. Wenn er wüsste, mit wem die auf der Besetzungscouch gelegen hatte. Die war erst nach ihm in die Mordkommission gekommen und vollkommen unerfahren. Das wäre eigentlich sein Fall. Aber seine Stunde würde kommen, da war er ganz sicher. Gemächlich hatte der Cowboy das Pferd zur Koppel geführt, das Halfter gelöst und war gerade rechtzeitig beiseitegetreten, als das Tier mit großen Sprüngen auf die Wiese stürmte.

»In welchem Verhältnis standen Sie zu dem Toten?« Der Mann würdigte ihn keines Blickes.

»Schulkamerad.«

Knapper ging es nicht, dem musste man tatsächlich jedes Wort einzeln aus der Nase ziehen.

»Ist ja einen Moment her, oder? Und wie war das Verhältnis heute?« Galinowski folgte dem Mann, der in das Stallgebäude weiterlief und ihn einfach wie Luft behandelte. An einer Box war er stehen geblieben: »Man kann sich auf einer Insel schlecht aus dem Weg gehen.« Na, wenn das kein Ansatzpunkt war.

»Aus dem Weg gehen – gab es Streit?«, fragte Galinowski hoffnungsvoll.

»Nix Streit, drehen Sie mir nicht das Wort im Mund rum, sonst sag ich nichts mehr«, bellte der Cowboy drohend und fragte dann missmutig: »War's das, ich hab einen Betrieb zu führen.«

Ohne die Antwort abzuwarten, kehrte er Galinowski den Rücken zu und setzte mit finsterem Blick seinen Weg in die Stallgasse fort.

Galinowski war in Rage und beschloss, sich erst mal ein Bierchen im Nachbarlokal zu gönnen, bevor er sich den nächsten redseligen Insulaner vornahm.

Direkt nebenan lag das Restaurant »Seemannsgarn«, das in seinem Reiseführer als besonders empfehlenswert vermerkt wurde. Hier würde doch hoffentlich ein wohlschmeckendes Helles gezapft, und vielleicht hörte er sogar etwas Nützliches von den Gästen. Dann las er seine Notizen durch, war das tatsächlich *der* Jo Prell?

Er war es, stellte er fest, als sich der Hüne ihm gegenüber an den Tresen stellte.

»Womit kann ich dienen, Herr Hauptkommissar?«

Galinowski schien ein paar Zentimeter zu wachsen und ließ den Irrtum unwidersprochen. Der wusste offenbar, wen er vor sich hatte.

»Sie waren also auch ein Schulkamerad von Hein, Ihr Nachbar auch – alle in einer Klasse?«

Der bekannte Musiker war eindeutig gesprächiger als sein Cowboynachbar. Alle Kinder auf der Insel hatten schon immer gemeinsam die Schulbank gedrückt. Aber damals war die Schulklasse mit 15 Kindern noch deutlich größer, während heute nur eine einzige Schülerin dort lernte.

»Seitdem haben wir uns etwas aus den Augen verloren«,

berichtete Prell. »Kein einfacher Mensch«, sagte er über den Toten und sah nachdenklich über den Tresen hinweg.

»Er hat immer einen Konkurrenten in mir gesehen. Denn eigentlich war Peter Hein das große Unterhaltungstalent in der Klasse, er spielte die Hauptrollen bei unseren Weihnachtsstücken und sang in der Schülerband. Damit war es dann leider vorbei mit der künstlerischen Karriere. Am Ende wurde er Alleinunterhalter für Touristen, als er vom Schwiegervater den Laden übernahm. Seine Frau bediente, er machte Konversation und sonnte sich in der Bewunderung seines Publikums.« Er rieb den Daumen an den Zeigefinger. »Das ist natürlich eine Goldgrube, aber eben auch ein Goldener Käfig. Als ich meinen ersten Hit gelandet hatte, der im Radio lief, hat er das richtiggehend übel genommen und kaum noch mit mir geredet.« Prell schüttelte den Kopf, als er an seine Anfänge auf der Bühne zurückdachte.

Kurz danach hatte Prell auch sein Restaurant »Seemannsgarn« eröffnet, doch dies hätte beinahe in der Pleite geendet. »Anfangs hatten wir in unserem Lokal zwei Jahre lang kaum Gäste. Bis zu dem Tag, als mitten in der Saison wirklich alle Lokale voll waren, und eine Familie langjähriger Inselbesucher zögerlich hereinspazierte.«

Damals hatte ihnen das Wasser bis zum Hals gestanden, die Bank begann die Geduld zu verlieren und hatte bereits mit einer Zwangsversteigerung gedroht. »Wir waren so knapp vor dem Untergang«, theatralisch presste er Zeigefinger und Daumen zusammen. Dann war diese Familie gekommen, hatten sich umgesehen und erstaunt festgestellt, dass es im »Seemannsgarn« hübsch und sauber war. Sie waren danach jeden Tag bei ihnen essen, mit immer mehr Freunden und Bekannten. Am Ende seines Urlaubs hatte der Vater dieser Familie zu Prell gesagt: »Wissen Sie, wir haben uns lange gar nicht herein getraut, weil wir beim Kaufmann die Geschichte von den toten Ratten in der Küche gehört hatten.« Er stellte Galinowski ein volles Glas auf den Tresen und schlug dann auf den Tisch.

»Ich fiel damals aus allen Wolken. Solche Lügen hatte mein alter Kumpel verbreitet, und da die Touristen immer zuerst beim Kaufmann landen, haben die einen großen Bogen um das ›Seemannsgarn‹ gemacht. Das hat sich dann aber schlagartig geändert«, erinnerte sich Prell.

Galinowski hatte fleißig mitstenografiert und fragte dann: »Wo waren Sie denn gestern Abend?«

Prell sah ihn ungläubig an: »Junger Mann, diese Ereignisse sind über 20 Jahre her, Sie wollen mich doch wohl nicht verdächtigen?«

Reine Routine, versicherte er, allerdings wäre der Sänger höchst verdächtig, wenn er nicht ausgerechnet an dem Abend bei der Feuerwehr das Rettungsboot repariert hätte. Trotzdem hatte er einen Knüller, dachte er und beeilte sich, um rechtzeitig zur Besprechung mit allen Kollegen im Leuchtturm zu kommen. Prell war vielleicht nicht der Einzige, den Peter Hein verleumdet hatte. Die anderen saßen schon im Ratssaal und waren mit ihren Computern beschäftigt, er war gespannt, wie sie auf seine Entdeckung reagieren würden. Doch in der Sitzung, die die Menkendorf kurz darauf anberaumte, kam er gar nicht mehr zu Wort.

Es war ausgerechnet diese Neue aus dem Osten, Mareike Schmidt, die ihm die Schau stahl. Denn die hatte eine Beschreibung des mutmaßlichen Mörders: »Ein durchtrainierter Typ in schwarzer Windjacke mit einem Pferdeschwanz und ausrasierten Schläfen und Nacken.« Zwei befreundete Paare, die abends am Deich entlang spaziert waren, hatten ihn auf den Friedhof der Namenlosen gehen sehen. Sie hatten ein Fernglas und Kameras dabei, da sie Vogelbeobachtungen machten, und ihn eindeutig identifiziert, als er den beleuchteten Mittelweg entlanggelaufen war. Sie hatte die Vernehmungen aufgenommen und spielte sie ihnen vor. Beide Paare waren sich vollkommen sicher, und sie hatten ihn zudem noch zufällig mit abgelichtet, als sie die dreiarmige Straßenlaterne mit dem Wappen Hamburgs fotografiert hatten, die am Anfang des Mittelwegs stand.

Der Mann, so folgerte die Menkendorf, musste Paul Conelly sein, den hatten sie beim Frühstück gesehen, und die Beschreibung passte sehr genau. Die Zeugen hatten ihn auf einem Handybild zudem erkannt. Er hatte alles abgestritten und dann gar nichts mehr gesagt, aber nach der Durchsuchung seines Zimmers im Leuchtturm waren sie überzeugt, den Richtigen gefunden zu haben. Ihm blieb ein Zweifel, das war einfach zu schnell gegangen. Aber er hatte ja sowieso nichts zu sagen. Und wenn die Menkendorf sich blamierte, konnte das nur gut für ihn sein.

KAPITEL 11

Sie hatten ihm tatsächlich Handschellen angelegt. Mit den Händen auf dem Rücken war es mühsam, die ausgetretene Holztreppe am Turm hinabzugehen. Gegenüber dem gepflasterten Platz stand der Hubschrauber startbereit auf der Wiese. Paul hatte den tosenden Fluglärm gehört, als er noch beim Frühstück saß, und sich gefragt, ob es irgendeinen Notfall gab. Dann war alles ganz schnell gegangen.

Die von Menkendorf und ihr etwas kurz geratener Kollege, dessen Namen er vergessen hatte, standen vor ihm und hatten ihm erklärt, dass er festgenommen sei und nach Hamburg überstellt werde. Der Polizist half ihm, in den Hubschrauber einzusteigen, löste seine Handschellen, um ihn anzuschnallen, und fixierte ihn dann am Sitz. Ihm gegenüber nahm die Menkendorf Platz, an seiner Seite deren jüngere Kollegin.

Der Hubschrauber stieg senkrecht in die Höhe, bis er sich weit über der grünen Spitze des Turms befand, drehte einen Kreis in Richtung der nördlich gelegenen Vogelinseln Scharhörn und Nigehörn, die unter ihnen gelblich aus dem Wattenmeer ragten. Hunderte von Vögeln waren, von ihrer Ankunft aufgeschreckt, losgeflattert und flüchteten sich in einer beeindruckenden V-Formation in die Ferne. Der Pilot drehte über die grau-silbern glitzernde Landschaft in Richtung Festland ab. Paul sah hinab auf das Meer, das gerade begonnen hatte, sich zurückzuziehen, und die kleine grüne Erhebung mit dem roten Turm. Insel meiner Hoffnung – er lächelte bitter. Wie kurz hatte er vor dem Ziel gestanden, und nun?

Unter anderen Umständen hätte er den komfortablen und schnellen Transport in seine Heimatstadt durchaus geschätzt. Aber mit den Handschellen am Sitz fixiert war ein Helikopterflug nicht wirklich ein Vergnügen. Er sah zur Kommissarin gegenüber, die mit unbewegtem Gesicht in einem Aktenordner las. Die hatte sich in ihn als Verdächtigen Nummer 1 verbissen.

Sie hatte ihn mit nüchternem Magen schon vor dem Frühstück zur ersten Vernehmung gebeten und ihn später verhaftet, nachdem ihn mehrere Menschen durch die Tür hindurch angesehen und heftig genickt hatten. Offenbar hatten die ihn am Todesabend von Hein gesehen, er hatte daher auch nicht länger seine zwei Besuche auf dem Friedhof geleugnet. Sie wollte ihm jedoch nicht glauben, dass er Peter Hein bei seinem zweiten Grabungsversuch an dem Abend dort tot aufgefunden hatte.

Er musste an Störtebeker denken, der vor über 600 Jahren ebenso unfreiwillig die Reise nach Hamburg angetreten hatte. Das war zumindest eine der unzähligen Geschichten, die über den Piraten erzählt wurden. Einer der Überlieferungen zufolge soll der Anführer der Vitalienbrüder im April 1401 bei Helgoland seinen Verfolgern wortwörtlich ins Netz gegangen sein, nachdem ein Verräter flüssiges Blei in die Schiffssteuerung gegossen hatte und die Kogge danach manövrierunfähig war. Die Soldaten der Hanse hatten das Schiff geentert und ein Netz über den gefürchteten Kämpfer geworfen, um ihn so außer Gefecht zu setzen. Nach der Ergreifung hatten sie ihn im Keller des Neuwerker Turms eingesperrt, bevor er seine letzte Reise zur Hinrichtung auf dem Grasbrook in Hamburg antrat.

Wie gut, dass das Mittelalter vorüber war, so musste Paul zumindest nicht mit Ketten an den Füßen herumlaufen. Er fragte sich, ob er die U-Haft auch Margo zu verdanken hatte. Schließlich hatte die Pittbull-Frau sie auch in die Mangel genommen und war nicht gerade zimperlich, diese ehrgeizige Karrieristin. Wollte ihren adligen Namen wohl in Kürze durch den davorstehenden Dienstgrad *Hauptkommissarin* aufpolieren.

Er dachte wieder an Margo und bedauerte, dass er sich von der Insel entfernen musste. Sie war seine absolute Traumfrau. Er dachte an den tiefgründigen Blick ihrer blauen Augen und ihre seidigen langen Haare, die ihr wie ein glänzender Umhang über den Rücken fielen, an ihre weibliche Figur. Er hatte noch nie solche hageren Emanzen, wie die Kommissarin eine war, gemocht, die sicher ihren Körper durch stundenlanges Training im Fitnessstudio und Marathons stählte. Wie anders war doch Margo, einerseits sehr weiblich, ein Genussmensch mit einer leicht extravaganten Note, wie ihre Kleidung verriet. Gleichzeitig war sie hochintelligent, witzig und schlagfertig, er musste beim Gedanken an seinen nächtlichen Besuch lächeln. Naiv war sie wirklich nicht, und irgendetwas führte sie im Schilde, diese geheimnisvolle erotische Frau.

Und wenn sie ihn verraten hatte, dann würden die Bullen bald mit Heins Karte wedeln, oder? Er hatte ein Gespräch mitgehört, das sie mit der Kommissarin geführt hatte, und sie hatte sich nicht im geringsten die Butter vom Brot nehmen lassen.

Doch wie waren sie sonst auf ihn als ihren Hauptverdächtigen gekommen und hatten die Gegenüberstellung und eine Hausdurchsuchung machen können? Dabei hatten sie das Geld gefunden, das er in seiner grenzenlosen Dämlichkeit mit einer Quittung von Hein in seiner Tasche liegen lassen hatte. Er ärgerte sich über seine eigene Nachlässigkeit.

Natürlich wären 50.000 Euro wohl für den einen oder anderen ein Motiv. Das wäre mehr als sein offizielles Jahreseinkommen. Gebrauchen konnte er dieses Geld natürlich, seine Forschungen und Expeditionen verschlangen Unsummen und er musste immer neue Finanzquellen anzapfen. Doch diese entsetzliche Grausamkeit des Mörders, niemals wäre er dazu in der Lage, auch nicht für den größten Fund seines Lebens.

Unablässig dachte Paul über ein Detail nach. Warum war der Leichnam auf diese Weise zugerichtet und genau dort abgelegt worden? Er dachte an den aufgespießten Kopf und fragte sich, ob sich dahinter eine Botschaft an ihn verbarg. Hatte es etwas mit seiner Suche zu tun, wollte der Täter eine Warnung abgeben oder Mitwisser vernichten? Dann war er selbst in Gefahr.

KAPITEL 12

Glücklich schloss Rike die Tür ihres weißen Hauses auf, öffnete die Fensterläden und ließ etwas Luft hinein. Diese duftete noch immer nach Lavendel und Rosen, zumindest diese Pflanzen ihrer geliebten Großmama hatte sie nach deren Tod retten können.

Jetzt lebte sie schon seit 14 Jahren in dem früheren Fischerhäuschen im Treppenviertel von Blankenese. Damals schien ihr Hamburg einfach wie die große weite Welt, und sie war froh, bei der Omama eine Bleibe zu finden, als sie als unerfahrenes Erstsemester vom Lande in die Großstadt kam. Zwölf Jahre hatten sie zusammengelebt, und es waren die glücklichsten Jahre in Rikes Leben. Die Omama hatte ihr beigestanden, als sie sich traute, ihren eigenen Weg zu gehen.

Es war eine schwierige Entscheidung, die sie noch stärker von ihrer Familie in Soltau, einem südlich von Hamburg in der Lüneburger Heide liegenden Städtchen, entfremdet hatte, als sie beschloss, die Juraausbildung an den Nagel zu hängen und sich an der Polizeiakademie zu bewerben.

Eigentlich war sie als Nachfolgerin im Notariat ihres Vaters vorgesehen gewesen. Der hatte sich irgendwann damit abgefunden, dass er »nur zwei Töchter« bekommen hatte, wie er sich ausdrückte, und keinen Stammhalter. Aber dann hatte er sich mit der Idee versöhnt, dass seine Tochter Friederike die Kanzlei und die Rolle als örtliche Honoratiorin übernehmen würde. Rike hatte das Jurastudium gelegen, sie lernte fast mühelos Paragrafen und Fälle, schrieb bei den Klausuren Bestnoten und hatte keinerlei Probleme, ein Referendariat bei Waissmayr, dem berühmtesten Strafverteidiger Hamburgs, zu bekommen. Doch bei der praktischen Arbeit war sie gleichsam vom Glauben abgefallen. Natürlich war es die Pflicht des Verteidigers, all diese Totschläger, Vergewaltiger oder gar Mörder zu vertreten. Aber Rike konnte sich nicht damit abfinden, von Berufs wegen auf der falschen Seite stehen zu müssen. Nach fünf Monaten übergab sie dem völlig perplexen Waissmayr ihre Kündigung, er hatte gedacht, dass sie sich abwerben lassen hatte, und wollte nicht glauben, dass eine so brillante Studentin tatsächlich in die schlecht bezahlte Beamtenlaufbahn bei der Polizei wechseln wollte. Rike hatte auch ihre privaten Gründe für den Wechsel, die sie allerdings geheim halten wollte.

In der Heide, bei ihrer Familie, hatte sie sich erst wieder sehen lassen, als sie schon das erste Jahr an der Polizeiakademie hinter sich hatte. Ihr alter Herr hatte getobt, gebettelt und schließlich angekündigt, sie zu enterben. Ihre Mutter hatte nur vorwurfsvoll geschluchzt. Und ihre Schwester Felicitas schien das Spektakel zu genießen. »Sieh an, die Streberin ... bald in blauer Uniform.«

Das war der vorletzte Kontakt, bis sie schließlich auf Omamas Beerdigung wieder mit ihrer Familie zusammentraf. Dass die alte Dame ihr Hamburger Häuschen an Rike vererbt hatte, trug nicht unbedingt zu einer Verbesserung des Verhältnisses bei.

Wie sehr erinnerte sie alles hier an Omama, die ihr noch bei vielen Gelegenheiten fehlte. Aber immer in einem solchen Moment, wenn sie die Traurigkeit und das Gefühl der Einsamkeit überfielen, kam ihr tollpatschiger verspielter Vierbeiner und warf ihr einen unwiderstehlichen Blick zu. Er stupste Rike an und legte ihr bettelnd seine schmutzige Pranke auf den Schoß, um sie zu einer kleinen Tour an den Elbstrand zu überreden. Prinz hatte ein sehr feines Gespür für die Gemütsregungen seines Frauchens. Auch heute sprang er ungeduldig um sie herum und hatte sein neuestes Lieblingsspielzeug, ein halb zerkautes Stoffkrokodil, im Maul, das er überall hin mitschleppte. Hinter dem fröhlich bellenden Hund lief sie die kleine Gasse vor ihrem Haus entlang und stieg dann eine der vielen Treppen, denen das Viertel seinen Namen verdankte, hinab zum Strand. Von unten sah ihr Treppenviertel in Blankenese mit seinen in den Berg hinein gebauten weißen Fischerhäusern fast aus wie ein kleines griechisches Dorf auf einer Mittelmeerinsel.

Früher fuhren hier fast alle Männer zur See, die Frauen hielten am Ufer Ausschau und warteten manchmal vergeblich. Aus dem armen volkstümlichen Viertel war mittlerweile eine wohlhabende Wohngegend geworden. Wenn es nicht einen chronischen Mangel an Parkplätzen gäbe, würden wohl noch mehr Porsches und dicke Geländewagen vor den Häusern parken.

Als sie mit Prinz über den Sand entlang der Elbe schlenderte, kehrten Rikes Gedanken zum Fall zurück. Erst hatte es keinerlei Ansatzpunkte gegeben, aber dann hatten sich die Touristen gemeldet, die den Verdächtigen abends zum Friedhof gehen gesehen hatten, und ihn identifiziert. Bei der Hausdurchsuchung am Vortag hatten sie bei ihm 50.000 Euro und eine Quittung von Hein gefunden, die bestätigte, dass er das Geld erhalten hatte. Sie wurden gerade noch auf Fingerabdrücke untersucht. Hoffentlich konnten sie noch DNA-Spuren isolieren, und stimmten diese überein, dann konnten sie die Akte schließen. Auch wenn noch wesentliche Fragen offenblieben. Computer und Handy des Inselkaufmanns fehlten, das Haus war von Einbrechern durchsucht worden, nachdem sie die Siegel angebracht hatten. Sie hatten auch die Frage nicht klären können, was der Historiker von Hein gewollt hatte und weshalb er bereit war, diesem so viel Geld zu bezahlen.

KAPITEL 13

Margo passte David ab, als dieser gerade mit einem kleinen Grüppchen Touristen mit Eimerchen und Schaufel von
einer Wattwandertour zurückkehrte. Aus dem Fenster der
Pensionsküche hatte sie ihn mit einigen Menschen in bunter Regenkleidung im Watt gesehen, das ohne Sonne und
im Nieselregen wirkte wie ein ausgedehntes Schlammfeld.
Keine zehn Pferde hätten sie bei dem Wetter mit nackten
Füßen dort hineingebracht. Doch bei den Touristen waren
die Wattwanderungen ein Renner. Etwas selbstironisch hatte
David im Programm des Nationalparkhauses eine Safari zu
den »Small Five« angekündigt und führte den Besuchern fünf
kleine Tierarten vor, die im Meeresboden lebten. Margo fand
die Idee ausgesprochen witzig, denn es war die ironische Antwort auf die Werbung afrikanischer Nationalparks, wo es die
»Big Five« zu sehen gab. Wie viel Bitterkeit dahinter steckte,
wusste sie seit ihrem ersten Nachbarschaftsbesuch. Sie hatte
sich die Ausstellung angesehen und wollte sich bei ihrem
Nachbarn vorstellen, um sich für die einsamen Monate vor-
zubereiten. David hatte sie freundlich begrüßt und spontan
auf einen Tee im Dachgeschoss eingeladen, wo er ein Teles-
kop aufgestellt hatte, um die Sterne zu beobachten. Er war
neben dem Inselkaufmann Peter Hein ihr nächster Nachbar,
das Nationalparkhaus befand sich keine 50 Meter entfernt
auf der anderen Seite des Mittelweges, der die Insel durch-
schnitt. In den unteren Räumen befand sich eine Daueraus-
stellung mit ausgestopften Vogelarten, Schaubildern über das
Watt, einem Aquarium und einer kleinen Ausstellung über
den Klimawandel arrangiert um einen Pappeisbären, der auf

einem Bein auf einer winzigen Eisscholle stand. In der Etage darüber hatte die Stadt eine Wohnung für den Ranger und Chef des Nationalparkhauses eingerichtet.

Sie waren ins Gespräch gekommen und hatten mehrere Stunden lang über die Insel diskutiert und darüber, wie es sie beide hierher verschlagen hatte.

Schon als kleines Kind hatte er die Sendungen mit dem berühmten Naturfilmer Sielmann verfolgt. Antilopen, Giraffen, Elefanten oder gar der König der Tiere, der Löwe – die afrikanischen Großen Fünf waren sein Lebenstraum. Und er hatte alle Voraussetzungen, sich diesen zu erfüllen. Denn gerade, als er als bester Absolvent Studium und Promotion abgeschlossen hatte, wurde die Stelle im südafrikanischen Hagalugu-Nationalpark frei, ein internationales Naturschutzprojekt unter deutscher Führung. Im gleichen Jahr hatte sich auch eine Kommilitonin beworben, die nur mittelmäßige Noten mitbrachte, allerdings die Nichte des Umweltministers war. Also wurde mit der Frauenförderung argumentiert – und David hatte das Angebot auf der Insel in der Nordsee bekommen, das er nach langem Überlegen angenommen hatte. »Ein Heimkind hat eben keine Chancen in dieser Gesellschaft, sich selbst zu verwirklichen«, hatte er geklagt, und sie wollte lieber nicht genauer nachfragen. Das schien ein schmerzhaftes Kapital seiner Vergangenheit zu sein. Statt Löwe und Nashorn führte er nun Touristen Wattwurm und Nordseegarnele vor und träumte weiter von Afrika. Das vermutete zumindest Margo.

David lächelte, als er seine Nachbarin am Weg hinter dem Deich entdeckte. Nachdem er die Teilnehmer seiner Wattsafari verabschiedet hatte, lud er Margo zu einem frisch gebrühten Friesentee ein. »Schrecklich, das mit Peter, oder?«, begann er und setzte eine Kanne heißes Wasser auf.

»Schlimm, ich kannte ihn zwar kaum, aber ich kann es nicht glauben, dass er so ein Ende gefunden hat«, stimmte Margo ihm zu. »Ich frage mich nur, was seine Tochter gegen mich hat, sie hat mich heftig beschimpft«.

»Ach die Barbie. Seit der Hein einmal in eine lettische Kellnerin verknallt war und von Hochzeit sprach, hat die Angst um ihr Erbe. Der Mann war ja ein Großgrundbesitzer, der kam als armer Schlucker als Kind auf die Insel, sein Vater war der Müllfahrer, und hat den Bauern ihr Land Hektar für Hektar abgehandelt. Das ist sicher mittlerweile mehrere Millionen wert. Und du mit deinem polnischen Nachnamen …«, er zwinkerte ihr zu.

»Mit mir redet sie auch erst wieder, seit meine Mutter von ihm geschieden ist.« Er servierte den Tee in weißen Porzellantassen, die mit verschiedenen Möwenarten bemalt waren, in der Sitzecke vor einem Aquarium, durch das eine kleine rote Krabbe schnell humpelnd vor einem größeren Artgenossen hinter einen grünen Hügel huschte. »Ein Bein hat er ihr schon ausgerissen.« David klang belustigt, als er die Prügelei in seinem Minimeer beobachtete.

Margo sah dem Hinkebein hinterher und hätte das kleine rote Tierchen am liebsten vor seinem Verfolger gerettet und es in die Freiheit entlassen. Sie glaubte, sich verhört zu haben: »Deine Mutter war mit dem Hein …? Du hast aber einen anderen Namen.« Margo nippte verblüfft an ihrem Tee und überlegte. Hatte er nicht erzählt, dass er ein Heimkind war?

»Brigitte Hein ist auch meine Mutter, aber ich habe einen anderen Vater«, erklärte David.

Sie hätte gerne gewusst, wer sein Vater war. Aber sie kannte ihn erst seit kurzer Zeit und hätte es aufdringlich gefunden, ihn auf sein Privatleben anzusprechen. Sie selbst hatte diese Frage, die ihr immer wieder gestellt worden war, geradezu gefürchtet, da sie keine Antwort darauf hatte. Margo hatte das Gefühl, diese Informationen über Davids Familienverhältnisse erst einmal verarbeiten zu müssen. Brigitte Hein, der Name sagte ihr doch irgendetwas! Sie nahm einen Schluck Tee und dachte angestrengt nach. Margo hatte noch ihre Mühe, die komplexen familiären und sonstigen Bande der Insulaner zu durchschauen.

Aber ihr war eingefallen, woher sie den Namen ›Brigitte Hein‹ kannte. Dieser Name war im Testament ihrer eigenen Mutter erwähnt worden. Margo hatte vom Notar aus dem Nachlass einen versiegelten Umschlag erhalten, den sie nach dem Tod ihrer Mutter an die Unbekannte abschicken sollte. Die Empfängerin war also ausgerechnet Davids Mutter.

Margos Blick fiel wieder auf das Aquarium, wo die große Krabbe die kleine aufgespürt hatte und ihr mit den Scheren brutal zusetzte. Rote Beinchen und Fühler schwammen neben dem Tatort.

»Natur kann so brutal sein.« David sah mit einem amüsierten Blick zu, und seine Stimme hatte einen ironischen Ton. Das war kein nüchternes Beobachten durch den Wissenschaftler, er schien das Gemetzel richtig zu genießen. Margo lief ein kalter Schauer über den Rücken, sie fühlte sich plötzlich sehr unwohl in seiner Gegenwart. Sie stellte ihre halbvolle Tasse mit lautem Krachen auf die Untertasse und sagte: »Danke für den Tee, ich muss leider.« Sie fröstelte, als sie das Haus verließ.

KAPITEL 14

Die »Klaus S« schaukelte an ihrem Ponton in der Billwerder Bucht gemütlich auf den Wellen und sah verlassen aus. Es war ein weißes flaches Transportschiff, vermutlich holländischer Bauart, mit einer daraufgesetzten Kabine für den Schiffsführer, an der hier und da die helle Farbe abblätterte. Eine dicke Kette versperrte den Bootssteg, die Fenster waren verhangen und die Tür abgeschlossen. Robert Galinowski lächelte überlegen, als seine junge Kollegin Mareike Schmidt die Techniker anfordern wollte. Er förderte einen Dietrich aus seiner Tasche zutage und öffnete das Schloss mit einer betont lässigen Drehung aus dem Handgelenk. »Siehst du, Mädel«, sagte er selbstzufrieden. Diesmal war er sich sicher, dass er sich von dem jungen Blondchen nicht abhängen lassen wollte, denn eigentlich war er im Hintergrund der Kopf der Ermittlungen. Die Kleine hatte neulich ihren Zufallstreffer, das gönnte er ihr auch. Aber sowohl sie als auch die Menkendorf waren einfach zu unerfahren, und man wusste ja, wie impulsiv Frauen waren. Die meisten waren absolut nicht hart genug für den Job in der Mordkommission, aber selbst da mussten heutzutage Quoten erfüllt werden. Er seufzte so laut, dass seine Kollegin besorgt fragte, ob er sich nicht wohlfühle.

Auf dem Oberdeck rostete ein einsamer Grill vor einem Spalier vertrockneter Pflanzen neben durcheinander liegenden Spielzeugautos und einem Kinderfahrrad vor sich hin, in der Ecke lagen leere Bierdosen auf einem Haufen. Ordentlich war dieser Paul, ihr Hauptverdächtiger beim Mordfall auf Neuwerk, wohl nicht gerade. Deutlich gemütlicher war das Unterdeck, in dem sich ein überraschend großer Wohnraum mit Bücherregalen und Kamin befand. In der Mitte standen ein braunes Ledersofa und zwei Sessel neben der Feuerstelle um einen niedrigen Tisch. Daneben öffnete sich ein kleiner Flur zur Kombüse und zwei Schlafkammern. Eine Treppe führte in den Maschinenraum, der mit einer dicken Stahltür und drei Schlössern versperrt war. »Verdammt«, fluchte Galinowski, denn beinahe hätte er seinen Passe-Partout-Schlüssel, den er vor einigen Jahren einem Polizeiinformanten abgeschwatzt hatte, abgebrochen. Diesen Raum würde wohl selbst er nicht ohne die Techniker öffnen können. Inzwischen hatte sich seine Kollegin im Wohnraum umgesehen: »Reiseführer aus aller Welt, viele Bücher über das Mittelalter, alte Handelswege, die Hanse, historische Schifffahrtskarten und Schriften über die Weltmeere, Literatur über Piraten«, berichtete sie. Das schien nicht ungewöhnlich, denn der Typ verdiente seine Brötchen als Geschichtsdozent. In einem der Schlafzimmer stand sein Schreibtisch, auf dem sich zwar kein Computer befand, aber jede Menge Unterlagen. Vor mehreren Jahren hatte er an der Hamburger Universität promoviert, dann war sein fester Vertrag als wissenschaftlicher Mitarbeiter ausgelaufen. »Nicht gerade üppig«, sagte Galinowski nach einem Blick auf die Kontoauszüge. Sie hatten auch Mappen mit Lebensläufen und Bewerbungsunterlagen gefunden. Der Mann hatte sich als freiberuflicher Dozent von einem Zeitvertrag zum anderen an der Universität gehangelt, zwischendurch auch an der Volkshochschule unterrichtet. Typisch Geisteswissenschaftler, eine brotlose Kunst eben. Hier würde wohl nichts Spektakuläres mehr zu finden sein. »Ich höre mich mal in der Nachbarschaft um, Sie warten auf die Techniker«, sagte er zu Mareike Schmidt und dachte an die benachbarte Hafenschänke, wo er sich für die Anstrengungen mit einem Hellen und einem Kurzen belohnen konnte. Er ging natürlich nicht deshalb hin, Kneipen waren aber nun mal die reinste Informationsbörse.

KAPITEL 15

Rike hatte nur wenige Stunden geschlafen und war sehr früh mit dem Auto in ihr Büro im Polizeipräsidium gefahren, das von ihren Kollegen nur »der Turm« genannt wurde.

Es war kurios, dass sie gerade von einem Turm zum nächsten pendelte. Dabei war ihr Hamburger Dienstsitz kein echter Turm, sie nannten polizeiintern das neue Gebäude, das eine Stararchitektin entworfen hatte, wahrscheinlich nur so, weil die Planung so abgehoben war.

Auf dem Papier mochte das ja gut aussehen, fünfstöckige Betonblöcke, die strahlenförmig um einen runden Innenhof angeordnet waren. Von innen betrachtet war das aber weit weniger attraktiv. Sie hatte einen tristen Ausblick auf den gegenüberliegenden Gebäudeflügel und den düsteren und lieblos gestalteten Hof, sodass ihnen keinerlei ästhetische Ablenkung von der Arbeit drohte. Trotzdem war es manchmal schwierig, sich zu konzentrieren, denn der neuesten Büromode folgend, mussten sie im Großraum sitzen, da das angeblich effektiver war. Dazu kam noch die nicht funktionierende Klimaanlage, die den Büros im Sommer brütende Hitze und im Winter zugige Kälte verschaffte.

Kurz nach sieben Uhr hatte sie Professor Holger Dippold, den Gerichtsmediziner, am Telefon.

»Frau von Menkendorf, ich möchte Sie nicht vor versammelter Mannschaft kompromittieren, es wäre gut, wenn Sie schnellstmöglich alleine kommen könnten.« Mehr wollte er nicht sagen.

Als sie eintraf, lag der mit einem weißen Tuch bedeckte Körper noch auf dem Obduktionstisch. Er zog das Laken zur Hälfte herab und deutete auf den Oberschenkel.

»Also, weshalb ich Sie hierher bestellt habe. Sie dürften etwas voreilige Schlüsse gezogen haben«, begann er und zeigte auf einen blauroten Punkt. »Das ist eine Einstichstelle. Dem Opfer wurde ein starkes Betäubungsmittel verabreicht, aber keine letale Dosis«, erklärte er. Missbilligend zog er seine Stirn in Falten, er fühlte sich offenbar übergangen. Sie hätte vor der Festnahme die gerichtsmedizinischen Ergebnisse abwarten müssen. Mit schlechtem Gewissen dachte Rike daran, dass sie ihn noch nicht einmal angerufen hatte. Er schimpfte noch etwas auf die jungen Leute, denen alles nicht schnell genug gehen konnte.

Rike rasten die Gedanken durch den Kopf. Und wenn er recht hatte, wenn sie zu voreilig gewesen war?

»Wann war denn der Todeszeitpunkt?«, wollte sie wissen. Doch eine genaue Bestimmung schien wegen des späten Auffindens am nächsten Vormittag und der Wetterverhältnisse nicht möglich. »Zwischen 18 und 24 Uhr, präziser geht es leider nicht«, sagte der Professor schließlich.

»Können Sie mir etwas über die Mordwaffe sagen?«, wollte Rike wissen.

Dippold hatte den Kopf des Opfers auf der Bahre dorthin gelegt, wo er eigentlich hingehörte, doch der Spalt war deutlich zu sehen. Er deutete darauf und zeigte auf die Wundränder. »Ich vermute, dass es eine Art Säbel oder Schwert war, vielleicht eine Machete mit sehr scharfer Klinge. Der Täter muss sehr viel Kraft haben, denn er hat nur einmal angesetzt, das sieht man deutlich«, erklärte er. Er hatte den Kopf ein Stück nach oben gehoben und deutete auf den Hals.

»An den Wundrändern gibt es keine Ausfransungen, das heißt, dass es eine sehr scharfe Klinge und keine Säge war, vermutlich etwas gebogen. Wenn Sie mir einen infrage kommenden Säbel bringen, kann ich einen Abgleich der Form und des Schnitts vornehmen.« Er legte den Schädel zurück und sah Rike eindringlich an:

»Wie sehen Sie den Tathergang? Das ist ja nicht direkt mein Fach, aber ich halte es für unrealistisch, dass der Mörder auf dem Friedhof in der Öffentlichkeit das Opfer mit seinem auffälligen Säbel angegriffen hat.«

Der Professor zog die Akte heran und nahm die Fotos der Auffindsituation heraus: »Er hätte doch Angst haben müssen, entdeckt zu werden, und konnte schließlich nicht einfach seelenruhig diese Tatwaffe über die Insel tragen.« Er zeigte wieder auf die Wunde zwischen Hals und Kopf. Zwar habe diese geblutet, doch am Tatort sei bei Weitem nicht so viel Blut gefunden worden, wie beim Abtrennen des Kopfes einer bewusstlosen Person austreten müsste.

Rike überlegte, denn bisher waren sie davon ausgegangen, dass der Mörder den Toten auf dem Friedhof getötet und so zugerichtet hatte.

»Ich nehme an, dass der Tote dort niedergeschlagen wurde, dann hat der Mörder den Kopf abgeschlagen und ihn dadurch umgebracht.«

Dippold schüttelte den Kopf. »Das kann ich so nicht bestätigen, der Fundort ist nicht der Tatort. Der Tote wurde erst später dorthin gebracht und so auffällig präsentiert, wie Sie ihn vorgefunden haben.«

Rike fühlte sich wie eine Anfängerin. Roth würde enttäuscht sein, von wegen sie brachte alle Fähigkeiten mit, diese Mordermittlungen zu leiten. Sie hatte große Angst, den Fall am Ende doch nicht lösen zu können.

Aber dann beschwichtigte der Professor:

»Das sind Fehler, junge Frau, aber diese Information wird den Raum nicht verlassen. Ihre erfahrenen Kollegen haben ähnliche Fehlleistungen gezeigt … und bei Ihnen besteht ja noch Hoffnung«, endete er versöhnlich. Er versprach, schnellstmöglich die Ergebnisse der Gewebeprobe an sie zu schicken.

Rike überlegte, wie das Opfer an den Tatort gekommen sein konnte. Der Inselkaufmann war nicht gerade schlank, wie konnte man so ein ausgewachsenes Mannsbild transportieren?

»Tragen würde ich eher ausschließen«, beantwortete der Gerichtsmediziner die unausgesprochene Frage. Autos gab es zwar nicht auf der Insel, aber dafür Pferdewagen, Fahrräder oder Handkarren. Die Arbeiter der Hafenbehörde nutzten einen kleinen Lkw, um Baumaterial für die Deiche zu transportieren, dazu kamen ein Krankenwagen, ein Feuerwehrauto, drei Traktoren und viele Pferdekutschen als Transportmittel infrage. Doch größere Fahrzeuge waren in der Tatnacht nicht bewegt worden, das konnte die Wasserschutzpolizei anhand der Auswertungen der Radaraufzeichnungen ausschließen.

Kleinere Fahrzeuge dagegen waren per Radar nicht feststellbar. Reifenspuren konnten sie nicht identifizieren, da ein asphaltierter Weg zu dem Friedhof führte. Dippold war inzwischen zu seinem Mikroskopiertisch gegangen und kam mit einem länglichen Gegenstand zurück.

»Da haben wir noch etwas sehr Interessantes.« Er fuchtelte mit dem Metallteil. »Also, das ist eine Art großer Nagel, mit dem der Kopf an dem Geländer befestigt war. Das ist ein wirklich ungewöhnliches Teil, das man nicht einfach im Baumarkt findet. Es ist handgeschmiedet, eine richtig gute handwerkliche Arbeit, denn wenn der Nagel nicht spitz genug ist, wird der Schädel gespalten. Und zum Einschlagen des Kopfes auf den Zaun muss der Täter einen großen und schweren Hammer verwendet haben.«

Rike machte sich gedanklich eine Liste der dringenden Recherchen, aber am dringendsten stellte sich die Frage, ob ihr Verdächtiger überhaupt noch als Täter infrage kam.

Aber das Wichtigste war nun einmal das Motiv, und das hatte Paul Conelly ja. Sie hatte eine absolut stichfeste Theorie des Tathergangs ausgearbeitet und war überzeugt, dass dies auf jeden Fall vor dem Haftrichter standhalten würde.

KAPITEL 16

Margo wollte kurz in die Zivilisation zurückkehren, da sie ihre Gäste auf dem Luftweg mit einem Schlag losgeworden war. Zuerst waren die beiden Polizistinnen mit Paul abgeflogen, danach war der Hubschrauber zurückgekehrt und hatte den netten Pfeifenraucher und den kurz geratenen Wichtigtuer ausgeflogen. Nun hatte sie also ihre Ruhe, sie hätte sich einen angenehm entspannten Lesetag in ihrem Zimmer machen können und aus dem Fenster den Vogelflug über dem Meer beobachten. Die Vorstellung, den ganzen Tag alleine zu verbringen, gefiel ihr aber ganz und gar nicht.

Also hatte sie Jo Prells Einladung auf eine Überfahrt im Trecker angenommen. Sie wartete am Mittelweg zwischen dem Platz am Leuchtturm und dem Nationalparkhaus an dem Podest, wo sonst ihre Pensionsgäste auf die Wattwagen stiegen. Er hielt an, stieg aus und lud sie ins Fahrerhaus auf den Platz neben sich ein. Im Hänger transportierte er einige Stammgäste und Mitarbeiter. Sie hatten es sich auf zwei ausrangierten Sofas bequem gemacht.

»Und schon auf unserer schönen Inselidylle eingelebt?«, wollte er von ihr wissen, als er sein schweres Gefährt behutsam über eine steinerne Rampe in Richtung Meer steuerte. Ganz leer gelaufen war das Meer an dem Tag nicht, kritisch blickte Prell an den Markierungen in die Ferne, bis er schließlich wieder langsam Fahrt aufnahm.

»Für eine Idylle ist es ja nun nicht gerade friedlich«, entgegnete Margo.

»Da irren Sie sich, wir sind so was von friedliebend«, er griente: »Love and Peace.«

Der Mord schien ihn nicht gerade beeindruckt zu haben.

»In Berlin wurde noch nie mein Nachbar geköpft«, bemerkte Margo. Sie hoffte, dass er endlich einmal auf den Mord zu sprechen kam, denn sie hatte keine Ahnung, was die eingeborenen Neuwerker darüber dachten.

Er widersprach kopfschüttelnd: »Das war kein Insulaner. Haben den doch festgenommen.«

Margo dachte an Paul und empfand Mitleid. Sie dachte an den Abend, an dem sie sich an der Bar unterhalten hatten. Da hatte sie sich elend gefühlt, das war wohl der viel beschworene Inselkoller. Sie bedauerte, dass er nicht mehr da war, und glaubte auch nicht an seine Schuld trotz seines nächtlichen Besuchs bei ihr. Ein solches Dokument war ja kein Motiv für einen Mord, und er war nun gar nicht der Typ für eine Bluttat. Das war ein großer Junge.

»Warum sollte er Hein umgebracht haben? Auf der Insel war eitel Sonnenschein zwischen allen«, fragte Margo provokativ.

Er antwortete nicht, sondern sah konzentriert auf den Weg. Margo hatte sich gefragt, wie man die Strecke durch die Priele, die an dem Tag sehr tief waren, überhaupt finden konnte. Vom Festland, das nur zehn Kilometer entfernt war, sah man bei diesem Wetter nichts. Er hatte ihr die Markierung gezeigt, die aussah, als hätte jemand Besen mit dem Stiel ins Watt gebohrt. Ruhig umkurvte er tiefe Stellen entlang des Weges, winkte den Kutschern von Wattwagen zu, die ihnen vom Festland entgegenkamen.

»Ziemlich viel Wasser heute in der Bucht«, schimpfte er. Ganz klar, er wollte ablenken.

»Einen so wundervollen Menschen wie den Hein ...«, nahm Margo das Thema wieder auf.

»Hein konnte den Hals nicht vollkriegen, der hat die halbe Insel aufgekauft einfach nur, um es uns zu zeigen«, platzte es aus Prell heraus. »Eitel Sonnenschein«, wiederholte er mit bitterem Lachen. »Wir haben keine zwei Kilometer entfernt gewohnt und 20 Jahre nicht mehr miteinander gesprochen. Früher waren wir sehr gute Freunde.« Er tippte sich an die Stirn und warf Margo einen fragenden Blick zu: »So haben Sie sich die Inselromantik wohl nicht vorgestellt?«

Margo war überrascht über seinen Ausbruch so voll Hass, obwohl sein alter Freund längst tot war. Sie musste sich in acht nehmen, denn der Mörder lief noch frei herum, und sie wusste einfach noch viel zu wenig über die Beziehungen der Insulaner untereinander. Komisch, dachte sie, meine Mutter und Brigitte waren früher auch mal enge Freundinnen und hatten dann Jahrzehnte kein Wort miteinander gesprochen. Ob sie ihn nach ihrer Mutter fragen sollte? Er würde wahrscheinlich genauso reagieren wie Hein – voll Abwehr. Nach ihrem Besuch am Festland würde sie hoffentlich klarer sehen und konnte dann gezielt fragen.

Noch hatte der Traktor einen tiefen Priel zu passieren, der an diesem Tag kein harmloser Bach, sondern eher ein reißender Fluss war. Sie war froh, dass sie nicht im Pferdeanhänger durch das tiefe Wasser musste. Vor sich sahen sie jetzt die Hochhäuser von Sahlenburg hinter dem Strand. Von den Wohnungen musste man einen wunderbaren Blick auf das Meer haben, aber die Architektur fand Margo einfach nur scheußlich, das gesamte Ufer war mit Betonburgen aus den 70er-Jahren zugepflastert.

Prell fuhr in Schrittgeschwindigkeit durch den Wassergraben und hielt dann auf dem Parkplatz hinter dem Deich an, wo Margo bei ihrer Ankunft vom Wattwagen abgeholt worden war. Prell stieg als Erster aus der Kabine aus und reichte ihr den Arm, sodass sie bequem hinabsteigen konnte. Sie bedankte sich und sah kurz auf die Insel zurück, schemenhaft zeichnete sich der Leuchtturm als winziger Schatten im Nebel ab. Dann schlug sie eilig den Weg auf dem Deich in Richtung Cuxhavener Zentrum ein, viel Zeit blieb ihr nicht. Ein hässliches Hotel reihte sich an das nächste, immer wieder musste sie beiseitetreten, trotz des Windes und der immer wieder heftig prasselnden Regengüsse waren Radfahrer und Jogger unterwegs.

Sie verschnaufte kurz an einem merkwürdigen Bauwerk am Ufer, das bestimmt 30 Meter hoch war und wie eine Rakete aussah. Das musste die Kugelbake sein, ein altes Seezeichen, das damals noch aus Holz gebaut wurde. Eine Art Vorläufer der Leuchttürme, hatte ihr Prell den Weg erklärt, bis zu der Adresse in Döse, wo Brigitte Hein wohnte, würde sie höchstens noch zehn Minuten brauchen.

In der Ferne vor sich sah sie den roten Leuchtturm im Hafen von Cuxhaven, der »Alte Liebe« hieß, das hatte Prell in seiner Wegbeschreibung natürlich eigens erwähnt. Wer sich den Namen wohl ausgedacht hatte? Margo dachte an die Seemänner, die nach jahrelangen beschwerlichen Fahrten in ihrem Heimathafen einliefen. Margo passierte eine geschlossene Rettungsschwimmerstation am Ufer, im Gras der Dünen standen noch immer die Strandkörbe. Die Norddeutschen waren eben echt wetterfest. Hinter der Badewiese begann der schönste Teil von Cuxhaven, das Viertel Döse, das als Überbleibsel der alten Bäderarchitektur den Abrissbaggern der Spekulanten entgangen war. Jo Prell hatte davon regelrecht geschwärmt und sie konnte ihn beim Blick auf die prächtigen Villen, deren Fassaden mit Blumen und Skulpturen geschmückt waren, auch verstehen. Fast jedes Haus war zudem von einem Garten umgeben, von dessen Größe moderne Häuslebauer nur träumen konnten. Sie ging weiter bis zu der Adresse Strandplatz 2 und stand vor einem zweistöckigen Gründerzeithaus mit einem gelben Türmchen und einer mit Blumengirlanden verzierten Stuckfassade. Rechts und links des überdachten Eingangsportals standen zwei blau-weiße Keramiktöpfe mit buschigen weißen Rosen. Verzagt stand Margo vor der Tür und dachte an den geheimnisvollen Brief, der hier gelandet war. Während sie noch zögerte, flog die Tür plötzlich mit Schwung auf, und sie stand einer zierlichen blonden Frau gegenüber, die offenbar gerade das Haus verlassen wollte.

»Zeitungsabo?«, fragte sie schnippisch.

»Äh, ich bin Margo, die Tochter von Renata.«

Brigitte Hein sah überrascht aus und wäre fast die letzte der drei Stufen vor dem Eingang hinab gestolpert, konnte sich aber noch an einem der Keramiktöpfe abstützen.

Aufmerksam musterte sie Margo: »Das ist mal eine Überraschung.« Eine freudige schien der Besuch für sie allerdings nicht zu sein, denn sie sah vor allem erschrocken aus. Verstohlen musterte Margo die Freundin ihrer Mutter. Brigitte Hein wirkte wesentlich jünger, wozu ihr sorgfältig aufgetragenes Makeup und der exakt zu ihrem Hosenanzug passende veilchenblaue Lidschatten beitrugen. Auch die Schuhe und das gemusterte Halstuch nahmen den gleichen Farbton auf. Hanseatin im Blankenese-Chic, dachte Margo, und es fiel ihr nach dem ersten Eindruck schwer, sich diese Frau als Freundin ihrer Mutter vorzustellen.

»Ich wollte gerade weg. Aber das kann warten«, sagte Brigitte. Sie schloss das schwere Portal wieder auf und machte eine einladende Bewegung: »Bitte kommen Sie doch rein.«

Trotz des herbstlichen Wetters war der Raum überraschend hell. Vor der Glasfront schien die Elbmündung zum Greifen nah, und die mit bunten Containern beladenen Hochseeschiffe glitten wie Spielzeugboote vor dem Fenster vorüber. Margo zögerte, ob sie sich an den Esstisch vor dem Fenster setzen sollte, und blickte sich stehend um. Der hintere Teil des Raums wirkte wie ein gemütlicher Leseplatz mit schweren Ledersesseln um den Kamin und einem wandhohen Bücherregal. Gegenüber entdeckte Margo eine Fotowand mit Familienbildern, darunter einige Aufnahmen von David als Kind. Sie betrachtete gerade mehrere Schwarz-Weiß-Aufnahmen, als Brigitte mit einem blau gemusterten filigranen und vermutlich sehr teuren Teeservice ins Zimmer kam und den flachen Tisch am Kamin ansteuerte. Dann hielt sie inne und sah Margo lange an.

»Weißt du eigentlich, wie ähnlich du deiner Mutter siehst? Als ich dich vor der Tür gesehen habe, dachte ich im ersten Moment, dass sie vor mir steht.«

Sie duzte Margo plötzlich.

»Wie haben Sie meine Mama eigentlich kennengelernt?« Margo wusste im Prinzip nichts über Brigitte und deren Freundschaft mit ihrer Mutter.

»Als Renata kam, war das für mich wie ein Hauch der weiten Welt. Ich bin auf dieser Insel geboren, aber ich wollte weg, immer nur weg«, sagte Brigitte. »Wir waren allerbeste Freundinnen, jede von uns hatte ihre Träume, wir verbrachten jede freie Minute zusammen und redeten über unsere Pläne. Ich habe ihr erzählt, welche Länder ich sehen und dass ich unbedingt in Paris oder New York leben wollte. Aber ich habe es einfach nicht geschafft, bin nicht rechtzeitig von dieser Insel gegangen. Dann wäre vieles anders gekommen«, bedauerte sie und seufzte resigniert. Stattdessen hatte sie den Laden ihrer Eltern mit ihrem damaligen Mann übernommen, einem Mann, den sie nie geliebt hatte, hatte einen Beruf ausgeübt, den sie hasste, und war auf der Insel geblieben, die sie tödlich langweilig fand. »Nicht gerade eine brillante Lebensbilanz. Leider hat keine von uns beiden geschafft, was wir uns erträumt haben. Renata war so begabt, sie wollte unbedingt in einem Pariser Modehaus arbeiten.«

»Warum seid ihr denn nicht einfach gegangen?«, wunderte sich Margo, denn ihre Mutter hatte niemals über diese

Zeit gesprochen. Nach Paris hatte sie es immerhin geschafft, wenn auch nicht in ein berühmtes Modehaus. Sie war ihr Leben lang einfache Verkäuferin gewesen, obwohl sie auf die Universität gegangen war.

»Ich habe geträumt, aber ich hatte nie den Mut, meine Heimatinsel zu verlassen, vielleicht brauchte ich sie, diese Hassliebe. Schau dir an, wie weit ich es nun geschafft habe, gerade einmal 13 Kilometer entfernt von dieser Einöde. Aber für mich ist schon Cuxhaven wie ein anderes Universum, mir steht die Welt offen, ich kann jederzeit im Bahnhof in einen Zug steigen und wegfahren, ich kann in Hamburg einen Flieger nach Südamerika nehmen.« Dann nahmen ihre Augen einen harten Ausdruck an:

»Aber das kam zu spät für mich, weiter als Hamburg habe ich mich nie gewagt.«

Margo fragte sich, warum Brigitte Hein all diese Reisen nicht einfach unternommen hatte, finanziell schien es ihr doch bestens zu gehen. »Warum habt ihr all die Jahre keinen Kontakt gehabt«, wollte sie wissen.

»Ach, das ist eine lange Geschichte. Freundschaften hören meist dann auf, wenn es um Geld oder Männer geht«, sagte Brigitte Hein ausweichend. Sie ging wieder in Richtung Küche und kam mit einer Platte voll bunter Macarons von Ladurée zurück, einer französischen Edelmarke.

»Frisch aufgetaut«, erklärte sie, als sie Margos erstaunten Blick sah. »Wie gerne hätte ich einmal im Leben Macarons in Paris probiert«, rief sie aus. »Immerhin hat Renata es geschafft.«

Es war offensichtlich, dass sie das Thema wechseln wollte. Dennoch, wenn jemand Margo etwas über die damalige Zeit sagen konnte, dann sie.

»Wer war eigentlich Mamas große Liebe auf der Insel,

sie wollte nie darüber reden. Hat sie etwas in dem Brief geschrieben?«

Brigitte Hein goss sich umständlich Tee nach, schaufelte drei Löffel Zucker in die Tasse, rührte minutenlang um und trank die Tasse in einem Zug leer, bevor sie verächtlich hervorstieß: »Große Liebe – das kann man so oder so sehen.« Dann begann Brigitte Hein, das Geschirr aufeinanderzustapeln, und Margo verstand das als Signal für ihren Aufbruch. Bevor sie ihr die Hand schüttelte, sagte Brigitte Hein noch:

»Margo, wenn deine Mutter nicht darüber reden wollte, hatte sie ihre Gründe. Die solltest du respektieren.«

Margo verabschiedete sich enttäuscht. Doch ganz vergeblich war der Besuch nicht gewesen. Während die Hausherrin in der Küche war, hatte sie die Fotos an der Wand genauer angesehen.

KAPITEL 17

Sie hatte ihn eine Viertelstunde im Vernehmungszimmer sitzen lassen und von draußen beobachtet, viele Verdächtige waren nach einer Nacht in der Untersuchungshaft verängstigt und wurden in dem kleinen fensterlosen Raum zusehends nervös. Bei Paul Conelly konnte Rike leider keine Anzeichen dafür entdecken.

Er sah ausgeruht aus, hatte sich lässig auf den Stuhl gefläzt, kippelte fröhlich auf und ab und schien sich seiner Sache ganz sicher. Das verlangte eindeutig nach einem Überraschungsangriff, Rike musste ihn verunsichern, um das Geständnis zu bekommen. Sie hatte auch schon eine hervorragende Idee, auch wenn der Gang in die Kriminaltechnik noch einen Moment dauern würde. Sie mussten sich zwar beeilen, denn sie konnten den Verdächtigen nur 48 Stunden festhalten, doch dem Mann würden sie wohl nur mit einer Überrumpelungstaktik beikommen.

Hendrichs stand gerade am Mikroskop und betrachtete ein Eisenstück. Er zuckte zusammen, als Rike ihn fragte:

»Kann ich bitte den Schädel bekommen?«, so konzentriert war er.

»Guten Tag, Frau Kollegin«, antwortete er bedächtig.

»Hallo«, sagte Rike schnell, »ich habe den Conelly im Vernehmungsraum – bitte«, schickte sie hinterher.

»Aber nur mit Handschuhen«, sagte der Techniker und händigte ihr eine Kiste aus. Sie nickte und eilte zum Vernehmungszimmer zurück, riss die Tür auf, stellte die Holzkiste auf den Tisch und öffnete sie. Sie war gespannt, wie er reagieren würde.

Gerne hätte sie es hingeworfen oder geknallt, doch sie musste behutsam mit den Asservaten umgehen.

»Was bitte ist das, und was macht das auf Ihrem Hausboot?« Sie beobachtete Conelly, dessen Augen sich bei dem Anblick vor Entsetzen geweitet hatten, er fläzte nicht mehr, sondern saß mit angespanntem Oberkörper am Tisch und sah das Exponat an.

Sie war außerordentlich glücklich über die Idee, ihre junge Kollegin Mareike Schmidt ins Team geholt zu haben.

Im Gegensatz zu Galinowski, dem sicherlich jede Intrige gegen sie recht schien, war die junge Frau enthusiastisch bei der Sache, dachte mit und brachte den neuesten Wissensstand von der Polizeiakademie mit.

Mareike hatte sofort gesehen, um was es sich bei dem Totenschädel mit einem gigantischen Eisennagel handelte – es war der Störtebekerkopf, der vor einigen Monaten auf mysteriöse Art und Weise aus der Vitrine des Hamburgmuseums verschwunden war. Sie hatte Rike auch einen Artikel über den mysteriösen Diebstahl ausgedruckt.

Wer raubte Störtebekers Haupt?

Er gehörte zu den wertvollsten Exponaten des Museums für Hamburgische Geschichte. Vor einer Woche hatten Diebe, wie unserer Zeitung erst jetzt bekannt wurde, den Schädel des legendären Piraten Klaus Störtebeker entwendet. Die Vitrine war aufgebrochen worden, der genaue Zeitpunkt des Einbruchs ist unbekannt.

Der letzte Überrest des berühmten Freibeuters war in einem Museumsraum im Bauch einer nachgebauten Kogge mit schwarzem Segel ausgestellt in einem Themenraum der Mittelaltersammlung, die sich den Piraten widmet. Dort war er so zu sehen, wie er am 20. Oktober 1401 auf dem Grasbrook zur Schau gestellt worden war. Körperlos, der Kopf mit einem Nagel auf einen Pfahl geschlagen, zur Abschreckung für das gemeine Volk, das den Piraten beträchtliche Sympathien entgegenbrachte. »Likedeeler« wurden sie genannt, weil sie ihre Beute in gleiche Teile teilten, bei großer Beute zeigten sie sich großzügig gegenüber den Armen – besagt zumindest die Legende.

Denn rein wissenschaftlich bewiesen ist die Herkunft des Schädels nicht. Er war 1878 beim Bau der Speicherstadt aus-

gegraben worden, an der Stelle, wo einst der Henker 30 Pira-
ten einen Kopf kürzer gemacht hatte. Sicher scheint, dass es
sich um einen ihrer Schädel handelt. Da dieser Kopf offenbar
besonders sorgsam aufgenagelt wurde und am besten erhal-
ten war, vermuteten Archäologen, dass es sich um Störtebe-
ker handeln könnte.

Doch wer kommt für einen solchen Diebstahl infrage?
Das Exponat ist bekannt und dürfte kaum zu verkaufen
sein. Oder ist es nur ein »Dummer-Jungen-Streich«? Ob
Hamburg seinen berühmten Piraten jemals wiedersehen
wird, ist fraglich.

»Das war also Ihr Vorbild für den Mord?« Rike zeigte auf
den Inhalt der Kiste.

Conelly blickte noch immer vor sich und war unter seinen Bartstoppeln blass geworden:

»Ich will meinen Anwalt.«

Doch Rike wollte den Überraschungseffekt noch etwas
länger auskosten. »Gleich«, hielt sie ihn hin und klopfte
an die Scheibe. Daraufhin brachte Mareike Schmidt zwei
Kelche aus massivem Gold und einen Kasten mit Münzen.

»Wo haben Sie das mitgehen lassen?«

»Das ist nicht geraubt, das waren legale Grabungen mit
Genehmigung«, verteidigte sich Paul. »Und ich habe niemanden umgebracht«, sagte er mit schwacher Stimme.

»Wir sind nicht vom Raubdezernat und würden das auf
sich beruhen lassen, aber die Indizien für den Mord sind eindeutig«, sagte Rike, warf Mareike einen auffordernden Blick
zu und verließ den Raum. Mareike sollte die nette Polizistin
mimen, ihm ihre Schulter anbieten zum Ausjammern und
ihn so zum Aufgeben bewegen.

»Guten Tag, Herr Conelly, haben Sie schon zu Mittag

gegessen«, fragte Mareike und bot an: »Ich kann Ihnen belegte Brötchen bestellen.« Doch er schüttelte nur stumm den Kopf.

»Herr Conelly, Sie wissen, Ihre Kooperation würde sich natürlich auf das Strafmaß auswirken. Sie können alles leugnen, aber Sie wurden gesehen und eindeutig identifiziert und Sie haben das Geld des Opfers«, redete Mareike ihm ins Gewissen.

»Ja, ich habe diesen Schädel mitgenommen, was übrigens nicht gerade schwierig war«, gab Paul widerstrebend zu. Er deutete auf die Kelche: »Die habe ich mit einer Lizenz auf Madagaskar ausgegraben, das kann ich beweisen. Einen Mord lasse ich mir schon gar nicht in die Schuhe schieben.« Er wirkte panisch.

Das schien der richtige Moment zu sein, den Druck nochmals zu erhöhen. »Herr Conelly, Ihre Geschichte stimmt doch hinten und vorne nicht.« Rike hatte wieder am Vernehmungstisch Platz genommen. »Angeblich wollen Sie von Peter Hein, dem späteren Opfer, Urkunden gekauft und dafür bezahlt haben. Wenn das so abgelaufen wäre, hätten Sie das Geld nicht bei sich. Geld, auf dem wir sicherlich die Fingerabdrücke des Opfers finden werden.«

Er sah jetzt richtig weinerlich aus und hatte hektische rote Flecke im Gesicht. Das kannte Rike von den angeblich harten Abenteurern. Im Ernstfall mutierten sie dann zu Jammerlappen. Hoffentlich würde er nun Vernunft annehmen und die Wahrheit sagen.

Er schlug sich an die Stirn: »Es war ein Fehler«, schluchzte er, »ein großer Fehler! Ich habe das Geld nach Heins Tod zurückgeholt, er konnte ja nichts mehr damit anfangen. Ich hatte keinen Grund, ihn umzubringen.«

Rike schüttelte den Kopf, wie lange würde es noch dauern, bis er endlich sein Geständnis ablegte. Der Mann wirkte nicht wie ein Mörder, aber die Beweise sprachen für seine Schuld.

»Herr Conelly, Sie glauben doch wohl selbst nicht an Ihr Märchen«, provozierte sie. »Sie haben viel Geld vom Opfer und Sie wurden am Tatort gesehen, was würden Sie daraus schließen?« Sie sah ihn lange und eindringlich an: »Sie sollten uns jetzt die Wahrheit sagen.«

Er schien zu überlegen, bevor er sagte: »Okay, aber Sie werden mir das nicht glauben. Ich war auf dem Friedhof, aber nicht, um jemanden umzubringen, sondern für eine Grabung. Von Hein hatte ich die fehlende Karte zu Störtebekers Brief von 1401 bekommen, dem Jahr, als Störtebeker mit der ›Bunten Kuh‹ nach Hamburg gebracht wurde. Die hatte Hein, und ich hatte den Schatzbrief mit der Beschreibung des Verstecks«, sagte Conelly. »Störtebeker hatte versucht, diesen Brief aus der Haft an seine Getreuen zu schmuggeln, er war an Keno ten Broke gerichtet, Häuptling der Friesen in Marienhafe. Dieser hatte die Piraten immer unterstützt und ihnen Unterschlupf gewährt. Störtebeker hatte dessen Tochter geheiratet, sie hatte ihm einen Sohn geboren. Diesen Brief habe ich nach langer Archivsuche zufällig gefunden, doch ohne die Karte war die Beschreibung nicht zu verstehen. Ich habe lange Jahre nach der richtigen Insel gesucht, bislang hatte ich immer gedacht, dass es eine Ostseeinsel sein muss. Die meisten Störtebekerforscher glauben ja, dass Rügen sein Unterschlupf und auch sein wichtigster Lagerplatz war. Doch dann bin ich durch Hein auf Neuwerk gekommen und habe den Ort näher durch historische Vergleiche eingrenzen können. Damals gab es ja noch keinen Friedhof an dieser Stelle, dort befand sich ein Hafen, wo die Piraten heimlich anlegten.«

»Klingt nach einer Räuberpistole. Wir hätten ja gleich noch ein Motiv, Sie wollten einen Mitwisser beseitigen«, folgerte Rike.

Zunehmend verzweifelt schüttelte Paul den Kopf und verlangte nach seinem Anwalt.

Rike schob das Telefon zu ihm hinüber und erklärte: »Wir sehen uns beim Ermittlungsrichter, und stellen Sie sich schon darauf ein, dass die Untersuchungshaft nicht so komfortabel wird wie die Nacht im Polizeipräsidium.« Sie war sich sicher, den Richtigen festgesetzt zu haben, denn auf ihn deuteten einfach alle Ergebnisse ihrer Ermittlung.

KAPITEL 18

Missmutig hatte Margo Handtücher, Bettwäsche und Laken in die beiden Waschkörbe gestopft und schleppte ihre Bürde nun Stufe für Stufe nach unten. Es war noch dunkel, denn sie wollte die Großreinigung möglichst schnell hinter sich haben. Was sollte schon passieren, im Dunkeln auf der Insel. Sie haderte mit der Arbeit– von wegen romantisches Leuchtturmwärterleben. Sie hasste Hausarbeit, diese war ihr selbst in ihrer kleinen Berliner Wohnung lästig, und nun hatte ihr die Hotelpächterin die Wäsche für eine ganze Kompanie hinterlassen. In der Saison arbeiteten noch zwei Zimmermädchen hier, doch die waren Ende September nach Hause nach Polen gefahren. Im Sommer bestand die halbe Inselbevölkerung aus osteuropäischen Studenten, die hier Essen servierten, kochten, Betten bezogen und die Zimmer reinigten.

Eine Erinnerung an Mamas Inseljahr, versuchte Margo, sich zu motivieren. Renata war direkt nach dem Abitur nach Neuwerk gekommen, sie wollte etwas Geld für ihr Studium auf die hohe Kante legen. Sie kam rein zufällig in diese Gegend, in ihrer Schule gab es einen Kontakt zum Hamburger Studentenwerk, und von dort aus wurde sie als Helferin in das Schullandheim vermittelt. Was für ein Zufall, denn das Haus, wo einst ihre Mutter gewohnt hatte, befand sich keine 30 Meter vom Leuchtturm entfernt, direkt gegenüber vom Inselkaufmann. Sie verdrängte den Gedanken an Peter Heins schrecklichen Tod.

Margo setzte den Korb ein letztes Mal ab, bevor sie die Eingangstür der Pension öffnete und kurz verschnaufte.

Ursprünglich hatten sich die Wohnräume in zehn Meter Höhe befunden, denn der Leuchtturm war als Festung der Hanse gegen die Überfälle von Piraten und den feindlich gesinnten norddeutschen Nachbarn gebaut worden. Wenn die Leitern eingezogen waren, ließ sich das burgähnliche Gebäude kaum einnehmen, wenn der Feind nicht gerade von innen kam. Einer der Vögte war angeblich ein lustiger Geselle, der rauschende Feste feierte und das Büffet durch Plünderungen fremder Schiffe bestückte. Eigentlich hatte die Hanse den Turm gebaut, um Piraten zu bekämpfen, doch die eigene Turmbesatzung trieb es dann noch viel doller als die Piraten, das hatte ihr Paul neulich erzählt. Margo lächelte, als sie an den legendären Feiervogt dachte. Praktischerweise war vor über 100 Jahren der weiße Anbau mit einer ganz normalen Holztreppe entstanden, der nicht so recht zu dem Backsteinbau passen mochte. Aber sie war froh, dass sie nicht mehr über Leitern hinauf- und hinunterklettern musste. So lästig ihre Arbeit war, der Leuchtturm faszinierte sie. Vor allem an der Leuchtkuppel ganz oben hatte Margo Gefallen gefunden, und sie wollte in der bald beginnenden Winterpause ein paar Skizzen machen. Malen war für sie der einzige Weg, ihr Gedankenkarussell, das sich immer schneller drehte, für einige Zeit zum Stillstand zu bringen. Das plante sie zumindest, bevor sie die unterste Tür öffnete. Etwas mulmig war ihr bei dem Gedanken zumute, in der Dunkelheit in das Gewölbe hinabzusteigen. In Berlin war man nie ganz allein, doch hier auf der entvölkerten Insel fühlte sie sich mittlerweile sehr einsam, nachdem ihr letzter Gast Paul unfreiwillig abgereist war. Auf die Gesellschaft der Adelszicke und ihrer Truppe konnte sie allerdings verzichten.

Noch zwei Treppen bis in den Keller. Mit dem großen alten Schlüssel öffnete sie die Tür zum historischen Gewölbe, die sich knarrend auftat. Direkt dahinter stellte sie die Körbe ab, denn eine der Neonlampen war ausgefallen und die andere flackerte und verstrahlte nur alle paar Sekunden grelles Licht. Es roch muffig und unangenehm süßlich, und Margo sah einen kleinen dunklen Schatten hinter einem Regal verschwinden. Für eine Katze war der Umriss zu klein gewesen, vermutlich hausten Ratten im Keller. Das machte den Gang in die Unterwelt des Leuchtturms nicht gerade angenehmer. Das Waschmittel war wahrscheinlich im Nebenraum. Als die zweite Röhre anging, erstarrte sie vor Entsetzen und konnte nicht mehr aufhören zu schreien. Sie konnte nicht sagen, wie lange sie dort gestanden und geschrien hatte, plötzlich stand Mark Cors neben ihr, der sie wohl bis zu seinem kleinen Zimmer neben dem Laden gehört hatte. Zum Glück lebte er seit der Scheidung direkt neben seinen Geschäftsräumen, sonst wäre der Leuchtturm im Winter vollkommen verlassen.

»Margo, was ist denn los, ich habe noch geschlaf …« Dann verstummte er, zu schrecklich war dieser Anblick, der süßliche Geruch musste vom Blut stammen, er erinnerte an eine Schlachterei und war kaum auszuhalten.

KAPITEL 19

Überrascht sah Rike, als sie sehr früh die Tür ihres Büros öffnete, dass sie einen Besucher hatte. Sie hatte nur vier Stunden geschlafen, am Abend vorher hatten sie nochmals alle Ergebnisse ausgewertet und das Vorleben von Paul Conelly durchforstet. Sie hatte die Ruhe vor dem Eintreffen der anderen nutzen wollen, um erneut die Akte über das Opfer Peter Hein zu studieren.

»Polizeirat Roth«, sagte sie erstaunt, »ich kann Ihnen mitteilen, dass wir die Ermittlungen so gut wie abgeschlossen haben.« Sie hatte Prinz mit ins Büro gebracht und wollte sich in der Mittagspause einen langen Spaziergang gönnen, um durch die frische Luft und die Bewegung den mangelnden Schlaf auszugleichen.

Doch angesichts der angespannten Stirn ihres Chefs ahnte sie, dass irgendetwas schiefgelaufen sein musste.

»Polizeioberkommissarin von Menkendorf, Sie haben offenbar in die falsche Richtung ermittelt. Ich habe Sie vielleicht überfordert, aber ich bin dennoch enttäuscht.«

»Was …« Rike war entsetzt, als er ihr auf seinem Mobiltelefon das Bild eines Toten zeigte.

»Das kam gerade aus Neuwerk.« Er deutete auf eine kopflose Leiche in einer großen Blutlache: »Ich erwarte, dass Sie sich schnellstmöglich an die Arbeit machen. Sie berichten mir persönlich über jeden einzelnen Schritt.«

Den Staatsanwalt hatte er bereits informiert und den Verdächtigen auf freien Fuß setzen lassen.

»Wie kommen Sie dazu, diesen Historiker mit so vagen Vermutungen in die U-Haft zu bringen, ich habe keine Lust auf einen neuen Polizeiskandal.« Er wedelte mit der Ermittlungsakte. »Wo ist die Tatwaffe, woher kommt dieses Tatwerkzeug, und warum haben Sie noch nicht einmal die Faserspuren ausgewertet? Himmeldonnerwetter nochmal«, wütend stand er auf, »Rike, ich hätte wirklich mehr erwartet.«

Rike fühlte sich mutlos, wahrscheinlich würde er ihr den Fall entziehen. Sie wollte gerade ihr Vorgehen erklären, schließlich schien der Fall eindeutig, da unterbrach sie der erfahrene Polizeimann: »Gehen Sie ab sofort systematisch vor. Ich hätte Ihnen längst einen erfahrenen Hauptkommissar zur Seite gestellt, aber wir haben eine absolute Ausnahmesituation.«

Er wedelte bedeutungsvoll mit einer grünen Kladde auf der »Streng vertraulich« gestempelt war und fasste den Vorgang kurz für sie zusammen. Seit dem Vortag wurde der Senator für Stadtentwicklung und Umwelt vermisst, alle verfügbaren Kräfte waren im Einsatz, um die Stadt nach möglichen Verstecken der Entführer durchzukämmen.

»Absolute Nachrichtensperre. Nichts darf nach außen dringen, das könnte eine Frage von Leben und Tod sein«, warnte sie Roth und kam dann wieder auf ihren Fall zu sprechen.

»Ich erwarte, dass Sie dieses schreckliche Verbrechen aufklären. Ein größeres Team kann ich Ihnen leider nicht zur Seite stellen.« Auch die »Libellen« waren im Einsatz, um das Entführungsopfer zu finden. Sie erinnerte sich, dass ihnen der Pilot von der Wärmebildkamera erzählt hatte, die beispielsweise verirrte Personen in einem Waldstück aufspüren konnte.

Rike versprach ihm, sich schnellstmöglich auf dem Landweg zum Tatort zu begeben. Immerhin hatte er ihr noch eine Chance gegeben, und die durfte sie nicht verspielen.

Rike betrachtete das Bild, das gerade in ihre Mailbox einging. Der Tote trug eine dunkelgrauglänzende Hose und ein Hemd, das einmal hell gewesen war, bevor es sich voller Blut gesogen hatte. Wie bei der ersten Leiche klaffte ein dunkles schwarzes Loch über den Schultern. Wo mochte der Kopf sein?

Am Vorabend war sie noch so erleichtert gewesen, als der Ermittlungsrichter ihre Tattheorie vollkommen schlüssig fand und den Verdächtigen in die Untersuchungshaft geschickt hatte.

Dazu kam, dass der Verdächtige kein unbeschriebenes Blatt war und schon einmal wegen Körperverletzung zu einem halben Jahr auf Bewährung verurteilt worden war. Damals ging es wohl um einen Streit um Diebesgut, das hatte seine Person nicht unbedingt glaubwürdiger gemacht. Und der Fund des geklauten Störtebekerschädels aus dem Hamburgmuseum und die Art und Weise, wie er den Kopf aufgenagelt hatte, genauso wie die Piratenschädel im Mittelalter auf dem Grasbrook, das konnte kein Zufall sein. Er musste jedoch noch einen Helfer haben, der ihn durch die neue Tat während seiner U-Haft entlastet hatte.

KAPITEL 20

Rike war bedrückt, als sie mit dem Kriminaltechniker Volker Hendrichs, der auch ein Frühaufsteher war, und Prinz zweieinhalb Stunden später am Strand eintraf. Sie war mit ihrem Kombi gefahren, wo sie den Kofferraum für Prinz mit Decken ausgelegt hatte. Die beiden Kollegen würden wiederum hinterherreisen, wenn eine »Libelle« zur Verfügung stand, um die Polizisten zu transportieren und das zweite Opfer auf dem Rückweg in die Gerichtsmedizin zu bringen.

Gleich würde sie erneut ein grauenhaftes Bild vor sich haben, das sie wahrscheinlich monatelang in ihren Albträumen begleiten würde. Und der Mörder lief noch immer frei herum.

Kai-Uwe König wartete in seiner Cowboymontur mit zwei dunklen schlanken Pferden am beschriebenen Parkplatz in Sahlenburg, einem Vorort von Cuxhaven. Da gerade Ebbe war, konnte das Polizeischiff der Kollegen nicht auslaufen. Rike wunderte sich, dass Kai-Uwe König nicht in einem der gelben Wattwagen gekommen war, sondern einer leichten einachsigen Kutsche, die etwas eng für drei Personen aussah.

»Rennsulky Marke Eigenbau.« König zeigte mit sichtlichem Stolz auf das Gefährt. »Mein Expresstransport.«

Rike quetschte sich neben Hendrichs auf die Sitzbank und nahm den zitternden und winselnden Prinz auf den Schoß. Ihm war das Gefährt offenbar nicht geheuer, und auch seinem Frauchen schien es ziemlich unbehaglich, mit dem wackligen Wagen und zwei PS über den Meeresgrund zu fahren.

»Harry und Sally sind Rennpferde«, erklärte der Cowboy ungewöhnlich gesprächig, während er die Aufstiegsleiter verstaute und sich auf seinen Platz auf der anderen Seite von Hendrichs zwängte, doch die Enge schien ihn nicht zu stören. »Sally war früher die Königin der Hamburger Trabrennbahn.« Er wies mit einer schwungvollen, fast feierlichen Handdrehung auf das rechte Pferd, als wolle er einen Superstar auf der Bühne ankündigen: »Salina-Bella von Arnac-Pompadour, niemand hat so viele Rennen gewonnen wie sie.«

Dann hatte der Star der Rennbahn einen Sehnenschaden erlitten und sollte umgehend zum Schlachter. König rettete die Rennstute und ihren besten Freund, der auf der Rennbahn nie ganz auf Touren gekommen war, gleich mit.

»Das Watt bewirkt Wunder für kaputte Gelenke«, fuhr er in seinem ungewöhnlich langen Redeschwall fort.

Rike waren die Wehwehchen der Vierbeiner herzlich egal, mit Bedauern dachte sie an den bequemen Transport mit der »Libelle« und konnte sich ein leises Seufzen nicht verkneifen.

Ihr Fahrer verteilte dicke Wolldecken, dann rief er ihnen noch zu: »Festhalten.«

Harry und Sally trabten über den Strand auf den Meeresgrund zu und legten dort deutlich an Tempo zu. Rike und Hendrichs wurden auf der Sitzbank kräftig durchgeschüttelt, Prinz ließ nur gelegentlich ein leises Winseln unter Rikes Knien hören.

Der Cowboy brummte ein tiefes »Ruhig, looongsam«, und Harry und Sally wurden kurzzeitig etwas langsamer. So ganz hatte sich das Wasser an dem Tag nicht zurückgezogen, das lag laut ihrem Kutscher am starken Westwind. Bei ihrem ersten Aufenthalt auf der Insel hatte sie staunend gesehen, wie sich das Meer bei Niedrigwasser in eine weite graue Ebene verwandelte, auf der Pfützen und Wasserläufe silbern glitzerten, sobald ein Sonnenstrahl durch die Wolkenschichten drang. An diesem Tag schien alles grau, das helle Grau des nassen Sandes ging in ein dunkles Grau am Himmel über, das von bedrohlich wirkenden schwarzen Wolkenformationen gekrönt war. Die beiden Pferde versanken an manchen Stellen bis zum Bauch im Wasser und gingen etwas gemächlicher. »Das Sahlenburger Loch, manchmal müssen wir hier umkehren«, nuschelte der Kutscher, doch Harry und Sally gingen unbeeindruckt weiter in Richtung heimatlicher Stall.

Rike hatte mittlerweile ihre Kapuze zugezogen, um sich vor dem peitschenden Wind zu schützen, ihre Hände waren klamm, und ihre Wangen brannten.

Hendrichs schienen das Geholper und die Kälte nichts auszumachen, er lächelte versonnen und kraulte dem verängstigen Prinz den Rücken. Zum Glück war der Kollege so schnell bereit gewesen, sie zu begleiten, denn ganz alleine fühlte sich Rike dem nächsten schreckenerregenden Fundort nicht gewachsen. Die Pferde waren wieder in einen flotten Trab gefallen. Schon nach einer halben Stunde stoppte der Wagen vor dem Leuchtturm.

Mit Weidezaunpfählen und Flatterband hatte Andrej den Bereich um den Leuchtturm abgesperrt und auf sie gewartet. Er nickte nur wortlos und öffnete einen Durchgang, als sie eintrafen. Hinter der im Erdgeschoss gelegenen Tür führten Stufen in die unterirdischen Gewölbe hinab, dort, wo angeblich einst der Pirat Störtebeker sein Hauptquartier hatte, wie sie der Turmchronik bei ihrem ersten Aufenthalt entnommen hatte. Hier sollte er im Herbst des Jahres 1401 auch im Verlies eingesessen haben, nachdem ihn die Hanse überwältigt und festgenommen hatte.

Viele Fakten gab es über diese Epoche nicht, doch die Einheimischen spannen gerne Seemannsgarn, vor allem, wenn die Tage kürzer und die Abende länger waren. Dabei stand nicht einmal fest, ob es den Piraten überhaupt gegeben hatte. Da hielt sie sich lieber an die Fakten.

An die Zeit der Freibeuter erinnerte wenig, die jetzigen Turmbewohner hatten das Gewölbe in kleine Kellerzellen unterteilt. Im ersten Raum lagerten Getränke, daneben befanden sich Waschmaschine, Trockner und Körbe. Andrej führte sie zu einer schweren Holztür, die er mit einem großen rostigen Schlüssel aufschloss. Rike ging die dahinter befindliche kurze Steintreppe hinab und in die Richtung, in die er gezeigt hatte.

Zwischen Regalen mit Waschmitteln, Einmachgläsern und Weinflaschen lag der Körper ohne Kopf in einer so großen Lache Blut, dass Rike an eine Schlachtung denken musste. Sie schnappte nach Luft, da der Geruch unerträglich schien. Sie hatte leichte Schwindelgefühle, jetzt bloß nicht das Gleichgewicht verlieren, redete sie sich gut zu. Sie war froh, dass Galinowski noch nicht zurück war. Am besten, sie arbeitete ganz einfach die Checkliste ab, die sie sich zurechtgelegt hatte. Sie sah die Hosentaschen des Toten durch, dann betrachtete sie seine Kleidungsstücke genauer, alle Etiketten waren fein säuberlich entfernt.

»Leider nichts. Aber kein Anzug von der Stange.« Dazu trug das Opfer graue farblich genau passende Schuhe, die ebenso teuer aussahen. Rike betrachtete einen Schatten auf dem Leder, der wie ein Flicken aussah. Irgendjemand musste diese Reparatur ausgeführt haben und konnte ihnen vielleicht dabei helfen, den Besitzer des Schuhwerks zu identifizieren. Vielleicht wäre es besser, wenn einer der Kollegen in Hamburg bleiben würde, um diese Recherchen voranzutreiben. Es käme ihr nicht ungelegen, wenn Galinowski nicht mehr zurück auf die Insel käme. Neben ihr stand Hendrichs und diktierte die wenigen Fakten in sein Aufnahmegerät.

»Unbekannter Toter, Alter unbekannt, besondere Merkmale: keine. Auffälliger Reparaturflicken auf dem rechten Schuh.«

Sie atmete auf, als sie die Stufen wieder hinaufgingen. Vor dem Haus saß der Cowboy noch immer bewegungslos auf seinem Kutschbock.

»Wird denn jemand vermisst?«, wollte Rike wissen.

Doch König schien nicht ansprechbar.

»Mann ohne Dötz«, murmelte er kopfschüttelnd.

»Dötz ist der Kopf«, übersetzte Hendrichs.

»Herr König«, wiederholte Rike scharf. »Bitte machen Sie uns eine Liste aller männlichen Inselbewohner zwischen 20 und 70«, forderte sie ihn auf. Der strenge Ton schien ihn in die Realität zurückzuholen.

»Ähm, jetzt gleich?«

»Ja bitte, Sie verstehen, dass die Ermittlungen von höchster Priorität sind, auf der Insel läuft ein grausamer Mörder frei herum.« Sie hatten nur wenig Fakten und keinen Verdächtigen mehr, vor allem mussten sie den Kopf finden und die Tatwaffe, zudem stellte sich die Frage, ob Conelly einen Helfer auf der Insel hatte. Sie dachte an die Margo, die die Leiche gefunden hatte und sichtlich angeschlagen war, als sie sie befragt hatte. Zum ersten Mal hatte diese Frau sie nicht in ihrer üblichen schnippischen Art abgefertigt. Sie kam nicht als Täterin infrage, Frauen zogen nicht mordend mit einer Säge los, selbst wenn sie gewollt hätte, sie brachte nicht die körperlichen Voraussetzungen für eine solche Tat mit. Ihr Bauchgefühl sagte ihr dennoch, dass die Frau etwas zu verbergen hatte.

*** *Die Sonne war gerade aufgegangen, es war der Tag, an dem er die Kuh zum Bullen brachte. Draußen am Scharhörnriff sah er ein weißes Schimmern. Dort, wo das Meer launisch selbst große Schiffe wie kleine Nussschalen auf den Wellen tanzen lässt, den Kapitänen das Ruder entreißt und einen unheimlichen Sog entwickelt, mitten hinein in seine gefährlichen Untiefen. Es spielt mit ihnen, als wären es kleine Papierschiffe, hat sie ganz in seiner Gewalt, bis es sie wieder freigibt irgendwo auf einer Sandbank oder an einem Ufer abwirft.*

So mancher ist hier gestrandet, hat sein Leben während der Flut gelassen oder ist im winterlichen Eis umgekommen, nachdem sein Schiff auf Grund gelaufen war. Auch die besten Karten konnten die Seeleute nicht vor diesen gefährlichen Stellen schützen, denn das Meer verändert sich ständig. Es ist verhext und tückisch dort oben. Wie Dünen wandern die Sandbänke unter Wasser.

Ein Segelboot war an diesem Tag auf dem Riff gestrandet, glänzend weiß lag es halb auf der Seite, fast wie ein Fisch, der mit dem Bauch nach oben schwimmt. Ängstlich klammerten sich die vier Männer an die Reling, in einer fremden harten Sprache unterhielten sie sich über das Entsetzen, ihre Furcht vor den Unbillen der See.

Voller Dankbarkeit sahen sie die Retter kommen. Ein hoher gelber Pferdewagen, Sicherheit auf der kleinen Insel, ein trockenes und warmes Quartier für die Nacht, ein Abendmahl. Sie sahen nicht den zweiten Wagen, der hinter der Insel wartete, als sie gerettet waren, und die Männer, die sich ihren gerechten Lohn nahmen. Denn das ist ein uraltes Gesetz. Die Seelen retten, die Ladung des Schiffs ist unser Lohn.

KAPITEL 21

Der Sturm dauerte nun seit Stunden an, pfiff um den Turm, rüttelte an den Läden, zog durch die Ritzen der undichten Fenster im Flur. Margo hatte das dringende Bedürfnis, das düstere Gebäude hinter sich zu lassen. Ihr Körper fühlte sich an wie ein Resonanzboden für die negativen Schwingungen der alten Mauern, die stummen Schreie der einst in dem Keller Gefangenen. In einem Buch über den Turm hatte sie über grausame Foltermethoden gelesen. Im Keller war sie auf rostige Fußfesseln und Zangen gestoßen, und sie wollte sich lieber nicht so genau vorstellen, wozu die gedient hatten. An der frischen Luft atmete sie tief durch, streckte ihre Arme in die Höhe.

Als sie an Peter Heins geschlossenem Geschäft vorbeikam, sah sie das rot-weiße Polizeiband vor der Ladentür flattern, das Haus war also immer noch gesperrt. Sie lief über den Mittelweg in Richtung Norden und wollte die großen Containerschiffe, die in der Ferne vorüberzogen, auf ihrer Reise in die Welt hinaus beobachten. Auf der Wiese entlang dem Weg grasten die Kutschpferde auf den sattgrünen Wiesen. Das Schilf am Wegesrand bog sich wellenförmig im Wind und sah aus dem Augenwinkel wie eine große Herde flüchtender wilder Pferde aus. Die Sonne brach durch die dunkelgraue Wolkendecke und ließ ihre Strahlen auf dem kleinen Wasserlauf neben dem Weg spielen. Margo streckte ihre Arme aus und atmete tief die salzige Meeresluft ein. In dem Moment fühlte sie sich mit der Natur versöhnt und war fast versucht, die Farben und das besondere Licht mit dem Pinsel festzuhalten.

Sie griff immer zum Pinsel, wenn sie starke Emotionen zu verarbeiten hatte, und das Bedürfnis verspürte sie nun nach dem Schock am Morgen und dem aufwühlenden Ausflug auf das Festland. Kurz hatte sie nach dem schrecklichen Fund darüber nachgedacht, die Insel wieder zu verlassen. Doch sie wollte nicht unverrichteter Dinge wieder nach Berlin kommen und in ihrem Leben genau da weitermachen, wo sie aufgehört hatte. Außerdem war sie vermutlich nicht in Gefahr, denn bei den Todesfällen schien es sich weder um einen Sexualmord noch um Raub zu handeln. Beide Toten waren männlich, sie hatte also vermutlich nichts zu befürchten, und zudem wohnten die Hamburger Kommissare wieder mit ihr unter einem Dach. Sie hatte zwar ihre Zweifel an den Fähigkeiten der Menkendorf, die schien alles andere als erfahren zu sein, sonst wäre sie wohl kaum so wenig souverän. Doch zumindest würden die Polizisten im Haus mögliche Übeltäter abschrecken. Sie war jetzt am »Seemannsgarn« angekommen, vor dem einige Gäste trotz des Sturmes unter einem Vordach im Freien saßen und rauchten. Sie überlegte, ob sie Prell einen kurzen Besuch abstatten sollte, doch dann dachte sie an dessen eifersüchtige Gattin und folgte lieber dem Weg bis zum Ende und ging dann geradewegs auf den Deich. Oben wehte der Wind so stark, dass sie das Gefühl hatte, den steilen Hang hinab geblasen zu werden. Sie stemmte sich gegen die Naturgewalt und versuchte, die Namen auf einem hochbeladenen roten Containerfrachter und einem kleineren gelben Schiff zu erkennen. Am Anlegesteg schwappten die Wellen des aufgewühlten Meeres meterhoch, doch die Schiffe in der Ferne schienen vollkommen ruhig vorüberzugleiten. Margo fror und beschloss, den Rückweg anzutreten. Sie ging den Weg hinter dem Deich ein Stück weiter, um sich die vier gefleckten Schweine anzusehen, die sich Prell hielt. Sie erinnerte sich noch, wie sie sich über die »Begnadigung der Schnitzel« amüsiert hatte, wie sie es damals nannte. Am Abend im »Seemannsgarn« hatten sich die beiden Wattführer darüber lustig gemacht, dass Jo Prell die Tiere auf Bitten zweier kleiner Nachbarmädchen in dieser Saison verschont hatte und den frischen Neuwerker Schweinebraten von seiner Speisekarte gestrichen hatte. Vier schmutzige Nasen streckten sich ihr grunzend entgegen, die begnadigten Braten schienen eine Leckerei zu erwarten. Sie schlug den Fußweg hinter dem Gehege ein, der an einem flachen langen Gebäude vorbeiführte, in dem sich die Pferdeboxen von Kai-Uwe König befanden.

Der Wind wehte hart angeschlagene Gitarrenakkorde und einen rauen Gesang heran, Margo ging weiter in Richtung der Musik und blieb dann stehen. Hinter dem Pferdestall entdeckte sie Jo Prell in einer windstillen Ecke, wo sonst die Kutscher pausierten, ganz in sich versunken auf der Gitarre spielend.

Ein Künstler, der ganz in seiner Musik lebt, dachte sie und hielt gebannt inne. Sie wollte diesen besonderen Moment nicht stören. Er hatte sie nicht bemerkt. Jetzt sah sie, wie der Cowboy aus der hinteren Stalltür kam und sich zu seinem Nachbarn setzte:

»Er ist es, es war grauenvoll.«

Jo hörte abrupt mit seinem Spiel auf und fragte:

»Bist du sicher?« Panik schien aus seiner Stimme zu klingen. Margo hörte noch die Antwort:

»Ganz sicher, er war bei uns und ist gestern Nacht nicht zurückgekommen. Wir hatten Streit.«

Die Antwort von Prell klang angsterfüllt. »Der zweite von uns. Das kann kein Zufall sein.«

Die Antwort konnte Margo nicht verstehen. Sie fragte sich aber, von wem die Rede war, denn sie kannte mittlerweile viele Insulaner mit Namen. Sie vermutete, dass die beiden den zweiten Toten meinten, dessen Identität offiziell noch nicht bekannt war, soweit sie das mitbekommen hatte. Kurz hinter dem Gebäude war sie stehen geblieben und kramte in ihrer Handtasche, um dem Gespräch unauffällig noch weiter folgen zu können. Als sie Andrej aus dem Stall kommen sah, lief sie langsam weiter bis zum Hauptweg hinter dem Deich an einem Einfamilienhaus mit bunt beklebten Fenstern vorüber. Ihr Blick fiel auf das Holzschild »Inselschule« am weißen Gartentor vor dem Grundstück mit Schaukeln und einem Klettergerüst, das wie ein Schiff mit Klettermasten gestaltet war und an dessen Heck eine Piratenfahne flatterte. Sie hatte von ihrer Wirtin gehört, dass die Schule nur eine einzige Schülerin hatte, die die ganze Zeit Einzelunterricht bekam. Erst nach der Grundschule mussten die Inselkinder in weiterführende Schulen auf das Festland wechseln. Schon merkwürdig, dass sich die Lehrerin aus Hamburg einzig und allein um ein Mädchen kümmerte. Früher hatte es noch große Klassen gegeben, in denen die Kinder aller Altersklassen gemeinsam lernten. Die ältere Generation der Insulaner musste hier noch gemeinsam die Schulbank gedrückt haben. Plötzlich hatte sie eine Idee, denn es gab jemanden, der alle Insulaner von klein auf kannte und ihre Fragen über die Vergangenheit auf der Insel hoffentlich beantworten konnte.

KAPITEL 22

Galinowski nahm seine verspiegelte Sonnenbrille ab, um der Wirtin des »Rosies« ein freches Zwinkern zu schenken. Die Frauen fanden das hinreißend, sie waren alle ganz verrückt nach ihm, dem Supercop. Nur leider wusste man ja, dass sich Polizeiarbeit und feste Partnerschaften schwer vereinbaren lassen. Galinowski war überzeugter Single. Bei der Rosie, diesem kurvigen Weibsstück mit seinen luftigen Kleidchen wäre er schon gerne mal schwach geworden. Er konnte sich noch genau an den Moment erinnern, als er sie zum ersten Mal gesehen hatte. Über zwei Jahre musste das her sein, Kollegen hatten von der neuen Kneipe berichtet, in der sie endlich mittags ein vernünftiges Schnitzel bekamen, ganz anders als in der Kantine im Präsidium, wo prinzipiell jedes Gericht gleich zerkocht und versalzen war. Was man gerade aß, konnte man dort meist nur feststellen, wenn man das Tagesmenü am Eingang studierte. Ihm hatte bei seinem ersten Besuch in dem neuen Lokal noch ein Witz auf den Lippen gelegen wegen der verspiegelten Diskokugel und der mit weißem Leder bezogenen Barhocker, da war *sie* erschienen in einem roten eng anliegenden Kleid, und ihr Blick hatte ihn förmlich elektrisiert. Er konnte sich nicht erinnern, was er bestellt hatte, doch seither war er, wenn möglich, jeden Tag ins »Rosies« essen gekommen.

Doch sie hatte neuerdings diesen Schmusi, diesen Schmierfink vom »Elbe-Boten« als neuen Partner und hatte kürzlich die Stammgäste zur Verlobung eingeladen. Verlobung, das musste man sich mal vorstellen, wie aus dem letzten Jahrtausend. Was konnte dieser Weichling einer solchen Frau schon bieten?

Rosie war begeisterte »Tatort«-Guckerin und hing, wenn er von seiner Arbeit berichtete, immer fasziniert an seinen Lippen. Er erzählte ihr fast täglich von seinen Ermittlungen, auch wenn er die ganz langweiligen Stunden voller Bürotätigkeit lieber wegließ. Das interessierte ja sowieso niemanden, und es war schließlich wichtig, das Image der Polizei bei der Bevölkerung zu verbessern. Reine Werbearbeit für seine Behörde, die er da leistete.

»Wichtige Ermittlungen, Herr Kommissar?«, flötete sie, als sie sein »Kuddel« vor ihm abstellte, sein Lieblingsbier aus einer kleinen Hamburger Brauerei. Beim Bier war er nun mal Feinschmecker, und Rosie führte seine Lieblings-marke.

»Sehr wichtig, sehr gefährlich, eigentlich darf ich nicht darüber sprechen.« Doch als er dann ihren Blick sah, der bewundernd auf ihm ruhte, und wie gespannt sie ihm lauschte, brachte er es einfach nicht über sich, die schöne Rosie zu enttäuschen.

Er legte den Finger auf die Lippen.

»Das ist streng geheim. Wir haben einen Serienmörder in der Stadt, der schneidet Köpfe ab.« Er war sich sicher, dass sie das beeindrucken würde. Das kam selbst im »Tat-ort« nicht alle Tage vor.

Rosie hatte ihr Tablett jetzt abgestellt, setzte sich auf den Stuhl ihm gegenüber und hörte gespannt zu. »Oh mein Gott. Wie viele hat er schon umgebracht?«, fragte sie mit vor Ent-setzen weit aufgerissenen Augen.

»Wir haben gerade die zweite Leiche ohne Kopf.«

»Und wer ist es?«, wollte Rosie wissen.

»Wissen wir offiziell nicht, aber ich habe die komplette Nacht durchgearbeitet und habe schon eine Spur.« Er hatte sein »Kuddel« geleert, setzte wieder seine Spiegelbrille auf und legte einen Fünfeuroschein auf den Tisch. Rosie saß noch immer auf dem Stuhl, obwohl die vier Kollegen aus der Bereitschaftspolizei am Nachbartisch schon seit Län-gerem nach der Wirtin riefen, um zu zahlen.

»Und was für eine Spur?« Sie schien vor Neugier fast zu platzen und machte eine bittende Handbewegung fast wie ein kleines Mädchen. Wie süß sie doch war. Er wusste, er sollte lieber kein einziges Wort mehr sagen. Aber der Frust war einfach zu groß, nachdem er den ganzen Tag vergeblich auf einen Termin mit Roth gewartet hatte. Er hatte der von Menkendorf erklärt, dass er wegen besonderer Aufgaben in Hamburg zurückgehalten würde, und hatte Mareike Schmidt alleine mit dem Hubschrauber auf die Insel geschickt. Er machte Rosie ein Handzeichen, ganz dicht heranzukommen, und dann flüsterte er ihr ins Ohr, was er entdeckt hatte. Rosie war fasziniert:

»Und Sie haben diese Schuhe vom Foto wiedererkannt? Wie Sherlock Holmes persönlich.«

Er nickte, legte nochmal den Finger auf seine Lippen, um Rosie zum absoluten Schweigen zu verpflichten, und ging hinaus zu seinem Auto, das er in zweiter Reihe geparkt hatte, und fuhr zurück zum Präsidium. Diesmal würde ihn diese Karriereziege nicht ausstechen. Nach dem Fehlschlag auf der Insel war sie schon auf dem absteigenden Ast. Diesmal musste Roth die Leitung ihm übertragen.

KAPITEL 23

So hatte Rike ihren Vorgesetzten noch nie erlebt. Er war am Telefon und redete sehr, sehr leise, sie wusste, dass dies ein Zeichen dafür war, dass er vor Wut außer sich war. Ob sie eigentlich den »Elbe-Boten« schon gelesen hatte? Wie sie das übersehen konnte? Woher die Infos stammten? Warum sie ihm diese Neuigkeiten nicht mitgeteilt hatte? Rike hatte keine Ahnung, worauf er eigentlich hinauswollte. Sie hatte gerade schnell ein Müsli und eine Tasse Kaffee zu sich genommen, Prinz kurz nach unten vor die Tür geführt und war in ihren improvisierten Sitzungssaal unter den Porträts der Ratsherren geeilt. In der Nacht hatte sie nur vier Stunden geschlafen, sie hatten gestern fast ohne Pause durchgearbeitet und wollten sich gerade zur morgendlichen Sitzung treffen.

»Das Schiff war noch nicht da, wir haben noch keine Zeitung«, antwortete sie dann.

»Lesen Sie es im Internet. Und zwar schnellstmöglich, dann will ich eine Erklärung von Ihnen.« Roth sprach jetzt in einem kaum noch hörbaren Ton. »Rike, ich kann Sie nicht länger schützen, ich muss Ihnen die Leitung der Ermittlungen entziehen«, eröffnete er ihr, und es klang versöhnlich. »Natürlich trage ich allein die Verantwortung, ich habe den Fall unterschätzt. Galinowski bringt einfach mehr Nervenstärke für eine so schwere Ermittlung mit. Und er ist ja auch schon länger bei uns und hat mehr Erfahrungen.«

Rike fühlte sich einfach nur noch unendlich müde und traurig. Ausgerechnet dieser Aufschneider und Intrigant sollte den Fall nun übernehmen! Sie war enttäuscht, dass ihr Mentor diesen Blender bevorzugte, sah er denn nicht, wie faul und unkollegial der Mann war? Mit zitternden Fingern schaltete sie ihren Laptop an und öffnete die Onlineausgabe der Zeitung. Ihr Blick fiel auf das Opfer ihres aktuellen Falls in Großaufnahme. Dazu die Überschrift:

Hamburger Kiezgröße Boxking Andy –
Grausamer Tod auf Neuwerk

Bei dem gestern auf der Insel Neuwerk gefundenen Toten soll
es sich nach Informationen der Redaktion um die bekannte

Kiezgröße Boxking Andy handeln, mit bürgerlichem Namen André Krause. Der Immobilienunternehmer, der seine Millionen mit dem Edelbordell »Venus-Palais« verdiente und sich zuvor als Boxchampion international einen Namen gemacht hatte, wurde ohne Kopf aufgefunden.

Noch hat die Polizei den Unternehmer nicht offiziell identifiziert, der Redaktion liegen aber eindeutige Hinweise der Mordermittler vor.

Krause soll das Opfer eines grausamen Serienmörders geworden sein, der innerhalb von kürzester Zeit sein zweites Opfer geköpft hat. Auch der erste Tote, Inselkaufmann Peter Hein, soll Verbindungen zum Milieu gehabt haben, wo derzeit ein Machtkampf zwischen mafiösen Vereinigungen und Rockerbanden tobt.

Krause war schon seit Jahren nicht mehr in halbseidenen Geschäften aktiv, zumindest nicht nachweislich. Er hatte zuletzt zusammen mit dem berühmten französischen Designer Delafleur die Luxuswohnanlage »Habour-Lofts« vorgestellt und betrieb das Fünfsternehotel »Leuchtturm an der Elbe«.

Doch welche Verbindungen hatte der ehemalige Zuhälter zur Nordseeinsel, und warum fand er dort einen so grauenvollen Tod? Zu all diesen Fragen tappt die Polizei noch im Dunkeln. Die Ermittlungen leitet Oberkommissarin Friederike von Menkendorf. Nach Informationen aus gut informierten Kreisen ist die Beamtin erst seit Kurzem in der Mordkommission tätig und gilt als unerfahren. Ihre Abberufung soll kurz bevorstehen.

Rike war so aschfahl, dass Mareike Schmidt, die gerade den Raum betrat, sie besorgt ansah. Wortlos reichte Rike ihr den

Computer. Mareike schüttelte ungläubig den Kopf, als sie den Artikel las. »Hartmut Kalla«, sagte sie schließlich, »der Autor.« Doch Rike konnte nichts mit dem Namen anfangen.

»Wer ist das?«

»Na dieser Journalist, der immer in den Pausen bei uns herumlungert, du kennst doch das ›Rosies‹, oder?«

Das kannte Rike natürlich, wann immer sie ihrem Turmbüro entfliehen konnten, gingen sie dort einen der wunderbaren Salate oder Rosies hausgemachte Pasta essen. Das war schließlich das einzige Lokal mit einer annehmbaren Küche in der Nähe des Präsidiums. Aber sie wusste noch immer nicht, worauf Mareike hinauswollte.

»Rosie hat sich neulich verlobt. Mit dem Kalla«, half ihr Mareike auf die Sprünge.

»Ja aber wie kommt er auf Krause?«

Mareike versprach, das herauszufinden. Zum Glück konnte sie auf die junge Kollegin bauen, sie hatte zudem bemerkt, dass diese sich außerordentlich gut mit der Internetrecherche auskannte. Vielleicht sogar zu gut, offen hatte Mareike berichtet, dass sie Mitglied im »Chaos Computer Club« war. Aber diese Hackervereinigung machte immerhin nicht durch kriminelle Aktivitäten von sich reden, sondern engagierte sich politisch. Die junge Frau war besonnen und hatte nie versucht, mit illegalen Mitteln zu arbeiten. Jedenfalls wusste Rike davon nichts. Und so war sie erleichtert, dass sie sich auf die Kollegin und Hendrichs, den Techniker, verlassen konnte. Jetzt musste sie dringend über die nächsten Schritte nachdenken.

Sie pfiff leise in Richtung Zimmerecke. Prinz hatte den Kopf auf seine Pfoten gelegt und ließ die Ohren hängen, er warf ihr einen traurigen Blick zu, so als wolle er gegen die Langeweile und Vernachlässigung protestieren. Als sie in

Richtung Treppe ging verstand er, dass sie mit ihm spazieren gehen wollte, sprang mit einem kurzen freudigen Bellen auf und folgte ihr.

Sie musste den Kopf freibekommen, sie fühlte sich erschöpft, verzweifelt und völlig durcheinander. Ihr Handy klingelte schon wieder, doch vermutlich war das jetzt die Pressemeute, die Blut geleckt hatte und sie der Unfähigkeit bezichtigen wollte. Das traf sie besonders, denn sie war es gewöhnt gewesen, Klassenbeste zu sein, und Untätigkeit konnte man ihr bei all den Überstunden wohl kaum vorwerfen. Ihr fiel das Lernen nicht nur leicht, sie war auch schon in ihrer Schulzeit diszipliniert und fleißig. Auch wenn sie das nicht besonders beliebt machte und einige Klassenkameradinnen sie als Streberin beschimpft hatten, genauso wie damals ihre jüngere Schwester, die in der Schulzeit Jahr für Jahr um ihre Versetzung bangen musste. Die hatte sie immer gerne »Friederike die Verbissene« genannt, ein Spitzname, den sie hasste, denn sie spürte, dass ein Körnchen Wahrheit darin lag.

Prinz war fröhlich in großen Sprüngen losgerannt, und sie folgte ihm auf dem Wanderweg durch die Salzwiesen auf den alten Deich. So würden sie die Insel auf der Ostseite umrunden und sich so weit wie möglich von den Geschehnissen entfernen. Sie wich den Pfützen aus, die noch von der letzten Sturmflut auf dem Weg standen, und zwischen dem Strand und dem Weg eine Spur aus Treibholz und Muschelschalen zurückgelassen hatte. Der starke Wind peitschte ihr Tropfen ins Gesicht. Das Meer schien zu brodeln, Schaumkronen hatten sich auf den hohen Wellen gebildet, die immer wieder gegen das Ufer schwappten. Sie musste sich gegen den Sturm stemmen, um voranzukommen. Ihr Gesicht fühlte sich an wie eingefroren.

Unablässig arbeitete es in Rikes Kopf, sie fragte sich, woher der Schmierfink wohl den Namen hatte, und ob jemand von der Insel oder ein Kollege ihm die Informationen geliefert hatte.

Auf den Wiesen kauten die Pferde gemächlich Grashalme, um sie herum waren die Wiesen vom grauen Gefieder der rastenden Gänse bedeckt. Prinz bellte und zog an der Leine, mit lautem Kreischen flatterten die Vögel auf und kreisten schnatternd über ihren Köpfen. In der Ferne zogen die Containerschiffe langsam ihre Bahn. Prinz war völlig außer sich, sie hatte ihn wegen der Vögel an die Leine genommen, er zog und knurrte, wie sie das gar nicht von ihm kannte. Rike stemmte sich gegen die Leine und sah die Pfütze nicht, rutschte aus und stürzte. Prinz nutzte den Moment und sprang laut bellend davon und raste wie besessen weiter den Weg entlang, dann sah sie noch, wie er auf die Wiese in Richtung Meer einbog.

Als sie aufstand, spürte sie einen stechenden Schmerz im Knie und hoffte, dass sie es zurück schaffen würde. Ihre Jeans waren komplett verdreckt, aber sie konnte laufen und nahm hinkend die Verfolgung ihres Hundes auf, der auf ihr Rufen keinerlei Reaktion zeigte. Hoffentlich erwischte ihn nicht dieser Naturschutzfanatiker. Der hatte sie schon am Vortag empört auf den Leinenzwang hingewiesen, der außerhalb der Hauptwege im Nationalpark galt. Doch Rike wollte Prinz zumindest einmal am Tag richtig frei herumtollen lassen. Wenn der Hund sie aus seinen bettelnden Augen ansah, schmolz sie dahin und konnte auch mal auf die Regeln pfeifen.

Prinz hatte endlich, wenn auch in einigen Hundert Metern Entfernung angehalten und jaulte jämmerlich. Er stand vor einem 30 Meter hohen Holztürmchen, dessen Form an ein hochbeiniges Männlein mit dickem Bauch und kleinem Kopf erinnerte. Das musste die Ostbake sein, über das alte Seezeichen hatte sie in ihren Unterlagen über Neuwerk etwas gelesen, denn es war eine der wichtigsten Landmarken auf der Insel. Jahrhundertelang stellte der Holzmann für die Schiffskapitäne auf ihrer Fahrt in Richtung Elbe und Festland einen wichtigen Orientierungspunkt dar.

Sie war nun fast angekommen und sah, was Prinz offenbar so aufregte. Am unteren Querbalken entdeckte Rike voll Entsetzen einen Kopf, der dort genauso mit einem großen Metallnagel angenagelt war wie der des ersten Toten. Dieses Bild würde sie nie vergessen, das war noch ein viel schrecklicherer Anblick als der kopflose Körper im Turmgewölbe.

Das Gesicht war in Richtung Insel gedreht und bot einen grausigen Anblick. Wo früher Augen gewesen waren, klafften jetzt blutige leere Höhlen. Rike fragte sich, ob der Mörder seinem zweiten Opfer die Augen ausgestochen hatte, oder ob es die Möwen gewesen waren. Eigentlich dachte Rike, dass sie mittlerweile durch ihre Zeit beim Dauerdienst, wo sie auch regelmäßig zu Todesfällen gerufen worden war, abgestumpft war. Doch dieser malträtierte Kopf, der noch vor ein oder zwei Tagen gesprochen, gelacht oder vielleicht geküsst hatte, war zu viel für sie, ihr Magen krampfte, sie machte ein paar schnelle Schritte neben das Holzmännchen und übergab sich. Prinz gab nur ein leises Winseln von sich. Sie wunderte sich, wie zielgerichtet ihr Hund vorausgelaufen und dann zu dieser Stelle gerannt war. Ob er den Schädel tatsächlich über eine so weite Entfernung hatte riechen können, oder war er einer Spur gefolgt?

Sie musste nun so schnell wie möglich ihr Team herbei ordern, doch ihr Handy hatte keinen Empfang. Da dachte sie an die Weide, an der sie vorbeigekommen war. Früher war sie einmal eine richtig gute Reiterin gewesen. Standen hier nicht Harry und Sally, die Pferde vom Cowboy, mit denen er sie abgeholt hatte?

So schnell sie konnte, humpelte sie mit Prinz zum Weidentor, doch ihr Knie schmerzte stark. Dort sah sie das große dunkle Pferd mit dem weißen Punkt auf der Stirn: Sally! Sie musste das riskieren, und wenn es der letzte Ritt ihres Lebens sein sollte. Das Rennpferd kam auf Rikes Rufen herbeigetrottet. Geduldig blieb es stehen, als Rike eine Leine vom Zaun ans Halfter knotete und über eine Bank aufstieg. Die Stute setzte sich mit Rike auf ihrem Rücken in Bewegung und ließ sich in einen flotten Trab fallen. Der Cowboy würde wahrscheinlich wenig erfreut sein, dass sie sein Lieblingsrennpferd für die Polizeiarbeit beschlagnahmt hatte, befürchtete sie.

Prinz hatte so laut und jämmerlich gejault, als sie ihn zurücklassen wollte, dass sie ihn wieder von der Bank losband und neben sich laufen ließ, obwohl dies wahrscheinlich gegen sämtliche Naturschutzregeln verstieß. Das renaturierte Ostvorland war ein Vogelparadies, die gefiederten Bewohner flüchteten vor Empörung laut schnatternd in großen Schwärmen. Zum Glück war Prinz gerade nicht nach Jagd zumute. Als Sallys Hufe auf dem Pflaster vor dem Turm klapperten, sah sie Hendrichs, der gerade eine Raucherpause eingelegt hatte. Dem gemütlichen Kollegen rutschte fast die Pfeife vor Überraschung aus dem Mund, als sie Sally mit der Hundeleine am Geländer der Treppe festmachte.

»Was ist denn passiert?«

Seine Professionalität gewann schnell wieder die Oberhand, er hatte für sich und Mareike Schmidt zwei Fahrräder der Hafenbehörde organisiert und folgte Rike mit einigem Abstand zu dem grauenerregenden Fund am alten Seezeichen. Dort angekommen wollte sie Mareike noch zurückhalten, doch die junge Frau war schon an die Bake herangetreten, konnte gerade noch einen Schritt zur Seite springen und erbrach sich ebenso wie sie vorher. Sie war froh, dass die beiden Kollegen nicht gesehen hatten, wie sie auf den Fund reagiert hatte. »Geht es wieder?«, fragte sie ihre junge Kollegin, die tapfer nickte und sich neben Hendrichs stellte, der unbeeindruckt begonnen hatte, den Fundort zu untersuchen. Er hatte einen Bereich um das Seezeichen abgesperrt und war dabei, Spuren zu suchen. Danach betrachtete er den Kopf und diktierte in sein Bandgerät:

»Männlicher Toter, Alter zwischen 50 und 60, blonde halblange Haare, Augen vermutlich gewaltsam entfernt, sonst keine besonderen Merkmale.«

»Nach der Untersuchung des Tatorts und den Fotos müssen wir ihn abkleben. Ich bestelle den Hubschrauber für Butenfeld«, sagte Rike und hoffte, dass Professor Dippold dem entstellten Schädel mehr Informationen entlocken konnte. Sie würde als Erstes eine Dokumentation über diesen Box-King anfordern, vielleicht gab es ja sogar genetisches Material von ihm, um seine Identität abzugleichen. Diesen Anblick des gepfählten Kopfes mit den blutigen leeren Augenhöhlen würde sie niemals vergessen können. Der Fall war wirklich grauenerregend. Das war ganz und gar keine einfach und schnell zu lösende Mordermittlung, wie Roth das anfangs geglaubt hatte. Sie war sich nicht sicher, ob sie dieser Ermittlung gewachsen war. Dennoch, die Aussicht, diesen Intriganten vor die Nase gesetzt zu bekommen, machte ihr zu schaffen.

KAPITEL 24

Galinowskis Schädel hämmerte, er hatte keine Ahnung, wieviel Uhr es war, und tastete mit halb geschlossenen Augen nach seinem Handy, das penetrant klingelte. Dann dachte er an den gestrigen Abend. Das war doch eine nette kleine Feier gewesen im »Rosies«. Er hatte ein paar Runden springen lassen, denn endlich hatte er den Alten beeindruckt und er war sich ganz sicher, dass der heute noch die Adelszicke abservieren würde. Das ließ ihn seinen schweren Schädel und das flaue Gefühl im Magen fast vergessen und hob seine Laune.

Erschrocken ließ er sein Handy auf die Bettdecke fallen, nachdem er einen kurzen Blick auf die Nummer des Anrufers geworfen hatte, und sprang auf. Schon nach zehn Uhr, wahrscheinlich wartete der Hubschrauber bereits auf den neuen Chefermittler. Als er wankend stand, pochte der Kopfschmerz wieder stärker, war wohl nicht nur ein Gläschen zu viel gewesen gestern. Doch er sah noch Rosies bewundernde Blicke auf sich ruhen, als der Fernseher lief und Ausschnitte aus der Pressekonferenz gezeigt wurden, wo er mit seinem dunkelgrauen Anzug und seiner verspiegelten Brille neben dem Alten stand. »Du siehst so gut aus, schade, dass du keine Uniform trägst«, hatte Rosie ihn angeschmachtet trotz des Weicheis neben ihr, ihrem Verlobten. Den hatte sie fast keines Blickes mehr gewürdigt, vielleicht hatte sie endlich erkannt, dass sie viel besser zu einem Supercop wie ihm passen würde. Er schlurfte durch die Berge von schmutziger Wäsche und Zeitungen in sein Badezimmer, das auch wieder einmal eines Wischlappens bedurft hätte, und hielt seinen Kopf unter die Dusche. Kaltes Wasser war das zweitbeste Rezept in seinem Fall, das Beste wäre natürlich ein Glas Whisky gewesen, doch gleich würde er ja dem Alten gegenübertreten.

Er dachte wieder an Rosie und wie sie ihn angesehen hatte. So ganz hatte sie ja seine Erlebnisse nicht für sich behalten, doch der Bericht von Kalla hatte seine Theorie nur noch glaubwürdiger scheinen lassen. Voll Stolz hatte er vor der versammelten Hamburger Journaille über die rätselhafte Leiche ohne Kopf im alten Piratenturm berichtet und wie genial er kombiniert hatte, um auf den Krause zu kommen. Er hatte ein Interview nach dem nächsten gegeben und beschrieben wie er als Mann von Welt als Einziger die Schuhe des Opfers identifizieren konnte.

Er konnte sich noch gut an den Tag erinnern, als ihm Krause, der damals gerade begonnen hatte, sich als seriöser Geschäftsmann in die Gesellschaft einzuführen, angeberisch seine Berluti-Schuhe vorgeführt hatte. Die waren nicht etwa ausgebessert, der eine Flicken auf dem Schuh war das spezielle Markenzeichen, und das Paar kostete fast 2000 Euro. Das hatte er schon immer irre gefunden. Aber der Krause wollte mit aller Macht zur feinen Hamburger Gesellschaft gehören und hatte sich einen eigenen Stilberater engagiert, der den ehemaligen Boxprofi sogar zu einem Logopäden geschickt hatte. Dort hatte Krause, wie er einmal erzählt hatte, tagelang mit einem Korken im Mund üben müssen, um eine gepflegtere Aussprache zu bekommen. Was hatte er damals gefeixt. Mit Sicherheit würde sich kein Zweiter in der Stadt so einen teuren Quatsch leisten.

»Man muss ein Auge für das Detail haben und mal über den Tellerrand schauen«, hatte er auf der Pressekonferenz selbstzufrieden über seinen Geistesblitz geprahlt.

Dass noch keine DNA-Analysen vorlagen, darüber war er lieber schnell durch die Beschreibung seines heldenhaften Einsatzes hinweggegangen, wo er doch die Schuhe eindeutig identifiziert hatte. Schwungvoll rasierte er sich und schnitt sich prompt ins Kinn.

Galinowski fluchte und suchte ein Pflaster, als das Telefon schon wieder »Goldeneye« in Endlosschleife spielte. Irgendwann würde er das Ding nochmal aus dem Fenster schmeißen. Dann fiel sein Blick auf das Display. Der Chef?

»Galinowski, wo sind Sie, kommen Sie sofort aufs Präsidium«, keifte ihm die Sekretärin des Alten entgegen. Musste die gleich so laut loskreischen, auch so ein unausstehliches Weibsstück.

»Ich bin gleich da«, murmelte er und dachte, dass wahrscheinlich seine Ernennung zum Ermittlungsleiter und vielleicht sogar zum Hauptkommissar bevorstand. In Kürze wirst du anders mit mir reden, dachte er und überlegte, wie er die Tippse zurechtstutzen könnte, ohne dass die gleich heulend zum Chef rannte. Doch die Schnepfe hatte schon aufgelegt.

20 Minuten später quälte er sich die Treppen im Präsidium hoch, da der Aufzug wieder einmal nicht kam. Oben zog er sich einen Becher heißes Wasser für einen Kamillentee und warf zwei Brausetabletten mit einem starken Kopfschmerzmittel hinein, bevor er an der Tür von Roth klopfte. Gleich würde er einen richtigen Karrieresprung machen, das hob die Stimmung trotz seines Brummschädels.

»Gerade aus dem Bett gefallen?«, rief ihm Roths Sekretärin entgegen.

So ein unverschämtes Weibsstück, aber für ein Kontra hatte er jetzt keine Zeit. Er strich sich nochmal die Haare zurecht und ging durch die Verbindungstür ins Chefbüro, wo Karl Roth hinter seinem Schreibtisch saß und in Richtung Fernseher starrte. Er wandte sich nur kurz Galinowski zu, nickte mit einem starren Gesichtsausdruck und deutete wortlos auf einen Besucherstuhl vor dem Tisch.

»Haben Sie dazu vielleicht etwas zu sagen?«

Entsetzt starrte Galinowski das Gesicht auf dem Bildschirm an. Das war doch ein Ding der Unmöglichkeit, das konnte einfach nicht sein.

»Das ist vollkommen unmöglich«, stotterte er. »Kann ich mir nicht erklären.« In seinem Schädel stach es wie mit Messern, er konnte keinen klaren Gedanken fassen. Wieso war da der Krause zu sehen und zwar ganz putzmunter. Die Reporter hatten ihn offenbar in seiner Finca auf Mallorca aufgestöbert, ein großer Pool und das weiße Gebäude waren hinter ihm zu sehen. Das konnte doch nicht wahr sein. All seine Pläne waren von einer Sekunde auf die nächste zerstoben.

Das Gebräu aus seiner Tasse begann ein Eigenleben zu entwickeln, und der Schaum tropfte auf das auf Hochglanz polierte Parkett. Roth drückte eine Taste, die Sekretärin schaute zur Tür hinein.

»Können Sie das bitte beseitigen«, fragte Roth die Vorzimmerdame, ohne Galinowski eines weiteren Blickes zu würdigen. Der verstand, dass seine Audienz beendet war, und verließ schweigend den Raum. Irgendetwas war gerade gründlich schiefgelaufen, er hielt sich den Schädel, der ihn selten so geschmerzt hatte. Das musste das Alter sein, er vertrug einfach nichts mehr. Aber jetzt brauchte er eindeutig einen kleinen Trost.

KAPITEL 25

Ein schmaler Pfad schlängelte sich durch das Wäldchen an der Rückseite des Leuchtturms zu der kleinen Reetdachkate mit ihrer fast kitschigen blau-weißen Fassade. Hinter dem Haus sah Margo einen kleinen Teich, den borstige Trauerweiden säumten. Zwischen zwei Bäumen baumelte eine orange Hängematte. Sie ließ ihren Blick über den Garten schweifen. Auf der Wiese hatten die Bewohner ein Labyrinth aus Muscheln und Steinen gelegt. Krakelige Skulpturen aus Treibholz mit skelettierten Fischköpfen standen auf dem Weg zum Eingang Spalier. Auf ihr Klingeln an der hellblauen Holztür rührte sich erst einmal nichts. Eigentlich wollte Margo nicht schon wieder eigenmächtig in ein Domizil eindringen, wenn sie entdeckt wurde, stand sie sonst bei der wieder angereisten Staatsmacht ganz oben auf der Liste der Höchstverdächtigen. Aber sie meinte, im Obergeschoss eine Bewegung wahrgenommen zu haben. Sie hatte das Gefühl, dass jemand zu Hause war und sie aus einem kleinen runden Fenster in der ersten Etage beobachtete. Sie drückte die Klinke nieder und stellte fest, dass die Tür nicht abgeschlossen war.

»Hallo, jemand zu Hause?«, rief sie hinein, als ihr Blick auf ein Regal voller Einmachgläser fiel, deren Inhalt sie an ein Gruselkabinett erinnerte. Weiße spiralförmige Würmer, rosafarbene Muscheln und Eingeweide schwammen in einer Flüssigkeit. Im Regal daneben standen ausgestopfte Möwen, ein präpariertes Eichhörnchen und mehrere Skelette. Im Halbdunkel sah die Sammlung furchterregend aus, denn die Fensterläden waren geschlossen, nur aus der offenen Tür fiel etwas Licht in den großen Raum. Sie kramte nach ihrem Handy, um den Raum auszuleuchten, als sie von oben krächzend ein leises »Hallo, hier bin ich«, hörte und beschloss, dort nachzusehen. Im Halbdunkel fand sie die Treppe mit einem Treppenlift und ging hinauf.

Als sie die Tür geöffnet hatte, musste sie wegen des gleißenden Lichts erst einmal blinzeln und entdeckte schließlich einen grauhaarigen alten Mann, der mit Gurten an seinem Bett fixiert war. Den Mann hatte sie schon im Rollstuhl auf dem Platz vor dem Leuchtturm gesehen. Als Peter Hein noch gelebt hatte, war er täglich Gast im Ausschank gewesen.

»Min Fru ist am Festland«, erklärte er schleppend. »Möchten Sie ein Bild kaufen?« An einer Wand im Untergeschoss hatte sie auch einige Bilder gesehen, soweit sie das im Halbdunkel erkennen konnte, Pastelle mit Motiven von der Insel.

»Malt min Fru selber«, sagte er. Gelegentlich verkaufte sie eines ihrer Seestücke mit oder ohne Möwen an Touristen. Die Dame des Hauses war zu einer Operation im Krankenhaus am Festland, seine Schwiegertochter hatte den Alten kurzerhand an sein Bett gegurtet, erfuhr Margo schließlich auf beharrliches Nachfragen.

»Ich bin Margo, wohne im Leuchtturm und interessiere mich für die Geschichte der Insel«, stellte sie sich dem alten Mann vor.

»Alfred Olscher«, erwiderte er, »was will Sie denn wissen?« Der alte Herr schien sich über die Abwechslung zu freuen, er war plötzlich hellwach und sah sie aufmerksam an.

Margo zeigte ihm das Foto, das sie bei Hein gefunden hatte. Darauf posierte eine Gruppe Jugendlicher übermütig vor einem Pferdewagen im Watt, die Sonne glitzerte auf dem nassen Sand. Doch dafür hatten die Jungs keinen Blick, einer hielt eine Flasche prostend in die Kamera, sein Kamerad hatte sich übermütig fünf Zigaretten nebeneinander in den Mund gesteckt, ein anderer hielt eine Piratenfahne. Ein vierter Jugendlicher saß falsch herum auf einem der Pferde und streckte die geballte Faust in die Luft.

»Kennen Sie die Gruppe?«

Alfred Olscher zeigte auf die Gurte: »Losmachen.«

Dann rappelte er sich hoch, tastete auf dem Nachtschrank herum und setzte schließlich seine Brille auf. Nicht die perfekte Fürsorge, den alten Herrn gefesselt und ohne Brille zurückzulassen, dachte sich Margo.

»Weil ich angeblich immer Dummheiten mache«, erklärte er, als hätte er ihre Gedanken geahnt. Irgendwann fahre er mal besoffen ins Watt, hatte seine Schwiegertochter gesagt, als sie ihn festgezurrt hatte. Tatsächlich hatte er einmal versucht, mit dem Rollstuhl aufs Festland zu kommen. Das war ausgerechnet bei auflaufendem Wasser, als die Flut schon fast wieder vorbei war, und er wäre ertrunken, wenn ihn nicht zwei Mitglieder der Freiwilligen Feuerwehr entdeckt hätten. Doch seine Gretel fehlte ihm doch so sehr, jammerte er, und seit der Laden geschlossen war, hatte er den lieben langen Tag keinen Menschen mehr zum Reden. Seitdem ihn die Feuerwehr aus dem ansteigenden Meer retten musste, gurtete seine Schwiegertochter ihn fest, wenn sie ihn nicht betreuen konnte.

Bloß nicht in dieser Einsamkeit alt werden, dachte Margo.

Alfred Olscher nahm ihr das Bild aus der Hand und klopfte dann mit der Hand darauf. »Denen hab ich allen Lesen und Schreiben beigebracht.« Dann schüttelte er erbost den Kopf. »Bagaluten, Bande von Taugenichtsen!«, schimpfte er. Die Jungs hätten immer draußen herumgestromert und Schabernack getrieben. Die waren eine richtige Bande damals, nannten sich die »Likedeeler«. So wie die

Mannschaft von Störtebeker. Am Ende gab es den schrecklichen Unfall, bei dem einer der Jungs, Tim, ums Leben kam, berichtete er.

Olscher hatte feuchte Augen bekommen, als er auf den verunglückten Jungen zu sprechen kam. Tim, das war der Begabteste aus seiner Klasse und nicht an den kriminellen Aktionen beteiligt. »Aber dann wurde er überredet. Der schlechte Einfluss!« Der alte Mann seufzte. Er war überzeugt, dass der Junge noch leben würde, wenn er nicht von seinem Bruder und dessen Freunden in die Sache hineingezogen worden wäre. Das Unglück passierte kurze Zeit bevor der junge Mann zum Studium aufs Festland gehen wollte.

»Was ist passiert?«, wollte Margo wissen.

Er dachte nach und schwieg mehrere Minuten lang.

»Ein Unfall«, sagte er schließlich, »ist lange her. Warum will Sie das alles wissen?«

Mehr wollte er wohl nicht über die Ereignisse von damals sagen. Sie sah, dass ihn die Erinnerungen ermüdeten, und beschloss, ihm noch das andere Foto auf ihrem Handy zu zeigen. Er betrachtete es aufmerksam. Es schien der gleiche Wagen zu sein, aber der Träger der Piratenfahne fehlte. Auf dem Wagen stand ein lächelnder blonder Junge, neben ihm zwei Mädchen in flatternden Sommerkleidern.

»Ja, die Brigitte und die Renata mit dem Tim.« Die Namen hatte er nach all der Zeit sofort parat. Margo war überrascht: »Kannten Sie meine Mutter?«

»Wer ist denn Ihre Mutter, junge Frau?« Dann musterte er sie und rief plötzlich aus: »Die Renata, bist du ihre Tochter?«

Margo nickte und wartete. Er war der einzige Zeitzeuge, mit dem sie offen sprach, und sie hoffte, dass sie nun endlich eine Antwort bekommen würde.

»Waren meine Mutter und der Tim ein Paar?«, wollte sie wissen.

»So lang her, junges Fräulein, so lang her«, stöhnte der betagte Mann, der offenbar in seinen Erinnerungen kramte. Dann schüttelte er entschieden den Kopf: »Der Tim war Brigittes Freund.«

Margo wunderte sich, denn Brigitte war ja ihres Wissens mit dem Hein zusammen gewesen. Aber das war sie vermutlich erst später, denn sonst wäre David sein Sohn. Der Alte gähnte, offenbar hatte ihn das Gespräch angestrengt, er brauchte jetzt seine Ruhe. Margo versprach ihm wiederzukommen. »Aber meiner Frau nix sagen, die ist sehr eifersüchtig«, mahnte er. Margo musste versprechen, dass sie ihr Treffen geheim halten würde.

Dann rief er ihr hinterher: »Kannst wiederkommen, Mädel, und denk an ein Bier und was zu rauchen.«

Margo beschloss, noch einen Spaziergang zum Anleger zu machen, denn die tägliche Ankunft des Linienschiffs »Flipper« aus Cuxhaven bot immer etwas Abwechslung im Inselalltag. Wie immer rannten verspätete Fahrgäste eilig am Deich entlang, um die letzte Abreisemöglichkeit von der Insel auf keinen Fall zu versäumen. So manchen Touristen war nicht klar, dass die Abfahrtszeit von Ebbe und Flut abhing und sich deshalb täglich veränderte.

Margo stand vor einer kleinen Containerbude vor dem Steg, der wegen der Wellen hin und herschwankte. Der »Flipper« steuerte langsam auf den Anleger zu und würde gleich anlegen. Für einen Moment spielte sie mit dem Gedanken, ihren Inselaufenthalt zu verkürzen. Das war die Inselversion von Zigaretten holen gehen: Ich bin zufällig auf den »Flipper« getroffen. Mittlerweile hatte der Kapitän trotz des Wellengangs angelegt, die Fahrgäste hatten Mühe, auf dem schwankenden Steg die Balance zu finden. Sie hatte sich auf die Bank gesetzt und dachte über das Gespräch mit Olscher nach, als ihr Blick an einem bekannten Gesicht hängen blieb.

»Meine Wirtin, wie nett, dass du mich abholst«, sagte Paul vergnügt, als er direkt auf sie zukam.

Margo war vollkommen überrascht, denn sie hatte noch nichts von seiner Freilassung gehört.

»Wie kommst du denn hierher?«, fragte sie wenig geistreich. »Über Land und über Wasser.« Der unfreiwillige Ausflug in die Untersuchungshaft hatte ihn offenbar seinen Humor nicht verlieren lassen.

»Du warst doch der Verdächtige Nummer 1.«

»Aber bei der Leiche Nummer 2 hatte ich nun mal ein felsenfestes Alibi, meine Zeugen sind meterdicke Gefängnismauern und dazu noch solide Gitterstäbe.« Er grinste zufrieden, allerdings bemerkte sie seine dunklen Augenringe. Ganz spurlos war der Ausflug in die Untersuchungshaft also nicht an ihm vorübergegangen.

»Gehen wir, oder erwartest du noch jemanden?« Er deutete auf den »Flipper«, der mittlerweile die Gäste von der Insel aufgenommen hatte und einen langen dunklen Ton mit dem Schiffshorn von sich gab, das übliche Signal vor dem Ablegen. Margo, die immer noch überrascht war, schüttelte den Kopf und folgte ihm auf den Deichweg.

Er berichtete ihr, was er in Hamburg erlebt hatte, von den Verhören und der Untersuchungshaft.

»Ein so schmales und hartes Bett.« Mit seinem Arm malte er die Kontur seiner Zelle auf, die er haarklein beschrieb, fast ein wenig staunend. »Aber das Allerschlimmste«, klagte er, »der dauernde Lärm und das Licht.« Die ganze Zeit gäbe es Gemurmel, Klopfzeichen und Kontrollen durch das Gefängnispersonal. Er habe kein Auge zugetan.

Sie waren am Leuchtturm angekommen. »Die Pension ist für mich wie ein Fünfsternehotel«, schwärmte Paul, sah Margo bittend an und fragte: »Kann ich das gleiche Zimmer bekommen?«

»Ich hätte auch eine schöne Suite im Angebot«, sagte Margo, die selbst überrascht war, wie sehr sie sich über seine Rückkehr freute.

»Nicht nötig, das Zimmer reicht mir vollkommen«, sagte er nervös. Sie standen jetzt vor der Rezeption, Margo ging um den Schreibtisch und reichte ihm den Schlüssel.

»Wie wäre es mit einem Willkommensdrink? Heute Abend 20 Uhr?«

»Der Service wird ja immer besser. Ich bin dabei!«, rief er ihr im Gehen zu.

Sie war froh, nicht mit den Kommissaren alleine wohnen zu müssen, und wollte ihm endlich mehr darüber entlocken, welche Geschäfte er mit Hein gemacht hatte.

KAPITEL 26

Rike überflog die Porträts der Ratsherren an der Wand in ihrem provisorischen Büro im Leuchtturm, jeden Moment mussten Mareike und Hendrichs mit dem geborgenen Schädel eintreffen. Prinz lag unter ihrem Tisch und schnarchte wie ein alter Mann, der Ärmste schien ziemlich geschafft zu sein. Rike hätte sich am liebsten danebengelegt, so erschöpft fühlte sie sich nach Tagen mit wenig Schlaf und dieser abenteuerlichen Tour zu Pferd nach ihrem Sturz in die Pfütze. Ihr Knie schmerzte noch immer stark. Doch sie konnte sich nicht gehen lassen, nicht jetzt, wo sie einen entscheidenden Schritt weitergekommen waren und sie ihrem Mentor beweisen konnte, was in ihr steckte. Sie ging an die Rezeption, die nicht besetzt war, und klingelte.

»Ich komme gleich«, rief Margo Valeska aus einem Raum gegenüber der Rezeption, wahrscheinlich der Küche.

»Wir hätten gerne eine große Kanne starken Kaffee und Gebäck«, sagte Rike, als die Wirtin zur Rezeption kam.

»Das hier ist kein Hotel mit Rundumversorgung. Das ist eine Frühstückspension«, erklärte Margo Valeska auf ihre übliche schnippische Art, und Rike überlegte, ob sie sich über die Frau beschweren sollte. Aber sie hatte Wichtigeres zu erledigen.

In dem Moment hörte sie Schritte von der Holztreppe, die von unten direkt in die Pension führte. Mareike und Hendrichs waren vom Tatort zurückgekehrt, sie bat die beiden in den Sitzungssaal.

»Das Asservat befindet sich im Keller. Der Raum ist abgeschlossen und versiegelt«, vermeldete Hendrichs, und sie verstand, dass er den Schädel meinte. Die Valeska war an der Rezeption geblieben und blätterte in ihrem Reservierungsbuch, doch Rike hatte den Eindruck, dass sie aufmerksam jedem ihrer Worte folgte.

Im Lauf des Nachmittags musste der Hubschrauber eintreffen und den Schädel nach Butenfeld fliegen, wo Professor Dippold bereits den Körper des Opfers untersuchte. Sie wollten die DNA-Analyse abwarten, bevor sie an die

Öffentlichkeit gingen, obwohl sie den Mann zweifelsfrei identifizieren konnten.

Hendrichs war dabei, alle Namen erwachsener männlicher Inselbewohner und ihre Alibis zusammenzufassen, als sie das tiefe Brummen des Polizeihubschraubers hörten.

»Hendrichs, würden Sie den Schädel reisefertig machen«, bat sie den Kollegen und ging in den Vorraum der Pension. Aus dem Fenster beobachtete sie, wie die »Libelle« auf der Wiese gegenüber aufsetzte. Überrascht sah sie, dass eine schmale Gestalt aus dem Passagierraum gestiegen war und auf den Turm zusteuerte. Die kurzen grauen Haare, der dunkle Anzug mit der bordeauxroten Fliege kamen ihr bekannt vor: Kriminaloberrat Roth höchstpersönlich. Er hatte seinen Besuch nicht angekündigt. Rike ging ihm wegen der Auseinandersetzung vor zwei Tagen mit gemischten Gefühlen entgegen und wartete vor dem Aufgang.

»Sie wohnen also direkt am Tatort?«, fragte er anstelle einer Begrüßung durchaus jovial, wie sie feststellte. Er hatte den Kopf in den Nacken gelegt und sah an der Backsteinfassade des Leuchtturms hoch. »Beeindruckend. Das soll das älteste Bauwerk an der deutschen Nordseeküste sein.« Dann erklärte er den Grund seiner Anwesenheit: »Ich wollte mir gerne Ihr Inselkommissariat ansehen.« Er begrüßte kurz die Wirtin, die noch immer an der Rezeption saß, dann folgte er Rike in den Saal, schüttelte ihren Kollegen die Hand und forderte sie auf, ihn mit Rike für ein Gespräch unter vier Augen alleine zu lassen.

»Wir treffen uns in 15 Minuten hier alle zu einer Besprechung«, kündigte er an.

Umständlich rückte er zwei Stühle an dem langen Eichentisch in der Mitte des Raumes zurecht, bat sie, Platz zu nehmen, dann murmelte er etwas, das wie eine Entschuldigung klang, bevor er sich räusperte und sagte:

»Rike, ich verlasse mich weiter auf Sie, aber Sie müssen hart und systematisch arbeiten. Wir können uns keine weiteren groben Fehler erlauben.« Mehr Entschuldigungen würde ihr oberster Chef wohl nicht abgeben, ahnte Rike, doch so schnell wollte sie nicht zum Tagesgeschäft übergehen. »Wie bitte?« Doch er wiederholte lediglich, sie dürfe keine weiteren Fehler machen.

Noch immer hatte sie nicht verstanden, wie das eigentlich geschehen konnte. Sie hatten sich im Internet die Pressekonferenz angesehen, auf der Galinowski sich wieder einmal wie ein eitler Pfau aufgeführt und den halbseidenen Bauunternehmer André Krause als Mordopfer identifiziert hatte. Außerdem wurde noch vage von einer geheimen mafiösen Vereinigung gefaselt. Auf keine solche Organisation waren sie während der Ermittlungen gestoßen. Am nächsten Morgen hatte Roth selbst diese Entdeckung dementiert, ohne eine Begründung abzugeben.

»Wie kam es denn zu dieser Fehleinschätzung«, wagte sie sich vor, denn eigentlich wusste jeder, schon seit der Polizeiakademie, was für ein Blender Galinowski war. Aber es war nicht ihre Art, Kollegen anzuschwärzen.

Roth schilderte, wie überarbeitet die Mitarbeiter durch die Suchaktion nach dem vermissten Senator für Stadtentwicklung und Umwelt und die komplexen Ermittlungen zu der Mordserie im Altenheim waren, wo sie mehrere in den letzten 30 Jahren Verstorbene exhumieren und ehemalige Mitarbeiter und Angehörige in ganz Deutschland finden mussten.

Der Polizeipräsident hatte sich durch den Zeitungsbericht über das zweite Mordopfer auf Neuwerk und die angeblichen mafiösen Unterweltverbindungen zwischen Hamburg und der Nordsee unter Zugzwang gefühlt und auf die Pressekonferenz gedrängt. Er selbst hatte noch gewarnt, dass die Bekanntmachung übereilt sei, und hätte lieber eine DNA-Untersuchung gemacht oder zumindest versucht, den Körper identifizieren zu lassen. Sie wollten mit Krause in Kontakt treten, vergeblich, dessen Mobiltelefon war abgestellt und ließ sich nicht orten, das schien ihnen schlüssig.

»Und dann grinst das angebliche Mordopfer kurz darauf in eine Fernsehkamera und sitzt putzmunter in seiner Villa auf Mallorca.« Roth schüttelte den Kopf, so als könne er noch immer nicht ganz fassen, wie sehr sich die Hamburger Polizei blamiert hatte. Galinowski hatte allein von der seltenen Schuhmarke des Toten ohne Kopf auf die Identität des Opfers geschlossen. Im Nachhinein hatte er behauptet, dass er die Information aus der Zeitung hatte. Das schien Roth jedoch zweifelhaft. Er war untröstlich, dass er selbst, trotz seiner Bedenken, mit dem Kollegen vor die versammelten Journalisten getreten war, und wollte dem Polizeipräsidenten nach der Rückkehr nach Hamburg seinen Rücktritt anbieten.

Dann klopfte er Rike aufmunternd auf die Schulter. »Sie werden das schaffen.« Dies sei kein einfacher Fall, doch er glaube daran, dass sie die Taten aufklären werde.

Rike fühlte eine tonnenschwere Last von sich abfallen, endlich hatte sie wieder das Vertrauen ihres Vorbilds. Wie durch einen Nebel hörte sie, dass Galinowski im Innendienst bleiben und sie weiterhin von dort aus unterstützen sollte.

Schöne Unterstützung, dachte sie sich, aber Hauptsache, er ist weit weg. Mit einer fadenscheinigen Erklärung war er den Ermittlungen ferngeblieben und hatte Informationen nicht an sie weitergeleitet. Vielleicht hätte sie an seiner Stelle die gleiche falsche Schlussfolgerung wegen der Schuhe gezogen?

Draußen klopfte es, und der Pilot steckte seinen Kopf durch die Tür.

»Herr Kriminaloberrat, wir haben eine Unwetterwarnung. Es wird Zeit für den Aufbruch.« Doch Kriminaloberrat Roth schüttelte den Kopf, er würde erst am nächsten Morgen zurückfliegen. Er wollte dann die Flugbereitschaft anfordern.

»Ich bleibe über Nacht und trete dann meinen Canossagang beim Polizeipräsidenten an«, erklärte er Rike.

Die war überrascht, als es klopfte und Margo lächelnd Kaffee und Gebäck servierte.

»Ich hätte noch die Bürgermeistersuite, Herr Kommissar«, sagte sie freundlich zu Roth und überreichte ihm einen Zimmerschlüssel.

Rike fragte sich, wie er das wohl geschafft hatte, er hatte die Valeska nur ganz kurz begrüßt, als er angekommen war. Die Wirtin widersprach auch nicht, als er sie bat, die beiden Kollegen zu ihrer Besprechung heraufzuschicken. Er hatte an der Stirnseite des langen Tisches Platz genommen, an dem früher die Ratsherren saßen, und entnahm seiner Aktentasche einen Stapel Dokumente, den er über den Tisch zu Rike schob.

»Sie haben bislang gute Arbeit geleistet«, begann er die Sitzung, »aber von einer Klärung des Falls sind wir noch weit entfernt. Bitte machen Sie weiter so.«

Er sicherte ihnen jegliche Unterstützung aus dem Präsidium zu, dort sollten ihnen noch drei Kollegen zuarbeiten. Er wollte die Neuwerker Delegation in die bisherigen Ergebnisse aus Hamburg einweihen. Rike verteilte die von ihm mitgebrachten Akten mit den Informationen zum zweiten Opfer und den frisch ausgewerteten DNA-Ergebnissen, die sie kurz nachlesen sollten.

Mareike hatte richtig vermutet, der Tote war tatsächlich der entführte Senator für Stadtentwicklung und Umwelt, Johann Stolten. Sie fragte sich, warum ihr das nicht eingefallen war, als sie den Kopf gesehen hatte. Dabei war sie doch über den Entführungsfall informiert. Mareike hatte sich zwar auch nach dem Fund erbrochen, doch direkt danach hatte sie einen Zusammenhang mit der Entführung in Hamburg hergestellt. Sie konnte wirklich froh sein, die junge Frau in ihrem Team zu haben.

»Woher weiß man eigentlich, dass es eine Entführung war?«, wollte Mareike Schmidt nun von Roth wissen.

Daran hatte Rike auch gedacht. Karl Roth machte ein nachdenkliches Gesicht und zuckte dann mit den Schultern:

»Das ist genau die richtige Frage, der Fall wurde aber nicht federführend von uns, sondern vom Staatsschutz bearbeitet, und die Kollegen haben auch die Tathypothese aufgestellt.« Er wollte ihnen kurz mündlich die gesamten gesicherten Fakten vortragen, sodass alle schnellstmöglich auf dem neuesten Stand waren. Der Senator war am Montag nicht zur Arbeit erschienen, dies hatte seine Sekretärin allerdings nach außen überspielt, da sie annahm, dass ihr Chef sich mal wieder das Wochenende auf Sylt verlängert hatte. Familie hatte er nicht, er war überzeugter Junggeselle und wurde häufig beim Feiern mit der Hamburger Lokalprominenz abgelichtet. Es war schon vorgekommen, dass seine Syltwochenenden etwas länger ausfielen. Doch in der Vergangenheit hatte er immer Bescheid gesagt.

Erst als er am Montagabend noch immer nicht erreichbar war, hatte sie Alarm geschlagen.

»Gab es denn irgendwelche Anzeichen für eine Entführung?«, wollte Rike wissen. Sie fand, dass Roth in seiner Darstellung etwas herumlavierte, wahrscheinlich waren die Ermittlungen nicht ganz optimal gelaufen. Ob der Staatsschutz wieder einmal etwas konstruiert hatte, um seine Daseinsberechtigung zu beweisen?

»Es gab tatsächlich politische Drohungen«, antwortete Roth. Er habe diese aber zunächst nicht zu Gesicht bekommen, erst durch eine Intervention des Polizeipräsidenten hatten die Staatsschützer das Material vorgelegt. »Das waren Hassmails und Briefe von Hamburger Wutbürgern, die sich über Bauprojekte ereiferten – aus meiner Sicht weitgehend harmlos«, fasste er zusammen.

Aktuelle Hinweise auf eine Entführung wie beispielsweise Lösegeldforderungen oder Bekennerschreiben gab es nicht.

In der Villa des Senators in Winterhude gab es keine Anzeichen für einen Einbruch oder für einen Überfall. Der Fahrer war für das Wochenende abbestellt, vom Privatauto fehlte jede Spur.

»Was war denn Ihre Hypothese?«, wollte Rike wissen.

Roth zögerte kaum merklich, doch Rike kannte ihn gut genug, um das zu bemerken.

»Wegen des Kompetenzgerangels habe ich erst jetzt alle Fakten zu Gesicht bekommen, ich hatte zunächst keine Zweifel an der Entführung«, räumte er ein.

»Aber jetzt schon?«, fragte Rike.

»Das fehlende Auto hätte auch andere Thesen erlaubt. Die entscheidende Frage ist, wie er auf die Insel gekommen ist. Außerdem, welche Verbindungen es zu Neuwerk gibt.«

Beachtenswert schien Rike die Übersicht über die finanzielle Lage des Opfers, in der Akte waren Kopien seiner Bankverbindungen und Konten.

»Wir arbeiten auch mit der Abteilung Wirtschaftskriminalität zusammen, die Frage ist, ob sein Vermögen auf legale Art und Weise zustande kam«, er deutete auf Depots, die über 15 Millionen Euro enthielten.

»Kommt der nicht aus einer reichen Familie?«, warf Hendrichs ein, der bislang schweigend in den Dokumenten gelesen hatte.

»Wir wissen noch nicht, ob sie so reich waren«, sagte Roth. In der Garage standen mehrere teure Oldtimer, und er besaß neben der Hamburger Villa zahlreiche Immobilien. Bislang wurde kein Testament gefunden und direkte Verwandte hatte Stolten offenbar nicht.

»Er war vermögend ebenso wie Hein. Es ist aber nicht klar, ob die Beiden geschäftliche Verbindungen hatten und ob es illegale Aktivitäten gab«, fasste Rike zusammen. Sie mussten herausfinden, ob es noch weitere Verbindungen zwischen beiden Opfern gab.

KAPITEL 27

Schon lange hatte Kai-Uwe König seinen alten Freund Jo nicht ohne Bühnenschminke bei Tageslicht gesehen. Erst jetzt fiel ihm auf, welche Spuren die Zeit in das seit der Kindheit vertraute Gesicht gekerbt hatte, die tiefen Rillen um die Mundpartie und die Tränensäcke, all die roten Äderchen an den Wangen. Jo saß vor einem Glas am Tresen und schaute ihm müde mit blutunterlaufenen Augen entgegen.

»Da waren's nur noch zwei«, lallte er.

Es schien offensichtlich, dass Jo nachts kaum ein Auge zugetan und stattdessen dem Gerstensaft zugesprochen hatte. Das schien Kai-Uwe bedenklich, denn noch waren Gäste auf der Insel, und wenn einer davon den berühmten Wattrocker als Säufer ablichtete, und das Skandalbild durch die sozialen Netzwerke geisterte, war es um dessen Image geschehen.

»Sie haben seinen Kopf gefunden«, informierte er ihn. »Sie wollen eine Liste von allen Inselbewohnern.«

Jo hatte sich mittlerweile mühsam von seinem Hocker erhoben, war wie ein Matrose bei Seegang um den Tresen gewankt und zapfte ein Bier für seinen Freund und Nachbarn. »Aha. Und das heißt? Wissen die etwas? Haben wir wieder alle das Rettungsboot repariert?«

»Die haben nichts, und wir müssen nur die Füße stillhalten. Wir hatten Einsatzbesprechung der Feuerwehr.« Er hoffte, dass die Nachricht trotz des Alkoholpegels durchdrang und Jo nicht durch unbedachte Aktionen alles aufs Spiel setzte.

»Was hast du eigentlich mit der Turmtussi am Laufen?«, wollte er dann fast beiläufig von seinem Freund wissen. Der stellte das fertig gezapfte Glas mit einem Ruck vor ihm ab und sah ihn finster an. Wenn er betrunken war, wechselten seine Stimmungen von einer Sekunde auf die andere, und wenn ihn die Wut packte, verlor er jegliche Beherrschung. Dabei war in der Vergangenheit nicht nur Mobiliar zu Bruch gegangen, das er später mit einem ordentlichen Scheck ersetzen musste.

»Jetzt fängst du auch noch an mit dem Gequatsche. Nichts läuft.« Jo ließ empört seine Faust auf den Tresen niedersausen. »Ich habe sie einmal mit zum Festland genommen. Mehr war da nicht. Obwohl …«

»Das solltest du ganz fix aus deinem Wunschdenken streichen. Die stellt viele Fragen und schnüffelt überall herum. Neulich hat Andrej sie überrascht, als sie auf dem Hof herumspioniert und uns belauscht hat. Sie soll auch beim Lehrer gewesen sein. Was will denn eine junge Frau alleine auf einer einsamen Insel? Was führt die im Schilde?« Er kramte sein Handy aus der Tasche und tippte eifrig darauf herum.

»Ich habe die vom Festland abgeholt und siehe da, gerade einmal eine Woche später war Peter tot.« Er zeigte auf sein Telefon mit dem Abholtermin: »Das ist doch auffällig. Sie soll ja auch nicht lange gefackelt haben, bis sie beim Peter ein- und ausgegangen ist.«

Jo sah ihn ungläubig an. »Völliger Blödsinn«, blaffte er, »eine Frau könnte das körperlich niemals schaffen.«

Da hatte er wohl sogar recht, aber sie war ja nicht unbedingt alleine, dachte sich Kai-Uwe König. »So wie die aussieht, hat sie schnell einen Mann um den Finger gewickelt, denk mal an den Historiker, und bei Mark im Stübchen ist sie auch dauernd zu Besuch. Überleg doch mal, seit seiner Scheidung ist der Single, und die beiden wohnen unter einem Dach!«

Er sah Jo an, ob der verstand worauf er hinauswollte und fuhr fort, als er den skeptischen Blick bemerkte:

»Du kennst ja seine Meinung über das Hafenprojekt und das Wellnesshotel. Der wäre doch dem Johann beim letzten Inselabend beinah an die Gurgel gegangen. Der hätte ihr doch sicher gerne geholfen.«

Jo sah ihn zweifelnd an und schüttelte den Kopf.

»Ich glaube, da geht die Fantasie mit dir durch. Aus welchem Grund sollte sie die beiden umbringen? Für Mark lege ich außerdem meine Hand ins Feuer. Und wir waren ja auch gegen die Betonierung der Insel, oder? Wenn ein Insulaner den Immobilienspekulanten das Handwerk legen würde, könnte ich das gut verstehen.«

Da hatte Jo prinzipiell recht. Denn dieses Projekt bedrohte ihre Lebensgrundlagen. Danach gäbe es ihr friedliches Inselparadies nicht mehr.

KAPITEL 28

Paul zog die Knie an die Brust und lehnte sich bequem mit dem Rücken an die Wand. Er saß in der Fensternische seines Zimmers im Leuchtturm, in die Öffnung der fast zwei Meter dicken Mauer waren zwei Sitzbänke gemauert. Diese schienen noch original aus der Bauzeit des ursprünglichen Gebäudes zu stammen, nur das Fensterglas war erst später eingesetzt worden. Ihm gefiel der Gedanke an die Männer, die vor ihm hier gesessen hatten in den letzten 700 Jahren, und dass sich vielleicht auch sein großes Idol in diesen Mauern aufgehalten hatte – zumindest erzählten das die Eingeborenen. Sein Blick schweifte hinüber zu dem kleinen Friedhof, allein wegen der Aussicht darauf hatte er unbedingt sein altes Zimmer wiederhaben wollen. Er dachte über seine nächsten Schritte nach.

Einen weiteren Grabungsversuch wollte er unter den Augen der Ordnungshüter nicht starten, doch die ganze Zeit hatte er an seinen Schatz gedacht, der in den Fluchttunneln unter dem Turm lagerte. Er war sich nicht sicher, wie weit er Margo in seine geplante Ausgrabung auf Neuwerk einweihen sollte. Bisher hatte er immer bei seinen Schatzsuchen darauf geachtet, so wenig wie möglich Mitwisser zu haben und damit war er immer am besten gefahren. Doch Margo ließ sich nicht so einfach abwimmeln und sie war ausgesprochen wissbegierig. Ohne ihre Hilfe würde er die Papiere niemals in dem unterirdischen Labyrinth wiederfinden.

Der vorhergehende Abend war ganz anders verlaufen, als er erwartet hatte. Überrascht hatte er vor seiner Tür eine Kerze mit der Botschaft »Folge dem Licht« vorgefunden, Teelichter führten ihn zu einer kleinen Metalltür und auf eine spiralförmig aufsteigende Treppe, die kein Ende zu nehmen schien. Unruhe erfasste ihn, als er hinter der Tür bemerkte, dass es außen keine Klinke gab und er nicht wieder zurück ins Turminnere kommen würde. Wohin ihn die Schöne auch locken wollte, von da an hatte es kein Zurück mehr gegeben. Bei über 100 Stufen war selbst ihm die Puste ausgegangen, er stieg Stufe um Stufe weiter die schmale Wendeltreppe hinauf. Ganz oben war er hinter einem kleinen Absatz zu einer Metalltür gelangt, die ins Freie führte. Er war ganz oben auf der Aussichtsplattform des Turms angekommen und hatte sein Halstuch gerade noch an einem Zipfel festhalten können, bevor der stürmische Wind es erfasste. Dort sah er erstmal keine weiteren Zeichen und war einen Moment lang verunsichert gewesen. Sollte sie sich eine solche Mühe gemacht haben, um ihn hier oben auszusperren? Da hatte er den Tisch mit weißem Tischtuch und zwei Gedecken im Raum mit dem Leuchtfeuer entdeckt und sich gefragt, was das wohl werden sollte. Erst hatte sie ihm die kalte Schulter gezeigt, dann auf einmal ein romantisches Dinner bei Kerzenlicht? Das hatte ihn verunsichert, denn er hatte eigentlich nur eines im Sinn – seine papiernen Preziosen wiederfinden und die Insel so schnell wie möglich damit verlassen. Doch sie hatte ihm ohnehin keine Wahl gelassen, er hatte sich gesetzt und gewartet.

Margo war eine Viertelstunde später in einem umwerfenden dunkelblauen Seidenkleid erschienen, das ihren Körper bei jeder Bewegung weich umspielte und ihre Augenfarbe betonte. Aus dem mitgebrachten Korb hatte sie ein duftendes Brot, französischen Käse und eine Flasche Cahors-Wein gezaubert, den sie beide schätzten. Vor seiner Verhaftung hatten sie an einem Abend lange über ihren gemeinsamen Geschmack für südfranzösische Reben geplaudert und sich durch den – allerdings beschränkten – Weinkeller der Turmpension gekostet. Vielleicht fühlte sie sich ja auch nur einsam in ihrem Exil. Er hatte dann beschlossen, den Abend ganz einfach zu genießen und sich keine weiteren Gedanken zu machen. Doch was sie ihm erzählt hatte, verblüffte ihn, denn sie hatte ausgerechnet von den Likedeelern gesprochen. Was hatte sie mit den Likedeelern zu schaffen? Er hatte plötzlich Zweifel bekommen und sich gefragt, welche Absichten sie eigentlich verfolgte. Dabei wirkte sie eigentlich nicht wie eine Schatzsucherin, die einem Piratenschatz hinterherjagte. Sie war auch erst vor Kurzem auf die Insel gekommen, und er konnte sich noch immer nicht erklären, wie eine so attraktive und gebildete Frau zur Eremitin in einem so kleinen Ort wurde.

Erleichtert hatte er festgestellt, dass ihre Seeräuber sechs Jahrhunderte später auf der Insel gelebt hatten als die Originale. Eine Jugendbande, die sich selbst »Piraten« nannten. Er war erleichtert, dass Margo offenbar nicht verstanden hatte, was seine Urkunden wirklich bedeuteten.

Doch dann wurde er hellhörig.

»Und Hein war einer von der Bande«, behauptete Margo. Sie vermutete, dass der Tod des Kaufmanns etwas mit den Jugendstreichen dieser Piraten zu tun haben könnte. So richtig brachte Paul das nicht zusammen. Was hatte diese Jugendbande Jahrhunderte später mit Störtebekers Mannen zu tun, und warum hatte das zu Heins Ermordung geführt?

Ging es dem Mörder um die Karte? Paul hatte gedämmert, dass Margos Behauptungen vielleicht doch keine Hirngespinste waren. Sie hatte ihm dann ein Foto von einer Gruppe mit Jugendlichen, die als Piraten posierten, gezeigt. Das hatte ihn eher an eine Faschingsverkleidung erinnert, und er bekam wieder seine Zweifel.

»Und wenn mich nicht alles täuscht, ist der zweite Tote auch einer von den Jungs«, hatte sie erklärt und auf einen der Jugendlichen gedeutet. Sie gab zu, dass sie über ein Babyphone bei den Kommissaren gelauscht und gehört hatte, dass der Tote der Umweltsenator sei. Madame spielt Detektiv, dachte Paul, wollte Margo aber nicht durch seine Zweifel an ihrer Theorie verärgern.

»Warum sollte jemand Jahrzehnte später die Mitglieder einer Jugendbande umbringen?«, fragte er deshalb nur vorsichtig.

Margo hatte darauf keine Antwort, doch sie wollte es herausfinden und fragte ihn nach seinen Gesprächen mit Hein. Was hatte er von damals berichtet? Ob jemand anders hinter den Dokumenten her war und deshalb einen Mord begehen würde? Die Frage hatte er sich auch gestellt, auch wenn er Margo beschwichtigt hatte. Er dachte daran, dass er ihr versprochen hatte, bei ihren Recherchen zu helfen. Welcher Teufel hatte ihn da geritten, vielleicht war es sogar gefährlich, in den alten Geschichten der Insulaner herumzustochern.

KAPITEL 29

Meine Güte, wie der auf einmal in den Hörer flötete. »Guten Abend, liebe Kollegin«, hörte Rike völlig verblüfft ihren Kollegen Galinowski säuseln.

Das klang schon fast wie nach einer Gehirnwäsche. Sie tippte auf den Lautsprecher ihres Telefons und sah zu Mareike, die ihr über ihre Tastatur gebeugt gegenübersaß und nun auch mithören konnte.

Es war spät geworden am Abend davor, Karl Roth hatte sie noch in das Restaurant »Seemannsgarn« eingeladen, wo sie persönlich von Jo Prell, dem Rocksänger, begrüßt worden waren. Roth hatte am Abend noch aus dem Nähkästchen geplaudert und über die Staatsschützer gewettert, die Informationen nicht weitergegeben und die Kooperation mit der Polizei verweigert hatten. Am Morgen hatte er die Flugbereitschaft angefordert, um zurück nach Hamburg zu fliegen. Wenn er weiter im Amt bliebe, würde er sie aus der

Zentrale unterstützen, sie hatten zudem leider Galinowski als Zuarbeiter.

Das war für ihn vielleicht die schwerste Strafe, vermutete sie, als dieser langatmig und in einem weinerlichen Tonfall über seine harte Arbeit im Innendienst und die vielen Überstunden lamentierte. Ihr Blick traf sich mit dem von Mareike, und Rike musste tief durchatmen, um nicht laut in den Hörer zu lachen. Dieses Gejammer war so typisch für ihn. Dachte der Mann eigentlich, dass sie hier auf der Insel gemütlich Däumchen drehten? Er zählte auf, welche Akten er studiert hatte und wie lange er am Abend im Präsidium gesessen hatte. Auf seinen Alleingang und seine fehlgeschlagene Intrige kam er mit keinem Wort zu sprechen.

»Haben Sie etwas Neues?«, kürzte Rike barsch seinen Redeschwall ab, da sie allmählich die Geduld verlor.

Sie hatte gerade ihre Notizen über den zweiten Toten mit den Akten über Peter Heins Ermordung abgeglichen. Noch konnte sie keinerlei Verbindungen zwischen den beiden feststellen. Es war völlig offen, ob der Senator lebendig auf die Insel gekommen war, wen er getroffen hatte und aus welchem Grund.

»Ich habe es, der Fall ist so gut wie gelöst!«, rief Galinowski enthusiastisch.

»Dann lassen Sie mal hören, Herr Kollege, aber bitte keine Schuhgeschichten«, forderte ihn Rike skeptisch auf, vermutlich wollte er wieder einen seiner Schnellschüsse landen.

Galinowski hatte den Terminplaner des Senators überprüft und war dabei auf eine Fahrt nach Cuxhaven gestoßen. Vor gut einem Monat war der Senator zu einer Diskussionsrunde über Stadtplanung auf die Insel gekommen.

»Und raten Sie mal, mit wem er sich an dem Abend geprügelt hat?«

Mareike sah über den Tisch und verdrehte die Augen, und Rike war wegen seiner Langatmigkeit schon leicht ungehalten. »Sie werden es mir gleich sagen.«

»Mit dem Schmuck-Heini«, triumphierte er endlich.

»Mit wem, ist das ein Name?«, fragte Rike ungeduldig zurück. Der Kollege war wirklich eine aufgeblasene Nervensäge, der sich jetzt mit Absicht jede Information aus der Nase ziehen ließ, um sich wichtig zu machen. Die Kopfwäsche von Roth hatte offenbar keinen tieferen Eindruck bei ihm hinterlassen.

»Mit Cors, Heins Ex-Schwiegersohn«, sagte er mit offensichtlichem Stolz in der Stimme.

Am Ende der öffentlichen Diskussion mit Johann Stolten hatten sich mehrere Männer angebrüllt, und am Ende hatte Cors den Senator geschüttelt und ihm einen Schwinger verpasst.

»Gibt es eine Anzeige?«, wollte Rike wissen.

»Nein, keine Anzeige. Aber der Sicherheitsbeamte hat alles genau beobachtet, Stolten hatte ihm allerdings verboten, einzugreifen. Er wollte das selber klären. Das war vor den Bürgerschaftswahlen.« Da hatte der Politiker wohl einen Skandal vermeiden wollen.

Worum es bei dem Streit ging, konnte Galinowski nicht sagen. Auch über einen weiteren Besuch auf der Insel Neuwerk, bei dem Johann Stolten zu Tode gekommen war, wusste er nichts. Allerdings hatten die Cuxhavener Kollegen den Porsche 911 des Senators in Sahlenburg gefunden, wo er vor einer Wohnanlage geparkt war. Ganz in der Nähe befand sich der Platz, von wo die Wattwagen abfuhren.

Das ist immerhin ein Ansatzpunkt, dachte sie. Sie mussten nur noch herausfinden, wer ihn zur Insel gebracht hatte. Es gab noch drei oder vier andere Fuhrunternehmen neben König, sowie private Gespanne. Durch den Fund des Wagens war wohl endgültig bewiesen, dass es keine Entführung war. Sie dankte Galinowski, immerhin hatte er zwei nützliche Informationen geliefert. Mareike hatte nach kurzer Suche einen Bericht über den Termin des Senators auf der Insel gefunden und las den Artikel vor.

Neue Perspektiven im Watt

Der seit Jahrzehnten geplante Tiefwasserhafen Scharhörn geht in die Realisierungsphase. Der Senator Johann Stolten persönlich wird das Großprojekt auf der Insel Neuwerk vorstellen und die Insulaner über die baulichen Veränderungen in ihrer Region informieren.

In der deutschen Bucht plant die Stadt Hamburg eine Ergänzung ihrer Hafenflächen durch eine Erweiterung der Elbfahrrinne ins Watt. In drei Bauabschnitten soll ein neues Hafenbecken ausgebaggert und ausgebaut werden, dessen Kaianlagen über einen Damm von Cuxhaven aus per Lkw und Zug angebunden werden. In dem neuen Hafenbecken sollen künftig auch die neuen Riesencontainerschiffe gelöscht werden, die bislang nicht vollbeladen die Elbe passieren konnten.

»Ohne diese Möglichkeit wird der Hamburger Hafen künftig abgehängt, der Motor unserer Wirtschaft. Nur mit dem Tiefwasserhafen können wir im weltweiten Wettbewerb bestehen. Ohne die dringend notwendige Modernisierung werden wir zum Provinzanleger degradiert«, warnte Stolten. Dann stünden der Hamburger Wohlstand auf dem Spiel und Tausende Arbeitsplätze.

Im neuen Hafenabschnitt vor Cuxhaven sollen mindestens 2000 zusätzliche Jobs geschaffen werden. Zudem fördert die Stadt weiterhin den Tourismus in der Region und unterstützt die Pläne für ein neues privates Luxushotel auf der Insel Neuwerk. »Damit eröffnen sich auch neue Perspektiven für die Neuwerker, die dann dauerhaft per Auto erreichbar sind und beruflich bessere Aussichten haben«, sagte der Senator. Die alleinige Ausrichtung der regionalen Wirtschaft auf den Tourismus sei nicht zukunftsträchtig. Die Region brauche neue Industriearbeitsplätze.

Sein Gegenkandidat bei den Wahlen, der Grünenkandidat Mark Cors, widersprach: »Es gibt bereits einen deutschen Tiefwasserhafen. Mit dem Wattenmeer vor Cuxhaven wird ein einzigartiges Ökosystem zerstört.« Zudem werde die UNESCO voraussichtlich den Status des Weltnaturerbes für das Wattenmeer streichen. Die Insel Neuwerk befände sich dann mitten in dem neuen Tiefwasserhafen, umgeben von den Dämmen nach Cuxhaven mit einem hohen Verkehrsaufkommen. Das Vogelparadies Scharhörn würde abgebaggert und außerhalb der entstehenden Industriezone neu angelegt. Verkehrslärm und Abgase würden die Insel für Einwohner und Touristen unattraktiv machen.

Obwohl Rike meistens die Lokalnachrichten verfolgte, hatte sie noch nichts von dem Projekt gehört. Wahrscheinlich wurden Nachrichten aus dem nördlichen Zipfel der Stadt in den Hamburger Zeitungen als kleine Randnotiz abgehandelt. Der Bau eines solchen Industriehafens hieße das Ende des Nationalparks und des Tourismus. Wer würde dann noch mit dem Wattwagen hierherfahren, wenn nebenan die Schwerlasttransporte vorbei donnerten. Andererseits ging es um Tausende Arbeitsplätze im Hafen, die bedroht waren, da ließen die Hamburger nicht mit sich spaßen.

Der Mann war trotz oder sogar wegen dieses Projektes gewählt worden, das heißt, es gab in Hamburg eine Mehrheit für den Hafenausbau.

Für die Neuwerker hätte ihre komplette Lebensgrundlage auf dem Spiel gestanden. »Das wäre doch für viele Inselbewohner ein Mordmotiv, nicht nur für Naturschützer«, sagte Mareike, und Rike nickte. Das Projekt hatte lange Jahre geruht, Stolten war damit in den Wahlkampf gezogen.

Der Spur mussten sie auf jeden Fall nachgehen. Doch wie passte das erste Opfer Peter Hein ins Bild? Die Insulaner galten als erboste Gegner dieser Pläne. Der Inselkaufmann besaß zwar zahlreiche Grundstücke, doch ob er etwas mit dem Hafenprojekt zu tun hatte, wussten sie nicht. Gab es sonstige Verbindungen?

Cors hätte private und geschäftliche Gründe, sich an seinem Ex-Schwiegervater zu rächen, und war auch mit dem zweiten Opfer aneinandergeraten, doch reichte das sicher nicht als Mordmotiv. Nach wie vor hielt sie es für möglich, dass zwei Täter am Werk waren und der zweite die Methode kopiert hatte. Voraussetzung war, dass er davon wusste, und das traf vor der Zeitungsveröffentlichung nur auf etwa eine Handvoll Menschen zu.

An der Wandtafel, die sie aus der Schule geliehen und auf zwei der antiken dunklen Holzstühle unter den Ratsherrenporträts gestellt hatte, ordnete sie ihre Gedanken durch eine Skizze. Um die Namen der Opfer in der Mitte gruppierte sie ihre bisherigen Verdächtigen und unterstrich dann Paul Conelly. Er hatte ein Motiv, Hein zu töten, doch wo war die Verbindung zu Stolten? Und was war mit dieser merkwürdigen Margo, war sie eine Komplizin von einem der beiden? Über diese Dame sollten sie unbedingt noch Nachforschungen anstellen. Sie versah die Pensionswirtin mit einem Fragezeichen.

Hoffentlich machten die Insulaner endlich den Mund auf. Alle Einheimischen, die sie bisher vernommen hatten, hatten sich äußerst reserviert verhalten. Ob es daran lag, dass sie prinzipiell allen Nicht-Insulanern misstrauten? Dass die meisten dem Senator wohl keine Träne nachweinen würden, war wegen seiner Hafenpläne durchaus möglich. Aber was war mit dem Kaufmann Peter Hein, einer Stütze der Inselgesellschaft? Oder war alles ganz anders?

*** *Nimm dich in Acht, Seefahrer, wen der Große Vogel in seinen Klauen hält, den gibt er nicht wieder frei. Das hatten schon die Alten erzählt, der gierige Vogel mit seinen Mahlsänden hat schon viele Schiffe verschlungen. Nur die Menschen des Meeres kannten seine gefährlichen Sandschwingen ganz genau, immer wieder wandelten sie unter der Wasseroberfläche ihre Form und ihre Lage. Selbst mit den neuesten Karten konnten sie seine Ausläufer niemals genau voraussagen.*

Die Mahlsände ziehen dich in die Tiefe, und du wirst ihnen nicht mehr entkommen. Sie verschlingen Menschen, Pferde und ganze Wattwagen. Niemand hatte über die Jahrhunderte gezählt, wie viele Schiffe, große und kleine, auf immer verschwanden. Wenn die Wellen vom Sturm gepeitscht haushoch tosten, die Brandung brüllte, dann schaffte es kein Steuermann, die gefährlichen Tiefen schadlos zu passieren.

Einst hatten ihre Vorfahren mit Feuern und Kerzen am Ufer die fremden Seefahrer gelockt, am nächsten Morgen hatte die Flut die Ladung der gestrandeten Schiffe angespült.

Fässer voller Heringe und Zwieback, feines Tuch und Pelze,
die aber vom Salzwasser verdorben waren. Dann kamen
die Hamburger und schenkten ihnen Boote, viele Menschen
retteten sie vor den gefährlichen Schwingen. Die anderen
bestatteten sie auf dem kleinen Friedhof in gesegneter Erde.

KAPITEL 30

Margo steckte eine kleine Taschenlampe ein und öffnete leise die Geheimtür in der Speisekammer neben der Pensionsküche. Diese war perfekt in die braune Holztäfelung eingearbeitet, und wenn man die Stelle nicht kannte, waren die Umrisse der Tür mit bloßem Auge nicht erkennbar. Die Wirtin hatte ihr den Ausgang für den Notfall gezeigt, bei Feuer konnte ein solcher Fluchtweg schließlich nützlich sein. Dahinter führte eine schmale steile Treppe in einem fensterlosen Schacht direkt in die Etage unter der Pension. So war sie sicher, dass ihr Ausflug nicht von der Staatsmacht beobachtet wurde. Die Damen und der Herr saßen wieder einmal im Ratssaal und palaverten, selbst wenn der halbe Turm ausgeraubt worden wäre, hätten die nichts mitbekommen.

Als Margo fast unten angekommen war und in den Vorraum von Mark Cors Laden schlüpfen wollte, stieß sie mit dem Fuß an ein Hindernis, es schepperte metallisch und ratterte die Stufen hinunter. Margo erschrak und lauschte, ob ihr jemand folgte. Doch da die Stockwerke im Turm sehr hoch waren und die Öffnung hinter massivem Holz verborgen lag, hatten die Polizisten offenbar nichts mitbekommen. Ob sie wohl auf der Liste der Verdächtigen stand? Bullen waren konformistisch, und wer aus dem gesellschaftlichen Rahmen fiel, weil er sich mal für ein halbes Jahr auf eine einsame Insel zurückzog, war schon per se verdächtig. Der spröden Blonden traute sie zu, dass sie schnell einen Schuldigen oder eine Schuldige präsentieren wollte, um die eigene Karriere voranzutreiben. Da war sie sich am Abend mit Paul einig gewesen. Ansonsten hatte sie ihn nicht so weit aus der Reserve locken können, wie sie gehofft hatte.

Sie hatte auf den ersten Blick gesehen, dass Paul nicht einfach nur ein Historiker war. Ein Dozent, dessen Alltag aus ausgiebigen Studien historischer Dokumente in der Bibliothek bestand, war nicht sonnengebräunt und von Kopf bis Fuß durchtrainiert. Das schaffte man auch nicht durch tägliches Joggen. Er war so ganz anders als die meisten Männer aus ihrem Bekanntenkreis, der aus Künstlern und Intellektuellen bestand. Er hatte etwas von einem großen Jungen, war eher ein Macher, und sie musste lächeln, als sie daran dachte, wie er sie spontan im Leuchtturm zu einem Tänzchen aufgefordert hatte. Er hatte das Elvislied »Love me tender« angestimmt, sie an sich gezogen und mit langsamen Tanzschritten durch den Kuppelraum gedreht. Ein unvergesslich schöner Moment. Diese Lebensfreude und diese Spontanität fand sie unglaublich anziehend. Vielleicht hatte sie sich am Anfang in ihm getäuscht, er schien nicht der oberflächliche Abenteuersucher zu sein, für den sie ihn zu Beginn gehalten hatte.

Bei ihrem Essen hatte er von einigen seiner Reisen berichtet. Seine Papiere hatte sie sich schon vor seiner Rückkehr genau angesehen und eine Kopie an eine Studienfreundin geschickt, die als Mittelalterexpertin im Deutschen Historischen Museum arbeitete. Das tatsächliche Alter des Dokuments war ohne das Original der Karte und des Briefes schwer zu bestimmen, doch das Schriftbild und der Text schienen authentisch aus dem Mittelalter zu stammen. Der Brief war ein Abschiedsbrief von einem Mann, der von seinem baldigen Tod sprach und seine Kameraden nicht im Stich lassen wollte. Er beschrieb darin ein Versteck, das der Vater seiner geliebten Frau aufsuchen sollte, und erwähnte eine Karte. Die Unterschrift konnte ihre Freundin nicht entziffern. Vielleicht stammte sie wirklich von Störtebeker, doch die Wissenschaftler waren sich nicht einmal darüber einig, ob es den berühmten Piraten wirklich gegeben hatte. Die Karte hatte Peter Hein in seinem Besitz gehabt und weiterverkauft, das andere Dokument musste Paul selbst mitgebracht haben. Wo sich die Karte befand, wusste sie nicht. Wahrscheinlich hatte er ihr nicht getraut und sie woanders versteckt. Sie wusste auch nicht genau, was er eigentlich suchte. Das Gold, nach dem schon unzählige andere Schatzjäger gegraben hatten? Oder gab es irgendetwas anderes Spannendes, was der Pirat hinterlassen haben konnte? Immer vorausgesetzt, dass es ihn überhaupt gegeben hatte.

Auf jeden Fall musste Hein ausgerechnet dann sterben, als er die Karte verkauft hatte. Warum hatten er und seine Likedeeler nicht selbst in dem beschriebenen Versteck die Karte gesucht? Oder sollte etwas nicht gefunden werden? Vielleicht wollte jemand verhindern, dass Paul mit seiner Suche Erfolg hat. Dass er ein Mörder war, hielt sie für unrealistisch. Vielleicht war er aber selbst bedroht.

Sie musste noch mehr über die modernen Piraten herausfinden und darüber, was ihre Mama mit der Gruppe zu tun gehabt hatte.

Jetzt hatte sie bestimmt zwei Minuten still ausgeharrt und keinerlei Geräusche von eventuellen Verfolgern gehört. Die Polizisten waren wohl wie immer mit sich selbst beschäftigt. Margo leuchtete mit ihrer Taschenlampe die verbleibenden drei Stufen nach unten ab und sah eine verrostete Schale, um die herum Zigarettenkippen lagen. Offenbar diente die Treppe als Raucherecke, und sie hatte das Behältnis aus Versehen umgestoßen. Auf Zehenspitzen ging sie auf die Tür zu und öffnete diese leise, doch dann sah sie eine schnelle Bewegung auf der rechten Seite, bevor sie einen heftigen Schlag auf den Kopf abbekam und merkte, wie ihre Knie nachgaben, so stark war der plötzliche Schmerz.

»Keine Bewegung«, hörte sie und sah in das Gesicht von Mark Cors. »Jetzt hab ich dich«, schrie er wütend, bevor seine Gesichtszüge entgleisten. »Margo, was zum Kuckuck …« Dann wurde alles schwarz. Sie wusste später nicht genau, wie lange sie bewusstlos gewesen war, als sie von einem Schwall kalten Wassers aufwachte und der Hand von Mark, die ihr leichte Schläge auf die Wangen verpasste.

»Lass das«, wollte sie sagen, brachte aber vorerst nur ein Lallen hervor und schob seine Hand weg.

»Mark, was wird das eigentlich?«, stöhnte sie, während ihr aufging, dass er vielleicht gefährlich war und sie in der Falle saß. Doch Mark wäre der Letzte, dem sie irgendein Verbrechen zutrauen würde.

Sie lag immer noch auf dem Rücken und setzte sich nun auf.

Er gab ihr die Hand, half ihr auf die Beine und wollte wissen, ob sie schon öfter diese Treppe benutzt hatte.

»Was denkst du dir dabei, mich anzufallen«, fauchte Margo wütend, als sie langsam wieder zu Kräften kam.

Er stammelte eine Entschuldigung und erklärte, dass seine Nerven seit der Entdeckung des Blutbades im Keller blank lägen. Seit seiner Scheidung war mehrfach in seinem Laden eingebrochen worden. Er hatte den Verdacht, dass der Täter über diese Treppe gekommen war, denn es gab keine Einbruchsspuren von außen. Mark hatte seinen Schwiegervater im Verdacht gehabt, zumindest als Auftraggeber der ungebetenen Besuche, und schien Margo zu glauben, dass sie diese Treppe zum ersten Mal benutzt hatte. Er räumte eine kleine Sprühdose weg, die Pfefferspray enthielt, und bat sie fürsorglich, auf seinem Bürostuhl Platz zu nehmen, steckte ihr ein Kissen hinter den Rücken und bot an, ihr einen Tee zu machen, doch sie wollte nicht noch mehr Zeit verlieren.

»Warum bist du eigentlich über diese Treppe gekommen und nicht über den ganz normalen Eingang?«, fragte er sie dann misstrauisch.

»Begehung der Fluchtwege, im Auftrag der Staatsmacht«, flunkerte sie und ging schnell aus seinem Laden, bevor er noch weitere Erklärungen forderte.

Obwohl ihre Augen noch tränten und sie einen dumpfen Kopfschmerz verspürte, huschte sie eilig die Stufen vor dem Turm hinab und über den Vorplatz. Sie wusste von David, dass er mit seinen beiden Praktikanten auf dem Festland war, das Nationalparkhaus war den ganzen Tag geschlossen. Es war offiziell Saisonende, der »Flipper« war am Tag zuvor zum letzten Mal in diesem Jahr gefahren. Nur die Wattwagen fuhren in den kommenden beiden Wochen noch ein paar Touristen hin und her, um diese Jahreszeit kamen nur mehr einige passionierte Vogelbeobachter und Wissenschaftler auf die Insel. Ab Ende Oktober war dann endgültig Schluss, dann gingen auch die Pferde in die Winterpause. Der Verkehr über das Watt wurde eingestellt, und alle Hotels machten für die nächsten fünf Monate zu.

Sie hätte David natürlich fragen können, ob sie sich im Inselarchiv umsehen dürfe, doch sie wollte sich auf keine langen Diskussionen einlassen und wusste selbst nicht genau, wonach sie eigentlich suchen sollte. Bestimmt hätte er Fragen darüber gestellt, was sie denn suche und aus welchem Jahr. Und sie wollte weder mit ihm darüber reden und noch weniger mit seiner Mutter. Die schien absolut nicht davon begeistert zu sein, dass sie etwas über Renatas Zeit auf Neuwerk wissen wollte.

Zum Glück hatte ihre Wirtin einen Notschlüssel von den Nachbarn. Licht wollte sie lieber nicht anmachen, sie leuchtete den Raum ab und entdeckte die Wand mit den ausgestopften Möwen mit ihren starren Glasaugen, die in Reih und Glied auf einer nachgebauten Wattlandschaft standen. Sie stieß an etwas Hartes, als sie mit der Taschenlampe darauf leuchtete, blickten ihr zwei hellgrün leuchtende Augen entgegen. Erleichtert erkannte sie die Umrisse des Eisbären aus Pappmaschee, den sie im Hellen schon neben der Wandtafel über den Klimawandel entdeckt hatte.

Das war nicht gerade die Umgebung, die im Dunkeln anheimelnd wirkte. Dann fand sie die Archivtür. Hier lagerten alle historischen Urkunden der Insel sowie die Artikel aus der »Cuxpost« über die wichtigsten Geschehnisse in Neuwerk. Sie beschloss, mit dem Jahr 1978 anzufangen, dem Jahr, in dem ihre Mutter nach Neuwerk gekommen war.

In dieser Zeit war ein neuer Schiffsanleger eingeweiht worden, die Deichanlage wurde aufgestockt, die Feuerwehr hatte ein Auto gestiftet bekommen, das auf einem Foto prächtig mit Blumen geschmückt vor dem Leuchtturm stand. Ansonsten gab es Todesfälle, Wahlen, Geburten – nichts wirklich Ungewöhnliches. Margo gähnte und fragte sich, ob ihre Archivsuche etwas bringen würde. Sie hatte jetzt schon die wichtigsten Ereignisse eines ganzen Jahres durchgesehen, und auf der Insel war so gut wie nichts Interessantes geschehen. Auf einem Bild über das Turmfest hatte sie immerhin Renata entdeckt, die als Teilnehmerin an einem Volkstanz abgelichtet war.

Dann kamen Berichte über den Herbst und die Stürme, die in dem Jahr besonders schlimm gewütet hatten. Sie dachte an ihre Mutter, die eigentlich immer ein Faible für sonnige Strandurlaube im Süden gehabt hatte, als sie in Frankreich gelebt hatten. Sie musste wirklich jämmerlich gefroren haben. Schade, dass sie sie nicht mehr fragen konnte. Die Zeitung berichtete gleich über mehrere Rettungseinsätze in der Deutschen Bucht und einen Friedhof der Schiffswracks. Zwei Frachtschiffe hatte es auf eine Sandbank geworfen, und eines war in der Mitte auseinandergebrochen. Die Monate Oktober und November schienen ihr sehr dünn. Hatte jemand die Information entfernt, oder war schlichtweg nichts Berichtenswertes geschehen? Dann stieß sie auf eine Stelle in dem Ordner, in dem die Artikel säuberlich in Spalten ausgeschnitten und auf Papier aufgeklebt worden waren. Doch im Oktober und November waren mehrere leere Papierseiten abgeheftet, auf denen noch deutlich Klebstoffspuren zu sehen waren. Sie beleuchtete die Seite genau und konnte noch die Umrisse der fehlenden Zeitungsspalten erkennen, doch entweder waren diese herausgefallen oder sie waren entfernt worden. Sehr merkwürdig. Was war damals nur geschehen? Es war einfach wie verhext, niemand wollte ihr etwas sagen, und selbst hier kam sie nicht weiter.

Jetzt meinte Margo, ein Geräusch gehört zu haben. Sie sah auf die Uhr, das nächste Niedrigwasser war erst in vier Stunden angekündigt, und die Insel war nicht über das Watt erreichbar. Aber vielleicht hatte David in Cuxhaven ein Boot der Nationalparkverwaltung angefordert. Sie hatten einmal über die Logistik für die eigene Versorgung gesprochen, und er hatte ihr angeboten, dass sie im Winter mit ihm mit dem Schnellboot seiner Kollegen mitfahren könne. Schnell stellte sie die Ordner zurück und lugte aus der Tür. Es war niemand zu sehen, der Aufgang, der zu seiner Dachgeschosswohnung führte, war dunkel. Trotzdem war es ihr unheimlich, und sie beschloss, die Räume schnellstmöglich zu verlassen. Margo schloss die Tür des Nationalparkhauses von außen ab, genau zwei Mal, so wie sie diese vorgefunden hatte, und ging zum Turm zurück. Sie bemerkte nicht die Blicke, die ihr folgten.

KAPITEL 31

Rike hatte das Gefühl, in einer Sackgasse zu stecken. Das Gespräch mit ihrem Verdächtigen Nummer 2, Mark Cors, hatte weniger Ansatzpunkte gebracht als erhofft. Sie hatte Prinz gerufen, der neben ihrem Arbeitsplatz, den sie sich am Eichentisch eingerichtet hatte, auf seiner Decke döste.

Der Hund trottete inzwischen schon selbstständig die Treppen nach unten, um sein Geschäft zu erledigen, oder in die Küche in der Etage unter ihnen, um etwas Wasser zu schlürfen, das ihm die zickige Turmwirtin erstaunlicherweise ohne Widerspruch hinstellte. Doch Rike meinte immer, einen Vorwurf in seinem traurigen Blick zu sehen. Wie sollte der Vierbeiner auch verstehen, dass Frauchen mitten in schwierigen Mordermittlungen steckte. Als er das Klicken der Hundeleine hörte, richtete er jedoch die Ohren auf und war in Sekundenschnelle auf den Beinen. Dann bellte er einmal vergnügt, schnappte sein zerbissenes quietschgrünes Stoffkrokodil und stand kurz darauf erwartungsvoll schwanzwedelnd an der Tür. Rike hatte ihre Turnschuhe angezogen und beschlossen, eine Runde zu joggen und die letzten Ereignisse Revue passieren zu lassen.

Sie hatten zwar die Identität des Toten herausgefunden, doch noch immer blieb die Verbindung zwischen ihm und Hein unklar. Sie kamen einfach nicht weiter, die Inselbewohner begegneten ihnen misstrauisch und wortkarg.

»Die Neuwerker gönnen sich gegenseitig nichts, nicht einmal das Schwarze unter den Fingernägeln, wie wir so sagen. Aber gegen Leute von außen halten sie zusammen wie Pech und Schwefel«, hatte ihr ein Kollege von der Wasserschutzpolizei aus Cuxhaven beigepflichtet, mit dem sie telefoniert hatte. Sie fürchtete, dass die Polizeiführung in Hamburg die Geduld verlieren würde, wenn sie nicht bald einen Zusammenhang zwischen beiden Verbrechen herstellen und einen Verdächtigen präsentieren konnten. Sie wollte vor allem nochmals den Fundort des Schädels genauer in Augenschein nehmen, um herauszufinden, warum der Täter genau diesen abgelegenen Ort gewählt hatte und auf welchem Weg er gekommen sein könnte. Es war ungewöhnlich windstill.

Das Meer lag ruhig, wie geschmolzenes Silber um die Insel, der Himmel war von einem dichten wattigen Hellgrau.

Rike wollte nicht direkt am Naturschutzhaus vorbeilaufen, damit der Ranger nicht sah, dass sie Prinz schon wieder frei neben sich herlaufen ließ, und ging deshalb schnurstracks auf den Deich und schlug den Rundweg nach Osten ein.

Sie dachte an die Vernehmung von Mark Cors, die sie mit Mareike geführt hatte. Praktischerweise residierte Cors nur zwei Stockwerke unter ihnen. Er war gerade in seiner Werkstatt beschäftigt, hatte eine Lupe auf dem Auge fixiert und polierte die Oberfläche eines prächtigen Bernsteins, der so groß war wie ein Hühnerei.

»Eigener Fund im Watt«, hatte er stolz erklärt. Sie hatte daran gedacht, wie früher immer ihre kleine Schwester alles gefunden hatte, Bernsteine, Pilze oder besondere bunte Steine am Strand. Rike hatte sich oft geärgert, dass sie diese Begabung nicht hatte. Dabei hatte sich in der ersten Klasse herausgestellt, dass Felicitas stark kurzsichtig war, und sie hatte eine starke Brille mit knallrosa Gestell bekommen.

Sie war ein Stück über den Deich gelaufen und hatte dann den Weg in östlicher Richtung über die Feuchtwiesen eingeschlagen, der außen um die Insel herumführte. Sie versuchte an ihre Atmung zu denken und ihren Laufrhythmus zu finden, den Blick auf die offene See gerichtet. Da die Insel so flach war, sah es aus, als würden die großen Lastschiffe direkt dahinter vorbeifahren. Eine ganze Reihe bunter Containerriesen passierte die Wasserstraße zwischen der Elbmündung und dem Hamburger Hafen. Sie lief bis zur Abzweigung eines kleinen Fußpfades zur Ostbake. Direkt vor dem Wahrzeichen hatte sie zwei Holzbrücken zu überqueren, die über kleine Bäche führten. Prinz sah sie nur noch als kleinen dunklen Punkt, er war am Deich weiter gerannt und hörte sie nicht mehr. Irgendwann würde er zurück kommen, hoffte sie. Hendrichs hatte inzwischen herausgefunden, dass es das Seezeichen schon seit fast 300 Jahren gab, allerdings war es seither unzählige Male abgebrannt und umgestürzt, vor einigen Jahren hatte ein Sturm das Seezeichen in einen Trümmerhaufen verwandelt. Das aktuelle Holzmännchen stand erst seit einem Jahr wieder an Ort und Stelle nach einer großen Spendensammlung, an der sich viele Gäste beteiligt hatten. Das kleinere Seezeichen war offenbar als Inselwahrzeichen fast so bekannt wie der Leuchtturm, auch der Friedhof der namenlosen Seefahrer gehörte zu den Touristenattraktionen.

Zumindest verband das die drei Orte, an denen sie die Toten oder ihre Schädel gefunden hatten. Alle drei dienten der Seefahrt, zwei Orte als Navigationshilfe, und auf dem Friedhof, dem ersten Tatort, waren unbekannte Seefahrer bestattet worden. Vielleicht war das ein Schlüssel, um die Verbrechen zu verstehen. Rike war jetzt an dem Balken angekommen, wo sie den Schädel gefunden hatten, das rot-weiße Band flatterte noch immer im Wind. Dieser Punkt der Insel war weit entfernt von jeglicher Zivilisation und auch von den beiden anderen Tatorten. Sie hatte eine Viertelstunde gebraucht, um die Strecke im schnellen Lauftempo zurückzulegen, im normalen Schritt müsste der Täter, wenn er aus der Nähe des Leuchtturms gekommen war, etwa eine halbe Stunde mit dem Schädel zurückgelegt haben. Dagegen befand sich der erste Fundort direkt in Leuchtturmnähe. Sie mussten herausfinden, ob es einen Inselbewohner gab, der einen direkten Bezug zu allen drei Orten hatte. Noch rätselhafter schien ihr, was einen Inselkaufmann und einen Senator mit Seefahrern verband. Sie ging um das Zeichen herum und suchte nochmals den Boden ab, doch Hendrichs und Mareike hatten ganze Arbeit geleistet, sie sah keinerlei brauchbare Indizien. Nur auf dem Weg fiel ihr eine merkwürdige Spur auf, drei schmale nebeneinander verlaufende Reifenabdrücke, die sich auf einem aufgeweichten Abschnitt etwa einen Meter lang tief eingegraben hatten. Ob das etwas hergab, wusste sie nicht, sie machte eine Aufnahme mit ihrem Telefon schickte diese an ihre Kollegen. Dann ließ sie ihren Blick über das Meer schweifen.

Dort draußen, zwischen der Insel und der Schiffspassage, befand sich der Große Vogelsand, eine der größten Sandbänke, die sich bei Ebbe wie ein sanfter Hügel abzeichnete. Dort ging Mark Cors, so viel hatte er ihnen verraten, auf die Suche nach seinen Bernsteinen. Immer bei Niedrigwasser war er dort unterwegs, manche der Steine hatte er sogar vom Ufer aus mit seinem Fernglas erspäht. Er war zumindest häufig in der Nähe der Ostbake unterwegs, doch das bewies rein gar nichts.

Sie war jetzt am nordöstlichen Ufer angekommen und versuchte, die Sandbank an der Brechung der Wellen zu erkennen. Doch das Meer war ungewöhnlich glatt, und nur gelegentlich kräuselte sich das Wasser ein wenig.

Sie dachte wieder an das Gespräch mit dem Schmuckdesigner, der eigentlich kein echter Juwelier war, sondern ein ausgestiegener Mathematiklehrer, der in der Vergangenheit Jahr für Jahr mit seinen Klassen ins Schullandheim gefahren war. So hatte er Barbara Hein kennengelernt, die bei ihrem Vater im Inselladen das Café betrieb, und kurzentschlossen seinen Beamtenjob und die Familie in Hamburg hinter sich gelassen. Die Schmuckherstellung hatte er sich weitgehend selber beigebracht. Das hatte sich nach seinen ersten Funden von besonders großen und ungewöhnlich getönten Bernsteinen so ergeben. Diese hatte er zuerst in Heins Laden angeboten, die Kunden berichteten dann, wie sie die Steine verarbeitet haben wollten. So kam er auf die Idee, dies selbst zu erlernen. Er hatte ihnen eine Auswahl seiner Kostbarkeiten gezeigt, seltene dunkle Steine, die als sehr wertvoll galten, in anderen waren Einschlüsse von Insekten oder Pflanzen zu sehen. Seine Fundstücke schliff oder polierte er und stellte daraus mit Silbereinfassungen Anhänger, ganze Ketten oder Ohrringe her. Durchaus geschmackvoll, fand Rike. Doch sein Schwiegervater hatte ihn nach der Scheidung im Kaufmannsladen direkt gegenüber gnadenlos mit Billigketten aus Polen unterboten und ihm viele Kunden abspenstig gemacht, die vor allem auf den Preis schauten. Das war allgemeiner Inselklatsch, den ihnen mehrere Befragte bestätigt hatten.

»Haben Sie sich nicht geärgert, dass Ihr Schwiegervater auch Bernsteinschmuck ins Sortiment aufgenommen hat?«, wollte sie wissen.

Doch so leicht hatte er sich nicht auf Glatteis führen lassen. »Sie wollen darauf hinaus, dass ich ihn wegen der Konkurrenz umgebracht habe?«, hatte er ruhig zurückgefragt. »Ich hätte so einige Gründe gehabt, aber bestimmt nicht wegen seiner hässlichen polnischen Bernsteinketten.«

Wenn sie sah, mit wie viel Leidenschaft er seine Schmuckstücke gestaltete, zweifelte sie, dass ihn das Treiben seines Ex-Schwiegervaters so kalt gelassen hatte. Doch er blieb auffällig entspannt und verwies auf sein Alibi.

Darum hatte sich Mareike gekümmert und eine Schwachstelle im Bollwerk der Insulaner gefunden. Sie hatte ihr vom Gespräch mit der Gattin des Wattrockers, Caroline Prell, berichtet, und wie diese schallend gelacht hatte, als es um die Reparatur des Rettungsbootes ging.

»Was glauben Sie, wie oft das in den vergangenen Jahren schon repariert wurde. Das ist die Standardantwort der Inselmänner, wenn eine eifersüchtige Ehefrau zu viele Fragen stellt oder der Dorfpolizist.« So nannte sie die Wasserpolizei aus Cuxhaven, die für kleinere Ermittlungen zuständig war. »Die Männer stecken alle unter einer Decke«, hatte sie geschimpft. Dauernd würden die heimliche Treffen abhalten oder sich mit irgendwelchen Weibern vergnügen. »Sie glauben gar nicht, wie die Zugereisten hier auf Männerfang sind. Gerade die polnischen oder tschechischen Zimmermädchen wollen einen wohlhabenden Mann abkriegen. Aber das ist noch gar nichts, was denken Sie, wie die hinter einem Rockstar her sind«, hatte Caroline Prell gezetert. Unterschreiben wollte sie die Aussage allerdings nicht.

Mareike hatte Rike das Gespräch vorgespielt, das sie heimlich mit dem Handy aufgezeichnet hatte. Sie war zerknirscht, als sie ihr erklärt hatte, dass eine solche Aufnahme illegal war und somit nicht als Beweismittel taugte.

»Wir haben Grund, an Ihrem Alibi zu zweifeln«, hatte Rike versucht, Cors aus der Reserve zu locken, der jedoch schien völlig unbeeindruckt. Rike fragte sich, wie der Mann so ruhig bleiben konnte. War das alles nur gut geschauspielert oder hatte er ein reines Gewissen?

»Bitte, dann zweifeln Sie«, hatte er ohne jegliche Gefühlsregung gesagt. Es stimme aber, und er habe nichts hinzuzufügen.

Rike hatte ihn nach seiner letzten Begegnung mit Johann Stolten gefragt.

»Das müssen Sie doch in den Akten haben. Wir hatten eine politische Meinungsverschiedenheit«, hatte er völlig gelassen erklärt. Er hatte auch zugegeben, sich mit dem

Mann geprügelt zu haben, in der stressigen Wahlkampfzeit, als er Kandidat für den Wahlkreis Hamburg Mitte war, seien ihm die Nerven durchgegangen.

Nicht, dass er sich tatsächlich Chancen bei den Wählern ausgerechnet hatte, er wollte die Aufmerksamkeit der Presse für das Hafenprojekt und die drohende Zerstörung der einmaligen Landschaft, die durch die Wirren der Geschichte zu Hamburg gehörte. Da hatte Rike ihm zustimmen müssen, das war tatsächlich ein Grund, auch sie hatte bis vor Kurzem gar nicht gewusst, dass die Hansestadt diesen Vorposten in der Nordsee unterhielt.

Rike hatte eine Verschnaufpause eingelegt und suchte am Horizont das weiße und das rote Schiff, die zuvor hintereinander aus der Elbmündung in Richtung Meer gefahren waren. Sie entdeckte sie ganz im Nordwesten als winzige Punkte, die langsam aus ihrem Sichtfeld verschwanden.

Sie konnte sich nicht richtig vorstellen, dass diese Stille der Insel einem hektischen Hafenbetrieb mit gewaltigen Kränen und Tausenden Lastkraftwagen weichen und Kaianlagen mit vielbefahrenen Autostraßen durch das Watt führen sollten. Wahrscheinlich würde es dann gar keine richtigen Gezeiten mehr geben, keine Gänsescharen mehr, die zweimal im Jahr auf den Salzwiesen der Insel rasteten. Den Wählern war das Thema nicht wichtig genug, hatte Mark Cors enttäuscht feststellen müssen. Stolten war trotz seiner geplanten Umweltsünde gewählt worden.

»Und deshalb haben Sie das Problem dann anders gelöst«, hatte sie ihn provoziert, doch er war darauf nicht eingestiegen.

»Ja und was ändert das? Dann kommen 100 Neue von der Sorte nach. Geld, Geld, Geld, das Motto der Pfeffersäcke.« Sie hatte genau in seinem Gesicht geforscht, doch er war nicht nervös geworden, eher wütend, als er über die geldgierigen Befürworter des Hafenprojekts sprach.

Er hatte ein Motiv, das Alibi wackelte. Noch würden sie ihn nicht von der Liste der Verdächtigen streichen. Sie konnte seine Wut über die Planungen andererseits gut verstehen. Aber er hatte recht, selbst der Tod von Johann Stolten würde nicht dazu führen, dass dieses Projekt gestoppt würde. Es war nun einmal auf den Weg gebracht und hatte viele Anhänger, für die viel Geld auf dem Spiel stand. Vielleicht wäre der Todesfall für seine Parteikollegen sogar ein Anlass, die Hafenprojekte zu beschleunigen. Sie konnte sich auch nicht erinnern, dass jemals ein Umweltschützer zum Mörder geworden war, selbst wenn er noch so fanatisch war. Doch Cors wirkte ohnehin nicht wie ein Fanatiker, sie hätte vielen seiner Aussagen zustimmen können. Sie war den Pfad weiter gegangen, der an mit Prielen durchzogenem Schwemmland entlang führte, und stieg nun über eine Leiter, die vor dem Zaun stand, um auf eine Weide mit Pferden zu gelangen. Vor sich sah sie eine kleine weiße Hütte mit drei Fenstern auf jeder Seite, die extra eingezäunt war. Sie sah auf ihrer Karte nach, das musste das Badehaus sein. Im Inneren waren Holzbänke um einen Tisch, auf dem Besucher ein Muster aus Muscheln und Glasscherben geformt hatten, aufgestellt. Im Hinausgehen hob sie eine weiße Plastiktüte auf, die am Boden lag, um zu verhindern, dass diese ins Meer geweht wurde, und verstaute sie in ihrem Rucksack.

Als sie beschloss, weiter zu laufen, konnte sie Prinz nirgendwo entdecken. Vergeblich rief sie nach ihm, pfiff. Sie hoffte nur, dass er nicht nochmal eine Leiche gefunden hatte. Sie beschloss, auf den Deich zurückzukehren, und nahm einen Weg, der gerade über die Wiesen nach oben führte. Dann sah sie ihn vor sich, auf der anderen Seite des Deiches, wo er wie wild buddelte. Hinter ihm lag bereits ein größeres Häufchen Erde. Auf das Schlimmste gefasst ging Rike zu ihrem Vierbeiner. Was hatte er dieses Mal gerochen? Als sie ihn rief, kam ein Häschen aus dem Loch gesprungen, das den kurzen Moment der Unaufmerksamkeit nutzte, um sich in Sicherheit zu bringen. Brav kam Prinz angetrottet, und Rike war erleichtert. Sie holte sein grünes Krokodil aus dem Rucksack, doch er blieb wie angewurzelt stehen und steckte seine Schnauze knurrend, dann laut bellend in den Rucksack hinein.

»Hör auf zu betteln«, forderte sie ihn auf. Doch er regte sich noch mehr auf, bis sie die weiße Plastiktüte zutage förderte.

»Pfui«, sagte sie und gab ihm einen Nasenstüber, als ihr Blick in die Öffnung fiel und sie eine bräunliche Flüssigkeit entdeckte. Ob das Blut war? Sie würde Hendrichs um Rat fragen, was es mit dieser Tüte auf sich hatte. Sie nahm ein Taschentuch, um die Tüte genauer anzusehen. Unter einem Kamel vor einer Dünenlandschaft stand »Adventures Trekking«, sowie in kleinerer Schrift »100 Prozent biodegradable«.

Sie gingen weiter auf dem Deich entlang, das Meer hatte sich purpurn gefärbt, und die Sonne zerlief in den Wolken am Horizont. Sie kam an der Häuserzeile im Norden der Insel vorbei, wo die Häuser von Prell und König standen, dann sah sie, wie der letzte kleine Halbkreis der Sonne hinter dem Horizont verschwand. Wie kitschig schön, dachte sie, als sie mit dem Handy ein weiteres Seezeichen im Meer und den Radarturm im Gegenlicht aufnahm. Dann wurde sie nachdenklich und ging langsamer. Auf der Insel gab es zwar außer der Sicherheitsanlage im Turm keine Überwachungskameras, doch sie hatten eine Möglichkeit, die Bewegungen der Insulaner zu überprüfen. Sie mussten auch für den zweiten Mord die Radaraufzeichnungen überprüfen. Dass sie daran nicht früher gedacht hatte, ärgerte sie.

KAPITEL 32

Es war jetzt einige Zeit her, seit Galinowski das letzte Mal bei Rosie gesessen hatte. Sie begrüßte ihn mit einem schnöden »Auch mal wieder da?« Ganz anders als bei ihrem letzten Treffen, da hatte sie ihm gar nicht mehr von der Seite weichen wollen.

»Viel Arbeit«, entgegnete er, als sie ihm sein »Kuddel« servierte. Immerhin konnte sie sich noch an sein Lieblingsbier erinnern.

»Ach, mal wieder einen Kiezpaten jagen?«, fragte sie mit einem spöttischen Zwinkern, und er rutschte unbehaglich auf seinem Stuhl hin und her. Leider hatte sie seinen Fehlschlag also mitbekommen.

»Das war eine Intrige«, murmelte Galinowski. »Passt einigen Leuten nicht, dass ich so schnell Karriere mache.« Diese Schmach musste er irgendwie wieder gutmachen, er brauchte unbedingt Ermittlungsergebnisse, und zwar dieses Mal die richtigen.

Er dachte ohne Mitleid an Rosies Verlobten, der sicherlich auch kräftig eins auf den Deckel bekommen hatte. Er selbst hatte seinen Kopf noch halbwegs aus der Schlinge ziehen können, indem er behauptete, dass der Schreiberling sein Informant gewesen war. Schließlich hatte der Typ auch nicht gezögert, sein halblegal erlangtes Wissen in seiner Zeitung zu veröffentlichen, natürlich ohne ihn als Quelle zu nennen. Mittlerweile hatte sich das als Glücksfall erwiesen.

Ob der wohl bei seinem Journal auch in den Innendienst verdonnert worden war? Galinowski grinste bei dem Gedanken, dass Kalla Verkehrsmeldungen abtippen musste oder zu Arbeiten im Archiv abkommandiert war. Ihm ging es ja im Moment auch nicht viel besser. Wenn ihm etwas wirklich nicht lag, dann war es der Innendienst, und er sah momentan keine Chance, bald wieder aus diesem Hamsterrad des Aktenstudiums am Schreibtisch hinaus zu kommen. Aber als Vollblutbulle musste er auch diesen Part beherrschen, es war klar, dass nur er zur Lösung dieses Falls kommen würde. Und diesmal stand er wirklich kurz davor.

»Der Fisch stinkt vom Kopf, dahinter steckt ein gewaltiger Skandal«, flüsterte er Rosie ins Ohr. Noch einmal wollte Galinowski jedoch nicht den Ritt auf der Rasierklinge wagen, diesmal würde er seine Ermittlungsergebnisse ganz brav bei Roth abliefern und nicht aus Versehen in dem Schmierblatt verbreiten lassen.

»Das klingt ja spannend. Fast wie in einem echten Thriller«, hauchte Rosie und stellte ihm eine zweite Flasche auf den Tisch. »Der geht aufs Haus«, flötete sie, setzte sich ihm gegenüber und schaute ihn erwartungsvoll an. »Was hast du denn herausgefunden?«

»Rosie, ich kann dir wirklich nichts sagen.« Es fiel ihm jedoch sehr schwer. »Ich arbeite Tag und Nacht, denn ich bin ganz auf mich allein gestellt, die anderen machen sich eine gute Zeit an der Nordsee«, jammerte er.

»Du Armer«, seufzte Rosie nochmal, »was tut man denn so den ganzen Tag als Polizist? Ich wüsste gar nicht, was man da ermitteln muss.«

Sie versuchte wirklich auf jede erdenkliche Weise, ihn zum Reden zu bringen. Wie süß sie ihn dabei anschaute, er konnte ihr ja einige allgemeine Fakten über die Polizeiarbeit erzählen.

»Man muss natürlich die persönlichen Unterlagen durchgehen, die Besitzverhältnisse prüfen, Kontounterlagen und den Terminkalender. Ich bin da auf eine ganz große Überraschung gestoßen. Da sind Leute unglaublich reich geworden, und wie streng die Naturschutzregeln im Nationalpark wirklich ausgelegt werden, das hängt in Hamburg ganz stark vom Kontostand ab. Wenn man genug Geld hat, kann man selbst im Vogelschutzgebiet eine Villa hinklotzen. Da passieren wirklich ganz unglaubliche Dinge«, erklärte er Rosie, die an seinen Lippen hing.

»Ach wirklich?« Er fand ihren Blick unwiderstehlich.

»Ein gewöhnlicher Bürger kann zum Beispiel niemals eine Immobilie auf der Insel Neuwerk erwerben, der Staat hat ein Vorkaufsrecht, und wenn jemand sein Geschäft aufgibt oder wegzieht, darf eigentlich nur die Hansestadt das Haus übernehmen. Es sei denn, man hat eine Ausnahmegenehmigung vom zuständigen Senator.«

Aber jetzt hatte er eigentlich schon zu viel gesagt. Er schärfte Rosie noch einmal ein, ihrem Verlobten diesmal kein Sterbenswörtchen zu verraten, und sie sah ihn wieder einmal so innig an, dass ihm die Knie weich wurden.

»Wo denkst du hin, du hast mir ja eigentlich gar nichts erzählt.« Beruhigt ging er zurück an seinen Schreibtisch und schrieb seinen Bericht für Roth. Auch wenn er sich einen Schnitzer geleistet hatte, er wusste nun, worum es bei den

Morden ging. Die drei Kollegen auf der Insel hatten nichts auf die Reihe bekommen. Die Menkendorf hatte zuletzt in der Besprechung, der er über Skype zugeschaltet war, irgendetwas von Seefahrern gefaselt. Eine blühende Fantasie hatte die Frau, wahrscheinlich war sie schon so verzweifelt, dass sie sich dieses Zeug aus den Fingern saugte. Der Chef würde schon noch einsehen, was für ein unentdecktes Talent in ihm schlummerte.

*** *Schweigend standen die zwei Männer am Strand, ihre Blicke auf das Meer gerichtet. Das kleine Schiff mit dem Grablicht hüpfte auf den Wellen hin und her, wurde kleiner, bis der leuchtende Punkt am Horizont verschwunden war. »Noch ein Kamerad in nicht einmal einer Woche«, sagte der hochgewachsene Mann, der seine Gitarre so liebevoll wie ein Baby umschlungen hielt. »Ich habe Angst, dass wir die Nächsten sind.«*

Sein kleinerer Begleiter legte ihm den Arm um die Schulter. »Du musst mir vertrauen und Ruhe bewahren, mein Bruder. Dann wird dir nichts geschehen.«

Der Hüne nahm seine Gitarre zur Hand und schlug die ersten Akkorde an.

»Lass uns für unseren Bruder singen.« Brummend stimmten beide ihr Lied an, der Wind trug die Melodie über den fast glatten Meeresspiegel, während das Schiffchen sich am Horizont entfernte und eins wurde mit der silbernen Oberfläche der Weltmeere.

»Leb wohl, Bruder«, sagte der Kleinere dann. Noch lange standen sie mit gesenkten Blicken am Strand. Als das Licht nicht mehr zu sehen war, verschwanden die Schatten in der Dunkelheit.

KAPITEL 33

Rike war ausnahmsweise froh, sich auf Hamburgs weit entferntem Außenposten zu befinden, denn das ersparte ihr den unangenehmen Besuch in den Räumen der Pathologie. Deshalb flackerte Professor Dippold jetzt auf ihrem Bildschirm im Ratsherrensaal bei einer Telefonkonferenz.

»Gerne hätte ich die Ergebnisse persönlich überbracht, aber die Kundschaft wartet.« Er deutete auf das Kühlregal hinter sich, und Rike rang sich ein gequältes Lächeln ab. Immer diese Pathologenscherze.

»Nun, wir haben weder Kosten noch Mühen gescheut, Frau Kollegin«, fing der Professor an, und Rike wurde zunehmend ungeduldig. Sie traten noch immer auf der Stelle. Zwar hatten sie zwei Verdächtige, allerdings hatte Conelly für den zweiten Fall ein bombenfestes Alibi.

Der Schmuckhändler Mark Cors hätte zwar ein Motiv für beide Fälle, und sein Alibi schien eher zweifelhaft, doch wollte Rike sich nicht ein zweites Mal zu schnell auf den falschen Verdächtigen festlegen. Irgendwie glaubte sie nicht daran, dass Mark Cors zu einer solchen Tat fähig war. Doch wenn sie mit ihrer Intuition argumentierte, hatte sie bei Karl Roth schlechte Karten. Es ging einzig und allein darum, beweisbare Fakten zu sammeln, hatte er ihnen immer wieder eingeschärft. Sie hatte die Mimik von Cors während der Vernehmung genau beobachtet, und er wirkte in keiner Weise nervös oder so, als wolle er sich verstellen. Ganz anders als Conelly, nachdem sie ihn mit dem Schädel aus dem Museum konfrontiert hatten. Sie hatten auch zwischen den beiden keinerlei Verbindungen feststellen können.

»Was haben Sie denn für mich?«, wollte sie von Dippold wissen, der offenbar die Spannung steigern wollte.

»Schauen Sie mal hier.« Er ließ die Kamera auf einem kleinen blauen Punkt auf dem Oberschenkel des Opfers verweilen. Eine solche Stelle hatte er auch beim anderen Opfer nachweisen können.

Rike schien das ziemlich unspektakulär, das musste der Gerichtsmediziner wohl an ihrem gelangweilten Blick erkannt haben.

»Das könnte direkt zur Lösung Ihres Falles führen, Frau von Menkendorf«, beharrte der Pathologe. Diese kleine Einblutung, etwa drei Millimeter im Durchmesser, habe sich um eine Einstichstelle gebildet, und diese sei sehr groß für eine einfache Kanüle. Er hatte eine Hypothese aufgestellt und diese selbst an seinem eigenen Oberschenkel ausprobiert. Er wedelte mit den Aufnahmen von diesen Tests an sich selbst, auf denen ebenfalls kleine blaue Punkte auf der Haut zu sehen waren.

»Sie vergeben mir hoffentlich, wenn ich jetzt nicht das Original vorführe, aber das ginge denn doch zu weit.« Der Professor schien wohl seinen witzigen Tag zu haben.

Eine Einblutung in gleicher Größe sei entstanden, als seine Assistentin ihm einen Pfeil mit Druckluft auf den Oberschenkel geschossen hatte. Er schwenkte das Blasrohr triumphierend vor der Kamera. Daraufhin hatte er beim Opfer eine Gewebeprobe untersucht und darin Rückstände von einem Arzneimittel gefunden, nämlich Detomidinhydrochlorid in hoher Konzentration.

»Kann er das auch selbst eingenommen haben?«, wollte Rike wissen.

Der Professor lächelte. »Eher nicht. Das wird beispielsweise Nashörnern verabreicht, wenn man mit ihnen kuscheln möchte. Also, wenn der Tierarzt die Hufe beschneidet oder ein Umzug in einen anderen Zoo ansteht. Das Tier kann mit einer relativ kleinen Menge des Medikaments für eine Dreiviertelstunde in einen tiefen Schlaf versetzt werden.«

»Und beim Menschen funktioniert das genauso?«

»Ganz genauso, außer dass die Menge, die ein Nashorn zur Beruhigung bekommt, einen Menschen in die ewigen Jagdgründe befördert, wenn er kein Gegenmittel erhält.«

Ein Gegenmittel klang fast ein wenig nach Zauberei, fand Rike. Der Professor musste ihren zweifelnden Gesichtsausdruck bemerkt haben. »Das kann notwendig sein, da manche Tiere das Mittel nicht vertragen und ihr Blutdruck zu stark abfällt. Dann muss man das Gegenmittel spritzen, damit sie nicht kollabieren.« In dem Fall wurde jedoch eindeutig auf die rettende Spritze verzichtet.

Der Effekt des Tiernarkotikums setze erst nach zehn bis 15 Minuten ein. Deshalb sei dies ein ungewöhnliches Medikament in einem Mordfall, in der Zeitspanne zwischen dem Treffer und dem Einsetzen der Wirkung hätten die Opfer ja beispielsweise noch den Täter angreifen oder sich wehren können. Der Täter ist also ein gewisses Risiko eingegangen.

Allerdings wäre eine Rettung der Opfer auf der Insel ohne das richtige Gegenmittel unmöglich gewesen, Rettungshubschrauber oder die Polizei vom Festland hätten die Opfer niemals rechtzeitig erreichen können.

»Warum der Täter ein solches Mittel wählt, das die Opfer nicht gleich lahmlegt, müssen Sie allerdings selber herausfinden«, erklärte Dippold.

»Wäre es denkbar, dass der Täter das Mittel bereithielt und die Opfer praktisch damit erpresste?«, überlegte Rike laut.

»Das wäre möglich, er könnte eine Information oder eine Handlung verlangt und im Gegenzug das Gegengift versprochen haben. Am Ende hat er es jedenfalls nicht eingesetzt.«

Dann kündigte er noch einen weiteren interessanten Hinweis an. Dippold schien so richtig in seinem Element zu sein.

»Das Mittel gibt es in unterschiedlicher Konzentration. Bei einem Nashorn braucht man eine so starke Konzentration, dass es für den Tierarzt schon gefährlich ist, wenn er sich nur aus Versehen ein klein wenig mit der Kanüle in die eigene Hand sticht«, erklärte er. »Wenn im Zoo ein solcher Pfeil zur Tierbetäubung verwendet wird, sitzt immer jemand mit dem Gegenmittel daneben. Schon eine ganz winzige Menge in dieser Konzentration könnte tödlich sein.

Bei Johann Stolten hatte der Täter eine so hohe Konzentration verwendet, dass selbst ein Nilpferd nicht mehr aufgewacht wäre. Das Opfer ist also einem Kreislaufversagen wegen der hohen Dosierung erlegen.«

Rike überlegte. Der Täter hatte Johann Stolten mit dem Betäubungspfeil umgebracht und den Kopf post mortem abgetrennt.

Dippold bestätigte das, machte dann jedoch eine Einschränkung. »Im ersten Fall ist der Täter etwas anders vorgegangen.«

Er schwenkte die Kamera auf den Nebentisch und zog das Laken weg. Dort lag Peter Hein, das erste Opfer. Er deutete auf dessen Oberschenkel.

»Das gleiche Muster. Aber es gibt einen entscheidenden Unterschied: Die Mischung war in diesem Fall niedriger dosiert und nicht tödlich.« Das hätten auch die Untersuchungen am Tatort im Gewölbe des Turms bestätigt, denn Peter Hein habe nach dem Abtrennen des Kopfes deutlich weniger Blut verloren als das zweite Opfer. »Ein lebender

Körper schließt die Blutgefäße wieder, sodass der Verlust begrenzt wird. Ansonsten zeigen die beiden Taten ein ähnliches Muster, vermutlich kamen die gleichen Mordwaffen zum Einsatz. Ein Schwert oder Langmesser mit einer extrem scharfen Klinge, denn der Kopf ist mit einem einzigen Hieb abgetrennt worden. Ebenso hat der Täter die gleichen handgeschmiedeten Nägel verwendet, um die Köpfe zu befestigen.« Dippold hatte diese Metallstücke mit den Nägeln verglichen, die in den alten Piratenschädeln steckten. Der Täter hatte offenbar versucht, die historischen Vorbilder nachzuahmen.

»Eine Frage ist natürlich, warum der erste Tote so viel grausamer umgebracht wurde als der zweite. Der Täter schien sich in jedem Fall mit dem Medikament auszukennen, das war also vermutlich kein Zufall.

Bei lebendem Leibe enthauptet, so etwas habe ich in meiner gesamten Laufbahn noch nicht mit eigenen Augen gesehen, jedenfalls nicht in unseren Breiten. Ich wünsche Ihnen Mut und Erfolg, Kollegin. Auf Wiedersehen sage ich lieber nicht, denn dann hätten Sie schon wieder einen Fund gemacht.«

Rike hatte noch eine entscheidende Frage. »Woher bekommt man diese Medikamente?«, wollte sie wissen.

»Fragen Sie einfach den Tierarzt Ihres Vertrauens«, antwortete Dippold. Aber auch ein Landwirt könnte nach seiner Einschätzung über einen gewissen Vorrat verfügen. Das Mittel wurde für alle Großtiere eingesetzt, beispielsweise auch für Kühe oder Stiere.

Rike überlegte, wie sie sich diese Information zunutze machen konnten, denn die halbe Insel stand voller Kühe. Sie mussten herausfinden, ob einer der Kuhbesitzer dieses Medikament im Einsatz hatte.

KAPITEL 34

Der Wattrocker schien seit ihrer letzten Begegnung um Jahre gealtert. Nachdenklich musterte Margo Jo Prell und hoffte, dass er offen mit ihr sprechen würde. In der Tasche hatte sie den Brief aus dem Genlabor in der Schweiz, auf den sie schon lange gewartet hatte. Der Inselbriefträger hatte sie sehr neugierig angesehen, als er das Schreiben überreicht hatte, doch Margo hatte gewartet, bis die Turmtür ins Schloss gefallen war, bevor sie den Brief mit den lange erwarteten Testergebnissen geöffnet hatte.

Margo musste darüber unbedingt mit jemandem reden, der ihre Mutter gekannt hatte. Sie hatte das Frühstücksbüffet aufgebaut und sich dann ein Fahrrad genommen, das unangeschlossen am Leuchtturm lehnte. Sie war am Kaufmannsladen vorbeigefahren und links auf den Mittelweg abgebogen, um auf dem schnellsten Weg in den Norden der Insel zu gelangen. Jo Prell müsste schließlich am besten über die damaligen Ereignisse Bescheid wissen.

Eine klare Antwort ergab sich aus den Laborergebnissen, die sie aus der Schweiz erhalten hatte, nicht. Von den zwei Proben, die sie eingesandt hatte, waren beide im ersten Test negativ ausgefallen. Eine verwandtschaftliche Beziehung zwischen Vater und Kind war nach der Analyse in beiden Fällen ausgeschlossen, hieß es in dem Schreiben.

Im ersten Fall war sie sogar erleichtert. Während ihres Besuches bei Peter Hein hatte sie im Badezimmer ein paar Haare von seiner Bürste eingesammelt und diese eingeschickt. Sie war froh, dass er nicht ihr Vater war und keinerlei verwandtschaftliche Beziehungen bestanden. Sie hatte

Hein als Nachbarn respektiert, doch gemocht hatte sie ihn nicht, dafür war der Mann zu sehr Kaufmann mit Leib und Seele, der sich ganz und gar dem schnöden Mammon verschrieben hatte. Schon ihre Wirtin hatte sie vor den Apothekenpreisen in dem kleinen Laden gewarnt, in dem die echten Insulaner niemals einkauften. Viele Lebensmittel kosteten doppelt so viel wie auf dem Festland. Der Transport war ohne Zweifel aufwendig, doch alles in allem verdiente der Mann offenbar prächtig auch an seinen Fischbrötchen und dem Alkoholausschank. Er war als Ladenbetreiber eine Art Monopolist, und das nutzte er weidlich aus, fand zumindest Hillu. Sie hatte von Gerüchten erzählt, nach denen er mehrfacher Millionär war. Margo war dennoch froh, dass es keine familiäre Bande zwischen ihnen gab, von seiner Tochter Barbara Hein ganz zu schweigen.

Bei der zweiten Probe, einem Taschentuch von Jo Prell, das sie an einem Abend im »Seemannsgarn« heimlich eingesteckt hatte, gab es aber ein interessantes Resultat. Die Analyse des Erbgutes ergebe ein enges Verwandtschaftsverhältnis, hieß es in dem Schreiben. Margo hatte dazu ihre eigene Theorie und war gespannt, was der Wattrocker dazu sagen würde.

Sie fand Jo Prell wieder in der überdachten Nische hinter dem Pferdestall zwischen seinem Grundstück und dem Anwesen von Kai-Uwe König, wo die Kutscher ausgemusterte Bänke aus den Wattwagen als Sitzgelegenheit aufgestellt hatten. Seine Gitarre lag neben ihm, der Musiker hatte blutunterlaufene Augen, tiefe Augenringe und starrte mit düsterem Blick ins Leere.

»Die schöne Leuchtturmwärterin«, begrüßte er sie, als sie vor ihm stand. Er sprach verwaschen, und sie roch eine starke Alkoholfahne, er musste am Vormittag schon eine erhebliche Menge getrunken haben.

Sie zögerte, setzte sich dann aber doch neben ihn und holte das Bild aus der Tasche, das die Gruppe der Jugendlichen zeigte. Sie hatte beschlossen, ganz direkt zu sein. »Das ist Renata, meine Mutter« – sie zeigte auf die junge Frau auf dem Bild – »erinnern Sie sich?«

»Also wenn Sie mir eine Vaterschaft anhängen wollen, falsche Adresse. Da wären Sie nicht die Erste. Ich bin sterilisiert, schon seit über 30 Jahren«, lallte er und griff nach einer hinter der Bank stehenden Bierflasche, aus der er einen tiefen Schluck nahm.

»Sie können nicht mein Vater sein, auch wenn Sie das vielleicht gerne sein wollen, aber wir sind mit ziemlicher Sicherheit verwandt«, parierte sie.

Doch er sah sie nur verständnislos mit seinen blutunterlaufenen Augen an.

Margo fragte sich, ob es eine gute Idee war, den betrunkenen Mann anzusprechen. Doch vielleicht würde der Alkohol ja seine Zunge lösen.

»Ich wüsste gerne mehr über Tim«, sagte sie. »Meine Mutter und er waren zumindest Freunde, wenn nicht noch mehr.«

Prell nahm Tabak und Zigarettenpapier aus der Tasche, verteilte die Brösel auf dem weißen Viereck und streute noch ein harziges Gemisch darüber, das er einem kleinen Päckchen aus Alufolie entnahm.

»Ich brauch das zur Meditation, das ist zu 100 Prozent natürlich und besser als jede Medizin«, sagte er zur Erklärung. Als würde sie wegen eines Joints ein Drama machen.

Sie sah, wie seine Gedanken arbeiteten, dann steckte er sich seine selbstgedrehte Filterlose mit Einlage an, die angenehm würzig roch.

»Mein Bruder war das Liebste, was ich auf der Welt hatte«, begann er voll Trauer in der Stimme zu erzählen. Tim war ein Jahr jünger als Jo, aber so begabt, dass er im gleichen Jahr sein Abitur abschloss wie Jo seine Mittlere Reife. Er war der Erste in der Familie, der das Abitur hatte. Immer in den Abendstunden hatte ihm der Lehrer Zusatzunterricht gegeben, Tim war an einem Fernlern-Gymnasium angeschlossen und schloss als bester Hamburger Abiturient seines Jahrgangs ab.

»War meine Mutter seine Freundin?«, fragte Margo. Doch der Sänger sah sie verständnislos an.

»Nein, das war Brigitte! Die beiden hätten geheiratet, das war ganz sicher.« Brigitte war damals, bevor Renata auf die Insel gekommen war, das einzige Mädchen ihres Alters. Und Tim war der Glückliche gewesen, dem sie ihr Herz schenkte.

»Wir waren alle ein bisschen in Brigitte verliebt, und der Peter hat immer wieder versucht, bei ihr zu landen. Aber das hat er dann erst nach dem Tod von Tim geschafft.« Renata hatte das Gefüge durcheinandergebracht, alle aus der Altersgruppe hatten sie bewundert und schüchtern verehrt. Aber sie war ihnen auch immer ein Stück unerreichbar erschienen, sie fühlten sich ihr gegenüber als kleine Dorfjungs, mit denen sie zwar befreundet war, aber mehr auch nicht. Renata war schon damals eine Frau von Welt. Sie war viel mit Tim und Brigitte zusammen. Über eine Freundschaft war das aber niemals hinausgegangen, da war sich der Sänger sicher. Er traute seinem Bruder auch nicht zu, dass er Brigitte betrogen haben könnte.

»Die beiden hatten zwar öfter Streit, aber in welcher Beziehung gibt es das nicht. Er wäre weder untreu geworden noch hätte er sie jemals verlassen«, sagte er schließlich nach einem Moment des Schweigens.

Das schien Margo unerklärlich, denn jemand anderes kam als potenzieller Vater nicht infrage. Ob Tim damals seinem

Bruder nicht die Wahrheit gesagt hatte? Renata wäre mit Sicherheit niemals ein Verhältnis mit dem Vater der beiden eingegangen. Das hätte ganz und gar nicht den Moralvorstellungen ihrer Mutter entsprochen.

»Könnte Ihr Vater damals ein Verhältnis gehabt haben?«, fragte sie ihn dennoch.

»Niemals, der war leidenschaftlich in unsere Mutter verliebt bis an ihr Lebensende. Und hat auch nach ihrem Tod niemals mehr eine andere Frau angesehen.« Jo Prell schien regelrecht empört. Und einen weiteren Bruder oder Cousin gab es nicht, also auch keine andere Variante, die das Ergebnis erklären würde.

»Übrigens, falls Sie auf meine Mutter als Ehebrecherin spekulieren, sind Sie genauso auf dem Holzweg«, fügte er noch hinzu. Aber das hätte rein biologisch nur wenig Sinn gemacht, sie suchte einen Mann in der Familie.

Das Ergebnis blieb für Margo ein Rätsel. DNA lügt schließlich nicht. Doch sie fürchtete, dass er sich einem Gespräch entziehen würde, wenn sie weiter insistierte. Es gab noch einen Punkt, den sie klären musste.

»Was ist denn damals geschehen, als Tim starb?«, wollte sie wissen.

Er schüttelte traurig den Kopf. »Das ist eine lange Geschichte, die eigentlich ganz harmlos anfing. Wir anderen waren richtig wilde Rabauken, nur Blödsinn im Kopf.« Schon als Kinder waren er und seine Freunde von Piratengeschichten fasziniert, als Jugendliche hatten sie die Likedeeler gegründet, eine Piratenbande. Sie hatten einander Blutsbrüderschaft geschworen und die Insel und das Wattenmeer unsicher gemacht.

»Am Anfang haben wir nur harmlose Dinge unternommen wie nächtliche Treffen am Strand oder Erkundungen der unterirdischen Gänge am Leuchtturm.« Er lachte, als er von einem Floß erzählte, das beim ersten Einsatz fast sofort auseinandergebrochen war. Auch ein paar Verstecke hatten sie angelegt und Schätze vergraben, aufgelesene Steine in Blechdosen.

»Doch dann kam Hannes auf die Insel und lachte uns wegen unserer Kindereien aus. Er hatte in Hamburg ein paar richtig schräge Dinger gedreht, Autos geklaut, und war von der Schule geflogen. Deshalb hatten seine Eltern ihn auch auf die Insel geschickt, sie meinten, dass er weit weg von der Großstadt wieder auf die rechte Bahn zurückfinden würde. Er stachelte uns an, dass wir doch Piraten werden könnten, wir sprachen von nichts anderem als dem Kapern von Schiffen. Vorerst wollten wir das an einem angespülten Exemplar üben.« Margo hörte gespannt zu, denn er sprach ausgerechnet von dem Winter 1978, als auch Renata auf der Insel war. Innerhalb kurzer Zeit seien damals mehrere Schiffe auf den Sandbänken um die Insel gestrandet.

»Wir haben da immer alles weggetragen, was nicht niet- und nagelfest war«, setzte er seine Erzählung fort. Vor allem die sogenannten Freilager in den Schiffen internationaler Reeder, in denen zollfreie Waren wie Tabak und Alkohol gelagert wurden, räumten sie aus. Einmal stießen sie auch auf einen Container mit grünem Kraut, das sehr würzig roch. »Cannabis, wir kannten das ja damals gar nicht.« Er lachte. Das hatten sie in den unterirdischen Gängen des Leuchtturms versteckt und dann immer um Mitternacht auf dem kleinen Friedhof geraucht. »Das waren gute Zeiten. Bevor wir unsere Bande gegründet haben, haben wir uns manchmal fürchterlich gelangweilt.« Seine Gedanken schienen in die Vergangenheit abgeschweift, er nahm einen tiefen Zug von seiner Selbstgedrehten und sprach dann weiter.

»Übrigens waren schon unsere Vorfahren Piraten, viele Generationen lang. Sie wären sonst glatt verhungert. Mein Großvater hat regelmäßig Schiffsladungen geborgen.« Er lächelte stolz. »Das war mein großes Vorbild. Mit 80 hat der noch seinen letzten richtig großen Coup gelandet, das war 1969. Da war die ›Emmanuel M.‹ gestrandet, ein riesiger griechischer Frachter. Mit seinem Freund hat der alles weggetragen bis auf die letzte Schraube. Das hätten Sie mal sehen sollen, wie die beiden Alten an der Ankerkette hoch sind«, schwärmte Prell. Er war als kleiner Junge dabei gewesen und hatte zugesehen. »Wir träumten davon, in seine Fußstapfen zu treten.«

Sie zeigte ihm die beiden Bilder, die sie von der damaligen Bande hatte. »Sind das die Neuwerker Likedeeler?«

Er sah die Aufnahmen an, und seine Miene hellte sich deutlich auf.

»Ach, was waren wir jung und schön, jetzt sind wir nur noch schön.«

»Und wer sind die Schönheiten?«

Er fuhr mit dem Finger über das Bild, das sie von Hein mitgenommen hatte.

»Den erkennen Sie ja wohl.« Er deutete auf den dicklichen Jungen ganz links, unverkennbar Peter Hein. Daneben stand, genauso gut erkennbar, mit demselben finsteren Gesichtsausdruck wie heute Kai-Uwe König. Der dritte sah deutlich jünger aus. »Hannes, da war er frisch bei seiner Tante angekommen. Seine Eltern hatten ihn hergeschickt, nachdem er sitzengeblieben war.« Ganz rechts stand Jo, der mit den Zigaretten im Mund. »Und hier mein kleiner Bruder mit den zwei Grazien.« Er deutete auf den strohblonden zierlichen Jungen, der lächelnd zwischen Brigitte und Renata stand, die jede einen Arm um seine Schultern gelegt hatten.

»Tim war auch einer der Piraten?«, wollte Margo wissen. Nach allem, was sie über den Jungen gehört hatte, fand sie das eigentlich unwahrscheinlich.

»Nicht wirklich, und wenn, dann war er nur bei den ganz harmlosen Streichen dabei, um mir eine Freude zu machen. Wir standen uns sehr nah, wir waren fast wie Zwillinge. Ansonsten war das einfach nicht sein Ding.« Sein Bruder war ehrlich und ein sehr braver Junge. Die Jungs nannten ihn manchmal den kleinen Professor, denn er saß immer gerne über seinen Büchern, wenn er nicht gerade mit Brigitte Händchen hielt. Trotzdem war Tim nicht unbeliebt. Er war nicht der typische Streber, sondern er teilte sein Wissen mit den anderen. Und er lernte leidenschaftlich gerne, begeisterte sich für die Welt der Wissenschaft.

»Ist Tim mit den Piraten ums Leben gekommen?« Sie sah, wie sein Gesicht geradezu von Traurigkeit umwölkt wurde. Er hatte seine Selbstgedrehte gedankenverloren so weit geraucht, dass er sich fast die Fingerspitzen verbrannte. Er zuckte zurück, warf den Rest erschrocken auf den Boden und trat ihn aus.

»Es ist meine Schuld, allein meine Schuld.« Seine Stimme war kaum noch hörbar, seine Augen wurden von Tränen überschwemmt.

»Ich werde dir etwas erzählen, was ich vor dir noch keinem erzählt habe. Komm morgen wieder, unbedingt drei Stunden vor Niedrigwasser. Auch wenn du bestimmt nicht seine Tochter bist.« Er sah sie aufmerksam an, betrachtete ihr Gesicht und fuhr mit der Hand darüber, so wie ein Blinder das getan hätte, und sagte dann so leise, dass sie es fast nicht verstanden hätte: »Aber es wäre schön, wenn du es wärst.«

KAPITEL 35

Diesen Besuch hatte Rike bislang aufgeschoben, denn der Mann galt als ausgesprochener Hundehasser, an dem sie sich immer so gut wie möglich vorbeimogelte. Sie erinnerte sich noch, wie Kai-Uwe König sie vor dem Naturschützer gewarnt hatte, als sie mit Prinz am Ufer gestanden hatte und er sie abholen kam. »Er ist ein kompletter Fanatiker, wenn es um seine Gänse geht. Er hat schon mal einen Hund von Urlaubern abschießen lassen, weil der gewildert hatte.«

David Jansen war der Ranger auf der Insel und Chef des Nationalparkhauses, er war der Statthalter des Nationalparks und setzte dessen Auflagen beinhart durch. Seit das Wattenmeer zudem noch als UNESCO-Weltnaturerbe geführt wurde, waren die Auflagen für Landwirte und Hoteliers noch strenger geworden. Da gab es sicher auch zahlreiche Konflikte, wie sie andeutungsweise bei ihren Gesprächen erfahren hatten. Es wäre eine sträfliche Nachlässigkeit, ihn nicht als Zeuge zu befragen.

Sie hatte nach ihrem Ausflug an die Ostbake nochmals die Tatorte auf einer Karte angesehen und festgestellt, dass er genau zwischen den ersten beiden Fundorten wohnte. Das Nationalparkhaus grenzte mit der Rückseite an den Friedhof der Namenlosen, direkt auf der anderen Seite des Mittelweges befand sich der Kaufmann, der Leuchtturm war etwa 60 Meter entfernt. Jansen hatte seine Privatwohnung unter dem Dach über der Ausstellung und hätte beide Orte einsehen können.

An seinem Arbeitsplatz im Nationalparkhaus traf Rike nur einen verschlafenen jungen Mann mit filzigen Dreadlocks an, der auf seiner Computer-Tastatur tippte. Seit Ende Oktober ging es auch bei den Naturschützern ruhiger zu, keine lärmenden Schulkinder, die durch die Ausstellung tobten, keine Touristengruppen vor dem Eingang, die auf eine Führung durch das Watt warteten.

»Oh, unsere Freundin und Helferin von der Polizei auf Besuch«, sagte der Zottelkopf grinsend, als er Rike entdeckte.

Er erklärte ihr dann, wie sie David Jansen finden würde. Er war gerade zu einem Kontrollgang durch das östliche Vorland der Insel aufgebrochen. »Vogelzählung und Spülsaumkontrolle, wenn Ihnen das was sagt.« Das sagte Rike zwar nichts, aber sie wollte dem vorlauten jungen Mann auf keinen Fall die Gelegenheit geben, sich noch weiter wichtig zu machen.

Rike beschloss, David Jansen bei seinem Kontrollgang aufzusuchen. Sie nahm Prinz an die Leine, lief am kleinen Inselfriedhof vorbei auf den Deich und schlug den Rundweg in östlicher Richtung ein. Das Meer plätscherte ruhig vor sich hin, der Himmel war ungewöhnlich diesig, die Sicht reichte gerade, um die Hochhäuser vom Sahlenburger Ufer am Festland umrisshaft und die Schiffe vor der Insel als Schatten zu erkennen. Sie kam an einer dreistöckigen großen Villa mit einer Fachwerkfassade vorbei, die schon bessere Tage gesehen haben musste. Der Anstrich blätterte, aber noch war der Name »Meereswoge« gut lesbar. Das musste das ehemalige Luxushotel sein, das pleitegegangen war. Prinz hatte sie schon mehrmals angestupst, denn er spürte wohl, dass sie ihm nicht die gleiche Aufmerksamkeit schenkte wie sonst. Rike hing ihren Gedanken nach. Sie kam seit Tagen in ihren Ermittlungen nicht voran. Gegen ihren Hauptverdächtigen Paul Conelly hatten sich keine neuen Ansatzpunkte ergeben, die Beweislage schien ihr zwar im ersten Fall nach wie vor erdrückend zu sein, doch im zweiten Fall kam er nicht als Täter infrage. Daneben hatten sie verschiedene mögliche Motive für die Morde am ersten oder am zweiten Opfer herausgefunden, doch alle infrage kommenden Insulaner, darunter auch Mark Cors, hatten ein Alibi. Auch wenn die Gattin von Jo Prell die Reparaturarbeiten in Zweifel zog – noch konnten sie nicht widerlegen, dass sich die männlichen Inselbewohner im Feuerwehrhäuschen befunden hatten. Vielleicht würde ja der Naturschützer von den Aussagen seiner Feuerwehrkollegen abrücken. Sie hatte mittlerweile auch die Überwachungsdaten des Radarturms von den Kollegen angefordert, doch in den betreffenden Nächten waren keine Fahrzeugbewegungen festgestellt worden, auch einen Wattwagen hätte das Radar aufgezeichnet, kleinere Gegenstände oder gar Personenbewegungen konnten zu ihrem Bedauern nicht erfasst werden. Ohnehin dürfte dies nicht zulässig sein und die Bewohner hätten mit Recht gegen eine solche Rundumüberwachung protestiert.

Sie sah den Biologen durch sein Fernglas auf das Labyrinth der kleinen Wasserläufe schauen, auf denen es von Vögeln wimmelte. Konzentriert zählte er und vermerkte die Ergebnisse auf einer Liste.

»Hallo«, antwortete er knapp auf ihren Gruß, ohne sich zu ihr umzudrehen, und zählte dann weiter. Schließlich drehte er den Kopf von dem Gerät, das auf einem Stativ stand, zu ihr hin und sah sie fragend an. Sie stellte sich vor und bat ihn, kurz einige Fragen zu beantworten. Dann fiel sein empörter Blick auf Prinz, den er zuvor nicht bemerkt hatte.

»Hier ist Naturschutzgebiet Zone II und ich bin mitten in der Vogelzählung, müssen Sie Ihren Köter eigentlich überall mit hinschleppen? Wie ein Polizeihund sieht der nicht aus.« Prinz hatte offenbar verstanden, dass von ihm die Rede war. Freundlich schwanzwedelnd war er an den Ranger herangetreten und beschnüffelte ihn. Der Charme verfing allerdings nicht, mit einer abwehrenden Bewegung scheuchte er den Vierbeiner weg, der wegen der Fuchtelei zu knurren begonnen hatte. Rike machte ihm ein Zeichen, Ruhe zu geben, und hoffte, dass er ihr ausnahmsweise gehorchen würde.

»Wir arbeiten noch daran«, sagte Rike, doch mit dem Mann war eindeutig nicht zu scherzen, wenn es um Naturschutz ging. Sie fragte ihn lieber nach der Spülsaumkontrolle, um das Thema zu wechseln.

Er zeigte in Richtung Norden, wo ein Praktikant, wie er sagte, mit einem zweiten Fernglas am Ufer stand. Dessen Aufgabe war es, an einem Strandabschnitt sämtliche angespülten Gegenstände zu zählen. »Das geht von der toten Robbe bis zu Plastikteilen. Leider bestehen unsere Funde zum allergrößten Teil aus nicht biologisch abbaubarem Müll«, erklärte er. Die Gegenstände würden dann gewogen und vermessen und in einer Statistik erfasst.

»Das klingt ein wenig nach einem Beschäftigungsprogramm für gelangweilte Biologiestudenten«, bemerkte sie. Doch das wollte der Ranger nicht gelten lassen. »Das ist eine höchst wissenschaftliche Methode zur Langzeitbeobachtung der Müllbelastung der Meere, aber auch um Daten zur Sterblichkeit von bestimmten Tierarten zu gewinnen«, widersprach er mit empörtem Blick. Sogar international werde dies so gehandhabt, es handle sich um eine äußerst zuverlässige Methode in der Meeresforschung, dozierte er mit erhobenem Zeigefinger, und sei ebenso wichtig wie die Vogelzählung, die er gerade durchführe. Die sei nur eben schwieriger, weil man dafür die Vogelarten kennen müsse, und das dauere lange, bis die Praktikanten die schnell durcheinander flatternden Tiere zuverlässig unterscheiden könnten.

Rike fragte ihn nach den grauen Enten, die den Boden fast komplett bedeckt hatten.

»Die Gänse meinen Sie?«, fragte er schulmeisterlich zurück. Da hatte sie ja den absoluten Oberlehrer befragt.

Der deutete auf die graue Flatterschar. »Das sind Ringelgänse« dozierte er. »An den langen Hälsen sieht man ja ganz deutlich, dass es keine Enten sind.« Die grauen Vögel mit ihrem weißen Halsband gehörten zu den Rastvögeln, die im Frühjahr und Herbst hier Station machen, erklärte er. Dann zeigte er auf eine Gans mit schwarzem Hals und weißem Gesicht. »Die Weißwangengänse, das ist die zweite große Gruppe der Zugvögel auf der Insel.« Das Ostvorland sei das reinste Paradies für die gefiederten Besucher, schwärmte er schließlich.

Dieser Teil der Insel wurde früher intensiv beweidet, vor einigen Jahren hatte der Nationalpark beschlossen, ihn zu renaturieren. Seltene Pflanzen, die nur im Salzwasser gedeihen, hatten sich angesiedelt, und der Teil der Insel war zur beliebtesten Raststätte für Zugvögel geworden, die sich im Herbst vor ihrer Reise in den Süden hier noch ein Speckpolster anfressen konnten. Im Frühjahr machten sie nochmals auf ihrem Rückflug in den Norden Station. Daneben gab es heimische Arten, die vor allem auf den Vogelinseln Scharhörn und Nigehörn brüteten.

»Scharhörn sollten Sie sich unbedingt ansehen, da können Sie eine Führung mit unserer Vogelwartin machen«, empfahl er und deutete dann auf Prinz. »Den da lassen sie aber lieber zu Hause. Wenn der dort Vögel jagt, gibt es eine Anzeige!«

Rike fragte ihn nach den Hafenplänen, was würde dann vom Vogelparadies übrigbleiben?

»Eine absolute Katastrophe. Das ist ein Plan von komplet-ten Ignoranten. Ein großer Teil der Wattflächen soll verbaut werden, allein deshalb würde die Nahrung für viele Arten knapp. Zudem würden Lärm und Emissionen das ökolo-gische Gleichgewicht empfindlich stören.«

»Dann war der Tod des Senators eine gute Nachricht für den Naturschutz?« Rike versuchte, ihn aus der Reserve zu locken.

»Das wäre naiv zu glauben, dass der Tod einer Per-son etwas ändert.« Er lachte bitter. »Die Insulaner haben genauso wenig für Naturschutz übrig. Die wollen dauernd ihre Häuser erweitern, ein neues Hotel bauen, mehr Tiere halten.« Deshalb sähen die Häuser auf der Insel auch so merkwürdig aus, denn Neubauten wurden bis auf wenige Ausnahmen nicht genehmigt. Also stückelten die Neu-werker mal hier einen Schuppen an, mal dort einen kleinen Aufbau. Zunächst war es nur ein Zelt, dann wurde es aus Holz zum festen Bau, und im Jahr darauf mauerten sie das Ganze dann richtig hoch und hofften auf Bestandsschutz. Der letzte Senator sei großzügig mit seinen Sondergeneh-migungen gewesen. Für die Hamburger zähle ohnehin nur das Geld, von dort sei generell noch weniger Unterstüt-zung zu erwarten.

»Was wurde eigentlich am Rettungsboot repariert?« Rike versuchte einen Überraschungsangriff. Er zögerte. »Der Motor war defekt, aber ich bin vor allem für die Ausstattung zuständig, die muss regelmäßig erneuert wer-den«, sagte er endlich. Er habe bei der letzten Sitzung die Schwimmwesten und den Rettungsring kontrolliert und gesäubert.

Aha, die scheinen sich ja gut abgesprochen zu haben, dachte Rike. Er hatte sich mittlerweile wieder seinem Fernglas zugewandt. Prinz hatte sich brav abgelegt und geduldig gewartet. Rike beschloss, die Tour Richtung Norden fortzusetzen. Vor dem Leuchtturm war der Hubschrauber gelandet, allerdings hatte sie den gar nicht angefordert. Da schien ein Notfall passiert zu sein, oder hoher Besuch vom Festland war eingeflogen worden. Kurz darauf hob der Helikopter wieder ab. Als ihr Handy in Höhe des historischen Seezeichens aus Holz wieder ein Netz anzeigte, sah sie fünf verpasste Anrufe und eine Nachricht. Der Empfang war schlecht, doch dann sah sie eine Textnachricht. Mareike schrieb ihr, dass der Sänger Jo Prell im Watt vermisst wurde, er sei nördlich der Insel mit seinem Traktor stecken geblieben und war offenbar vom auflaufenden Wasser überrascht worden. Das erschien ihr bei einem Einheimischen doch sehr unwahrscheinlich zu sein, aber der Mann hatte offenbar ein Alkoholproblem. Ihr fiel der Abend ein, den sie mit Roth im »Seemannsgarn« verbracht hatte. An dem Abend war ihr Blick auf Prells zitternde Hände gefallen, als er am Tresen stand. Ihr Mentor hatte ihr darüber hinaus zugeraunt, dass der Mann sehr nervös wirke.

Im Laufschritt rannte sie mit Prinz in Richtung Norden weiter. Vor dem Badehäuschen traf sie auf Hendrichs und Mareike, die auf das Meer schauten und ihr die Stelle zeigten, an der sich Prells Traktor befunden hatte. König war im Rettungsboot zur Unglücksstelle unterwegs und hoffte, seinen Nachbarn lebendig oder zumindest tot zu bergen.

»Und rate mal, wer mit ihm unterwegs war?«, fragte Mareike. Rike hätte auf König getippt, die beiden waren ja so etwas wie beste Freunde. Überrascht hörte sie, dass ausgerechnet Margo Valeska, ihre Wirtin, mit Jo Prell auf dem Traktor gewesen war. Damit schien sich der Kreis doch noch zu schließen, nur mussten sie noch die Querbeziehungen herausbekommen, und dann würden sie mit Sicherheit auch ein Motiv finden.

»Die Dame hat sich mit einer Unterkühlung auf die Vogelinsel da hinten gerettet, dort gibt es eine Art Eremitin, die sie aufgelesen hat«, erklärte ihr Mareike.

Sie zeigte auf eine zierliche Frau mit Irokesenschnitt, die an die Wand des Hauses gelehnt eine Zigarette rauchte. »Habt ihr sie schon vernommen?«

»Noch nicht ausführlich«, sagte Mareike. Bis zuletzt hatten sie die Rettungsversuche im Meer verfolgt, doch Jo Prell war unauffindbar. Rike beschloss, die junge Frau zu den genauen Umständen zu befragen.

»Marlen Wilkens, ich bin Vogelwartin auf Scharhörn«, stellte die sich vor und deutete auf die Insel vor Neuwerk.

»Was macht man denn als Vogelwartin?«, wollte Rike wissen.

»Vor allem Vögel zählen«, antwortete die junge Frau, die bereits in der dritten Saison den ganzen Sommer und Herbst bis Ende Oktober allein auf dieser Insel lebte. Jeweils bei Hochwasser, wenn die Zwitscherlinge in der Luft seien, zähle sie. »Bis zu 140 verschiedene Arten«, schwärmte sie. Das sei vor allem im Frühjahr und Herbst recht stressig, wenn Tausende Zugvögel auf den Inseln rasteten.

Rike konnte sich nicht vorstellen, wie man Tausende Vögel auf einmal zählen konnte.

»Dafür gibt es Schätztechniken, indem man eine Teilmenge bestimmt und diese dann hochrechnet oder man zählt in Zehnergruppen oder Hundertergruppen«, belehrte sie Marlen Wilkens.

»Das muss doch sehr einsam sein?«, fragte Rike.

»Ich halte es gut mit mir alleine aus, und hier ist man ja nicht zum Däumchendrehen.« Die junge Frau reagierte abweisend. Manchmal kamen auch Wanderer über das Watt, denen sie die Insel zeigte. Aber sie komme gut alleine zurecht.

Rike fand es erstaunlich, dass diese Punkerin, die eher in eine Hamburger Szenekneipe passen würde, sechs Monate als Eremitin lebte.

»Was ist denn heute geschehen mit Jo Prell und Margo Valeska?«, wollte sie wissen.

Die junge Frau war bei einem Rundgang auf Margo Valeska aufmerksam geworden, die versucht hatte, bei auflaufendem Wasser durch den tiefen Priel vor der Insel zu kommen, und hatte gesehen, wie es ihr die Beine weggerissen hatte. Sie hatte ihr Schlauchboot ins Wasser gelassen und sie geborgen. Da der Rettungsdienst nur auf Neuwerk landen konnte, musste sie die Reanimation übernehmen, konnte sie stabilisieren und dann mit dem Boot auf die größere Insel bringen.

»Und was ist mit Jo Prell geschehen?«

Marlen Wilkens sah auf das Meer hinaus. »Das habe ich nicht gesehen, leider.« Die gerettete Frau habe sie dem Notarzt übergeben, der sie mit dem Hubschrauber ins Krankenhaus hatte transportieren lassen. »Darf ich dann wieder zu meinen Vögeln, ich habe gerade Hochsaison?«, fragte die Punkerin, und Rike nickte.

Mittlerweile war König mit seinem Feuerwehrboot zurück am Ufer. Er war totenbleich im Gesicht. Hendrichs, der Funkkontakt gehalten hatte, half ihm beim Aussteigen und zog das Boot ans Ufer.

»Nichts, keine Spur«, erklärte König. »Der Traktor war leer. Man muss vom Schlimmsten ausgehen«, sagte er zu Rike und fügte hinzu, dass er Jo vor der Frau gewarnt habe, sie habe ihn auf dem Gewissen. »Tun Sie endlich was«, schrie er dann Rike an. »Wir sterben hier einer nach dem anderen, ich frage mich nur, wann ich dran bin.«

»Noch ist das ein ungeklärter Vermisstenfall«, belehrte Rike ihn. »Und wenn Sie und die anderen Inselbewohner weiter die Ermittlungen behindern und Informationen zurückhalten, können wir Sie nicht schützen.« Eine Aussage wollte er natürlich nicht machen, wie Rike schon erwartet hatte.

Sie mussten Margo Valeska befragen, sobald diese wieder vernehmungsfähig war. Vielleicht hatte sie mit ihrer Theorie recht, dann war sie die Komplizin von Paul Conelly und in die Taten verwickelt. Doch wie hätte sie einen deutlich größeren und kräftigen Mann wie Jo Prell überwältigen sollen?

*** *An der Nordsee spielen die kleinen Jungen nicht Indianer, sie träumen davon, mit den Piraten über die Weltmeere zu segeln. Das Badehäuschen war ihr Winterquartier, ihr Versteck für die Beute, die aus Muscheln, Glasscherben und ein paar bunten Steinen bestand. Sie waren fünf und hatten sich Blutsbrüderschaft geschworen, den Schwur für ewige Treue unterschrieben sie mit echtem Blut und vergruben die Flasche an der Ostbake. Sie studierten oft die Seekarten und hielten mit dem Fernglas nach den Schiffen Ausschau, die sie kapern würden, später, wenn sie erwachsen waren. Dann wollten sie richtige Piraten sein, so wie es ihre Vorfahren waren.*

Er hatte immer an den Lippen seines Großvaters gehangen, der als letzter großer Neuwerker Pirat galt. Er war sogar wegen Piraterie verurteilt. Das stärkte sein Ansehen noch, denn die Menschen hier mussten immer alleine zurechtkommen gegen die Naturgewalt und hatten es nicht so mit dem Staat. Er war ein Ass in der Navigation, hatte sogar ein

Kapitänspatent, und im Watt kannte er selbst den kleinsten unterirdischen Fluss.

Wie gebannt hatte er den Gutenachtgeschichten seines Großvaters gelauscht, einmal hatte er zuschauen dürfen, wie der Alte und sein Gefährte ein riesiges Frachtschiff, das gestrandet war, aufgeräumt hatten, wie sie sagten. In Windeseile waren die schon betagten Männer hinaufgeklettert und mit riesigen vollen Persennings herabgestiegen. Dieses Mal war es ein besonderer Coup, die beiden feixten tagelang, nachdem über ihren Überfall sogar in den Fernsehnachrichten berichtet worden war. Es war der griechische Frachter »Emmanuel M.«. Ein Fernsehteam hatte die Mannschaft zurückbegleitet, als diese nach der Strandung noch einmal an Bord kam und ihre Besitztümer bergen wollte. Viel hatten die Alten nicht übrig gelassen. Sogar das Steuerrad hatten sie als Trophäe mitgenommen, das hing in meinem Kinderzimmer und hat mich mein Leben lang begleitet. Das ist mein Talisman.

Die großen Havarien waren danach selten geworden, doch eines Tages hatten sie ein imposantes Schiff am Wittsand liegen sehen.

Am Morgen nach der Havarie kreisten stundenlang die Hubschrauber über der Unglücksstelle. Die Mannschaft war auf das Festland geflogen worden, danach hatten Bergungsversuche begonnen, die alle scheiterten. Nach einer Woche war es still um das Schiff geworden, und sie hatten endlich ihre Chance kommen sehen. Sie planten genau, wie sie ihren Coup durchführen konnten. Sie wollten das Schiff bei Ebbe entern, wenn es trockengefallen war, und mit dem Pferdewagen zurückkommen, bevor das Wasser anstieg. Doch dann ging alles schief, fürchterlich schief. Das war das Ende der modernen Likedeeler.

KAPITEL 36

Margo wachte von einem Dauerpiepsen auf, ihr Kopf schmerzte, ihre Kehle war wie ausgedörrt. Sie wusste nicht, wo sie sich befand, jedenfalls nicht in ihrer Wohnung, nicht im Leuchtturm. Dann kam die Erinnerung allmählich zurück. Sie war um ihr Leben gerannt, als das Wasser anstieg, bis sie irgendwann von der gewaltigen Strömung mitgerissen worden war. Dann war es finster geworden, sie erinnerte sich noch vage an ein junges Mädchen mit Irokesenschnitt und Tätowierungen, das ihr wehgetan hatte. Sie hatte unablässig auf ihrem Brustkorb herumgehämmert, ihr mit den Händen Ohrfeigen gegeben und sie angeschrien.

»Wach auf, bleib hier, du kannst nicht einfach sterben!« Sie hatte die hohe hysterische Stimme noch im Ohr. Dann wieder Dunkelheit in ihrer Erinnerung, fetzenartig tauchten Bilder eines Bootes und eines Mannes mit runder Nickelbrille auf, der sich als Arzt vorgestellt hatte. Er hatte neben der Punkerin gestanden, sie nach ihrem Namen gefragt und ihren Puls gefühlt.

Sie hatte versucht, ihre Retter auf Jo Prell aufmerksam zu machen, denn sie hatte das Bild vor sich gesehen, wie er im Watt im Traktor zurückgeblieben war. Doch es hatten einfach keine verständlichen Worte aus ihrem Mund kommen wollen, je mehr sie sich bemüht hatte, desto weniger hatte ihre Zunge ihrem Gehirn gehorcht: »Der Mann im Traktor, er schafft es nicht mehr«, hatte sie noch versucht zu sagen, aber nur Gestammel hervorgebracht. Dann hatte sie wieder das Bewusstsein verloren.

Sie griff nach einem Glas Wasser, das auf ihrem Nachttisch abgestellt war, und fühlte sich nicht mehr ganz so schwach. Sie überlegte, was eigentlich vorher geschehen war, bevor sie im eiskalten Wasser gelandet war.

Dann fiel ihr das Gespräch mit Jo Prell wieder ein und wie sie sich für die Zeit des Niedrigwassers verabredet hatten. Er hatte ihr etwas zeigen wollen, das er noch niemandem gezeigt hatte. Sie waren am Schiffsanleger verabredet, er war mit seinem Traktor gekommen. Als er schwankend ausgestiegen war, sah sie, dass er schon wieder getrunken hatte.

Margo hatte wegen seines Alkoholpegels gezögert, mit ihm in das Gefährt einzusteigen. Doch sie hatte endlich wissen wollen, was damals geschehen war, und dieser Wunsch war stärker gewesen als die Angst. Sie hatte immer gefühlt, dass von Jo Prell keine Gefahr ausging. Wer auch immer die beiden Männer auf dem Gewissen hatte, Jo war mit Sicherheit kein Gewalttäter, da traute Margo ihrem Bauchgefühl. Sie mochte den Sänger, der vom Kummer über den Tod seines Bruders gezeichnet war.

Sie waren am Schiffsanleger und am Radarturm vorbeigefahren, zu ihrer Linken hatte sich der leer gelaufene Meeresboden wie eine weite wellige Ebene ausgebreitet. Sie hatte gestaunt, wie abwechslungsreich diese Landschaft sein konnte. Wenn die Sonne hinter den Wolken hervorkam, glitzerten die verbliebenen Wasserflächen und tauchten die Wasserwüste in ein helles Silberblau.

Im Nordwesten hatten zwei Inseln vor ihnen gelegen, auf denen es vor Vögeln geradezu zu wimmeln schien, unzählige kleine weiße Punkte flatterten dort: Scharhörn und Nigehörn, die Vogelinseln. Auf der größeren grünen Insel rechts stand ein Holzhaus auf Stelzen. »Dort wohnt die Vogelwartin und zählt das Federvieh«, hatte er gesagt, und sie hatte nicht recht gewusst, ob er sich über sie lustig machte.

Er war über eine Auffahrt hinunter auf den trocken gefallenen Meeresboden gefahren und steuerte die beiden Inseln an. Sie hatte sich noch nie so weit hinaus ins einsame Watt im Norden von Neuwerk gewagt und staunte über diese Landschaft. Kleine und größere Gräben durchzogen den Wattboden. Aus der Nähe betrachtet war der Sand nicht einfach grau, auf ihm zeichneten sich die Meereswellen ab, an einigen Stellen wirkte der Boden fast blau, an anderen nahm er eine gelbliche Färbung an. Je näher sie den Inseln gekommen waren, desto lauter wurde das Geschrei der Vögel, die aufgeschreckt hochflogen und laut schnatternd über den Inseln kreisten.

Hinter den Inseln hatte Prell angehalten und sie gebeten, auszusteigen und ihre Schuhe auszuziehen, dann hatte er sie barfuß über den nassen kalten Meeresboden auf eine Sandbank geführt, hinter der das offene Meer begann. Es sah aus, als könnten sie die großen Containerschiffe, die dort auf dem Weg ins offene Meer vorbeiglitten, mit den Händen greifen. Sie befanden sich am unteren Wittsand, einer Sandbank, die für die Seefahrt wichtig war, wie sie erfuhr.

Gespannt hatte sie seiner Erzählung gelauscht. Sandbänke gehören zu den gefährlichsten Fallen für die Schifffahrt zwischen der Elbe und dem offenen Meer. Um Neuwerk gibt es gleich mehrere davon.« Das Tückische war, dass sich einige wie Dünen unter dem Wasser verschoben und so für die Navigation unberechenbar waren, vor allem bei Stürmen und schlechter Sicht liefen sehr oft Schiffe auf. Margo hatte sich an die Berichte erinnert, die sie im Archiv über die gestrandeten Schiffe gelesen hatte.

»Ich hatte ja von uns Likedeelern erzählt, nun wurde unser Traum wahr, endlich mal ein solches Schiff zu kapern, wenn auch ein Havarist und ohne Mannschaft«, erzählte er, und Margo dachte an ihre eigenen Jugendstreiche zurück, die in der Stadt allerdings etwas harmloser ausgefallen waren.

Doch ausgerechnet an dem Tag, als sie ihr Schiff entern wollten, hatte er sich den Fuß verstaucht, er hätte unmöglich am Ankerseil hochklettern können. Bei Niedrigwasser lag der Bug ganze 25 Meter hoch.

»Dann ist Tim an Ihrer Stelle geklettert?«, hatte Margo ihre Vermutung ausgesprochen. Er hatte stumm genickt. Die Bande hatte unbedingt einen vierten Mann gebraucht, vor allem jemanden, der gut klettern konnte.

»Niemals wäre mein Bruder auf so eine Idee gekommen, ich habe ihn überredet, von unserem Großvater geschwärmt und wie stolz er wäre.« Er hatte den Kopf geschüttelt. »Ohne mich würde er noch leben. Lieber wäre ich heute an seiner Stelle.«

Damals war er selbst auch noch sehr schmal und hätte durch das Bullauge gepasst. »Auch wenn Sie sich das heute kaum noch vorstellen können.« Außer ihm kam nur noch Tim für die Klettertour und das Einsteigen durch die schmale Öffnung infrage. Eine Verschiebung ihrer Aktion war nicht möglich gewesen, denn sie hatten gewusst, dass am nächsten Tag ein Bautrupp auf die Insel kommen sollte, der eine Rinne für das Schiff graben sollte, um es auf die freie See zu schleppen.

Er hatte dann erzählt, was auf diesem Schiff geschehen war. Auf das Schiff kam man nur, wenn man die Ankerkette hochkletterte und dann durch das Bullauge schlüpfte. Sein Bruder hatte hinaufsteigen sollen und dann für die anderen eine Strickleiter hinunterlassen. Tim war es problemlos gelungen, hinaufzuklettern und durch das Bullauge zu schlüpfen.

»Das war das letzte Lebenszeichen«, hatte Jo Prell traurig gesagt. Die anderen hatten etwa eine Stunde gewartet, da sie angenommen hatten, dass es vielleicht schwierig war, sich in den Kajüten zurechtzufinden oder dass er die Türen nicht aufbekam oder sich verlaufen hatte. Dann wurden sie unruhig. Sie hatten gerufen, versucht, selbst auf das Schiff zu kommen. Doch Peter war schon damals dick, Hannes, so nannten sie Johann Stolten, nicht schwindelfrei. Gerade einmal drei Meter sei er hinaufgekommen. »Der wäre beinah von der Ankerkette in die Tiefe gerauscht, er hat Panik bekommen, das Weichei«, hatte Prell abfällig geäußert.

Renata war an dem Tag mit hinausgefahren und völlig hysterisch geworden, als Tim nicht wiederkam. Sie hatte unbedingt auf das Schiff gehen wollen, aber die anderen hatten einer Frau nicht zugetraut, dass sie das schaffen könnte, vielleicht war es ihnen auch peinlich. Sie hatten sie jedenfalls nicht klettern lassen. Vor allem Peter war absolut dagegen gewesen, der hatte ihr sogar eine Ohrfeige versetzt, damit sie sich beruhigte, Hannes hatte ihr den Arm verdreht und sie auf dem Wagen festgehalten. Die Jungs waren schließlich panisch zurück geflüchtet, da sie es noch rechtzeitig vor dem auflaufenden Wasser mit dem Wattwagen wieder auf die Insel schaffen mussten. Peter hatte die Verantwortung für die Fahrt übernommen, da er damals am besten einen Pferdewagen fahren konnte, er half seinem Vater oft bei der Müllabfuhr. Er hatte die ganze Zeit schon zum Aufbruch gedrängt, erklärt, es werde dem Tim nichts schaden, wenn sie ihn erst ein paar Stunden später mit dem Boot abholen würden. Der könne nur den Hals nicht vollkriegen, genauso einen Mist hat der gesagt, als sie wiederkamen. Dabei hatte das Tim überhaupt nicht ähnlich gesehen, das hatte Renata ganz klar verstanden.

Peter hatte aber darauf bestanden, den Rückweg anzutreten, und die Pferde angetrieben, als sei der Teufel persönlich hinter ihnen her.

Jo Prell hatte nach seinem Bericht lange nichts gesagt und begonnen zu schluchzen. Sie war zu ihm gegangen und hatte seine Hand genommen. Sie fühlte sich rau und knochig an, sie dachte daran, wie gerne sie einmal die Hand ihres Vaters gehalten hätte. Immerhin war er vielleicht ihr Onkel.

»Und dann kamen die anderen ohne Tim zurück«, hatte er in dem Moment kaum hörbar gesagt. Er war in der Zwischenzeit zum Röntgen auf dem Festland gewesen und hatte vom Arzt einen Verband bekommen.

Er hatte es nicht fassen können, dass die Kameraden seinen Bruder zurückgelassen hatten. Doch die Jungs hatten sich selbst schlimme Vorwürfe gemacht, und Renata war voller Wut, weil die anderen sie daran gehindert hatten, auf das Schiff zu kommen. Schließlich mussten sie die Erwachsenen einweihen, doch jede Hilfe für Tim war zu spät gekommen. Er war in den Frachtraum des Schiffes gestürzt, und nachdem er dort stundenlang mit einem Schädelbruch gelegen hatte, war sein Körper schon kalt, als er mit seinem Vater dort ankam. Sie waren mit dem Feuerwehrboot hinübergefahren, das Schiff war vom Wasser aus etwas leichter zugänglich.

Sie hatten ihn geborgen, nach Hause gebracht und auf das Sofa gelegt. Dem Arzt hatten sie erklärt, dass er in der Scheune gestürzt war. Der hatte keine weiteren Fragen gestellt.

Was für ein schreckliches Ende, dachte Margo. Sie verstand jetzt auch, warum ihre Mutter niemals über ihren Vater sprechen wollte, sie hatte vermutlich ebensolche Schuldgefühle wie Jo.

»Danach hat mich mein Alter enterbt«, fuhr dieser fort. »Er hat mich immer dafür verantwortlich gemacht, und er hatte ja auch recht. Ich hätte ihn niemals überreden dürfen.«

Sein Vater hatte in den kommenden Jahren höchstens noch fünf förmliche Sätze mit ihm gesprochen und ihm nie verziehen. Er sich selbst auch nicht. »Ich habe keinen einzigen glücklichen Moment mehr erlebt. Nur die Musik macht mir das Leben erträglich.«

Sie wusste nicht mehr, wie lange sie dort gestanden und über die Geschehnisse von damals gesprochen hatten, aber mit einem Mal hatten sie bemerkt, dass die ersten Priele bereits voller Wasser gelaufen waren. Sie hatten sich während ihrer Unterhaltung vom Traktor entfernt zu der Stelle, wo damals der große Frachter gestrandet war.

Jo Prell hatte sich umgesehen und Margo dann gedrängt, wegen des auflaufenden Wassers schnellstmöglich den Rückweg anzutreten. Noch konnten sie die Rinnsale problemlos queren, doch das Wasser stieg bedrohlich schnell. Als sie am Traktor ankamen, ließ er den Motor an und startete in Eile, um noch rechtzeitig das Ufer Neuwerks zu erreichen. Er wollte zwischen den Vogelinseln durchfahren und hatte gewarnt, es könnte nass werden, als er einen tiefen Priel gequert hatte.

Die Räder waren fast komplett im steigenden Wasser versunken, er gab Gas und kam ins Rutschen, der Motor starb ab. Verzweifelt drehte Jo Prell den Anlasser, Margo sah, wie ihm der Schweiß von der Stirn lief, er hatte einen tiefen Schluck aus einem silbernen Flachmann genommen, den er unter seinem Sitz hervorgeholt hatte.

Dann öffnete er die Tür und schob sie hinaus. »Junge Dame, bringen Sie sich in Sicherheit. Und zwar schnell.« Er zeigte auf die Insel mit dem Stelzenhaus und deutete auf eine Stelle in dem bedrohlich aussehenden Priel, das vor ihnen lag. »Richten Sie den Blick auf den Leuchtturm von Neuwerk, dann finden Sie die flache Stelle, wo Sie den Priel gefahrlos durchqueren können. Gehen Sie direkt zur Vogelwartin auf Scharhörn, bis nach Neuwerk ist es zu Fuß nicht zu schaffen.« Sie fragte sich, ob er sie loswerden wolle. Doch er ließ sich auf keine Diskussion ein, von seinem Traktor wollte er sich auf keinen Fall trennen. »Machen Sie sich keine Sorgen, ich habe das schon öfter auf den letzten Drücker hinbekommen, ich manövriere mich mit meinem Trecker immer heraus, aber bei Ihnen möchte ich ganz sicher gehen, ich möchte nicht noch ein Menschenleben auf dem Gewissen haben«, drängte er sie. »Also laufen Sie bitte, schöne Leuchtturmwächterin.« Margo war mühsam vorangekommen, sie hatte unterwegs ihre Schuhe und ihre Jacke verloren, das Wasser im Priel war auch an der flachen Stelle schon viel zu hoch. Sie hatte dennoch versucht, sich durchzukämpfen. Irgendwann hatte sie keine Kraft mehr gehabt, gegen den Sog des Wassers anzukämpfen. Sie konnte sich nicht mehr erinnern, wie sie es auf die Insel geschafft hatte. Ihr Telefon hatte neben ihr auf dem Tisch gelegen, doch es war völlig unbrauchbar, nachdem es mit ihr im Meer gelegen hatte. Sie erinnerte sich, dass sie noch einmal zu Jo und seinem Traktor zurückgeschaut hatte, bevor die Flut ihr die Füße weggerissen hatten.

Sie konnte sehen, dass die Fahrertür offen stand. Wo war Jo Prell? Dass er es in seinem Zustand noch hinüberschaffen würde, war fast unwahrscheinlich. Margo hoffte, dass ihn die Retter rechtzeitig erreicht hatten. Vielleicht lag er auch hier im Krankenhaus. Sie sah sich um, warum musste eigentlich immer alles komplett weiß sein, für sie war das ganz und gar keine gesundheitsfördernde Farbe. Wohin sie blickte, sah sie Weiß: das Bettgestell, die Wände und sogar die Vorhänge vor den Fenstern. Sie fühlte sich auf einmal wieder sehr, sehr müde, selbst das Öffnen der Augen war eine Kraftanstrengung. Sie war kurz nach ihrem Erwachen wieder eingenickt und schreckte hoch, als jemand in ihr Zimmer trat.

Eine Frau, natürlich auch in Weiß, wahrscheinlich die Schwester, trat an den Infusionsbehälter heran und zog eine Spritze aus der Tasche. Etwas an der Schwester schien ihr seltsam, sie sah sehr alt aus für eine Krankenschwester, und das Gesicht kam ihr irgendwie bekannt vor.

»Brigitte!«, sagte sie dann noch etwas schlaftrunken und überrascht. Wie aufmerksam von der Freundin ihrer Mutter! Doch in dem Moment traf sie ein hasserfüllter Blick. Margo wunderte sich, warum Brigitte so wütend auf sie war und sie trotzdem besuchte.

»Du bist natürlich gerettet worden«, zischte ihr Brigitte Hein zu. Margo dachte an Jo und fragte sich, ob ihn die Retter auch noch rechtzeitig gefunden hatten.

»Was ist mit Jo?«, wollte sie wissen. Doch die ehemalige Freundin ihrer Mutter antwortete nicht. Sie hatte den Infusionsbeutel mit ihrer Spritze angestochen, diese geleert und war dabei, das Zimmer wieder zu verlassen. »Jetzt habt ihr beide Brüder auf dem Gewissen. Der Tim wäre niemals mitgegangen, aber er musste ja der schönen Renata imponieren.« Damit knallte sie die Tür zu. Was sollte das bedeuten? Was hatte Brigitte in ihre Infusionsflüssigkeit gespritzt?

Margo riss sich die Nadel aus dem Arm und stand auf, sie war noch wacklig auf den Beinen und schaffte es daher nicht, Brigitte zu folgen. Sie sank auf das Bett zurück, aber sie konnte sich jetzt keine Schwäche erlauben. Sie musste schnellstmöglich wieder auf die Insel. Es gab noch einen Zeugen, der damals mit von der Partie gewesen war. Den musste sie finden. Sie war mittlerweile überzeugt, dass der damalige Piratenraubzug etwas mit den Morden zu tun hatte.

KAPITEL 37

Überrascht sah Margo die junge blonde Polizistin vor der Tür sitzen. Als Margo vorbeigehen wollte, verstellte diese ihr den Weg, packte sie grob am Handgelenk und zog ihre Handschellen heraus.

»Ich nehme Sie fest wegen des Verdachts, den Neuwerker Bürger Jo Prell ermordet zu haben.« Margo fand diese Verdächtigung vollkommen absurd, protestierte lauthals und versuchte sich loszureißen. Doch die Polizistin ließ ihr keine Wahl. Entweder sie stellte sich freiwillig einer Vernehmung, oder sie würde in Handschellen auf die Insel gebracht. Mit Blaulicht fuhren sie zum Hafen, wo bereits das Schnellboot der Wasserschutzpolizei wartete. Mit Handschellen, die ihr diese Schmidt schließlich zur Sicherheit angelegt hatte, wie sie sagte, musste Margo über den Steg auf das Boot balancieren und dann unter Deck auf einer grauen hässlichen Couch Platz nehmen. Die Schmidt setzte sich neben sie und ließ sie nicht aus den Augen. Das Polizeiboot raste deutlich schneller als das Linienschiff »Flipper« auf die kleine grüne Erhebung im Meer mit dem markanten roten Turm zu, fuhr am Bootsanleger für das Ausflugsschiff vorbei in ein Hafenbecken, das auch die Entsorgungsschiffe der Stadt Hamburg nutzten, dann legte es am sogenannten Staatsanleger an, einem Steg, der für offizielle Anlässe genutzt wurde. Margo fühlte sich noch immer sehr schwach und dachte an den unheimlichen Besuch von Brigitte. Was hatte das zu bedeuten? *Jetzt habt ihr beide auf dem Gewissen?* Wen meinte sie damit?

Im Turm geleitete sie die junge Polizistin in den Ratsherrensaal, wo die von Menkendorf bereits ihr Aufnahmegerät auf dem Tisch stehen hatte.

»Warum musste Jo Prell sterben?«, wollte diese nach der offiziellen Belehrung wissen.

»Ist er denn tot?« Margo hatte gehofft, dass der Sänger es doch noch aus seinem Traktor geschafft hatte, schließlich kannten die Insulaner das Watt so genau, und er hatte noch behauptet, er sei mit seinem Traktor aus noch viel schwierigeren Situationen davongekommen.

»Das wissen Sie doch ganz genau«, blaffte sie die Kommissarin an, »Sie haben das ja sehr geschickt geplant.«

Dann kam das übliche Gerede, dass sich ein Geständnis deutlich strafmildernd auswirken werde.

»Haben Sie Prell auch den Kopf abgeschnitten?«, mischte sich die Junge, die noch ehrgeiziger zu sein schien als die Menkendorf ins Gespräch.

»Ach, dürfen Praktikanten auch schon dumme Fragen stellen?« Margo war noch immer empört darüber, wie ihr diese Schmidt den Arm verdreht hatte, nachdem sie erst knapp dem Tod durch Ertrinken entkommen war. Sie überlegte und entschloss sich dann, über ihre Vermutungen zu sprechen. »Sie sind auf dem Holzweg«, eröffnete sie der Polizistin. »Die Todesfälle betreffen Mitglieder einer ehemaligen Piratenbande, die hier vor über 30 Jahren Schiffe ausgeraubt hat.«

Doch die Kommissarin lachte höhnisch. »Eine blühende Fantasie haben Sie, das muss man Ihnen lassen.« Dann schwenkte sie einen Zettel, und Margo sah erschrocken, dass es sich um den Brief aus dem Genlabor handelte. Während ihrer Abwesenheit hatten die Polizisten den Leuchtturm durchsucht und die Analyseergebnisse gefunden.

»Also haben Sie den reichen Papa gefunden, der Sie von Ihrem harten Los als Putzfrau im Leuchtturm befreit?« Dann palaverte sie noch herum, dass sie das verstehen könne. Das sei ein tristes Los, und sie hätte in dem Fall auch alles versucht, um ihr Leben zu verändern.

Margo war klar, dass dies ein psychologischer Trick war, um ihr Vertrauen zu gewinnen. Auf keinen Fall durfte sie sich auf eine Diskussion einlassen und in irgendwelche Widersprüche verwickeln lassen. Sie fühlte sich nur erschöpft und hatte das dringende Bedürfnis, in ihr Bett zu kommen.

Die würde ihr niemals glauben, sie musste selbst herausfinden, welche Verbindung es zu den damaligen Ereignissen gab.

»War's das?«, fragte sie mit letzter Kraft, so barsch es ihre Stimme noch hergab. »Ich bin vor nicht einmal 24 Stunden aus dem Watt gerettet worden und würde mich jetzt gerne ausruhen.« Sie stand auf und ging direkt in ihr Schlafzimmer. Vielleicht sollte sie lieber einen Anwalt nehmen?

KAPITEL 38

Noch immer war Jo Prell verschwunden. Rike hatte wenig Hoffnung, dass er sich noch gerettet haben könnte. Sie hatte die »Libelle« angefordert, um die Gewässer um die Unglücksstelle mit der Wärmebildkamera aus der Luft zu überwachen, doch es gab keine Spur von dem Wattrocker. Sie stand auf dem Steg, wo sonst das Linienschiff »Flipper« anlegte, und sah zu, wie ein Kranschiff der Hamburger Hafenbetriebe den Traktor barg. Taucher hatten das Fahrzeug mit Gurten an der Hebevorrichtung festgezurrt, dann hob es der Stahlarm mühelos wie ein Spielzeug hoch und setzte es behutsam auf der Ladefläche ab. In Hamburg sollte der Innenraum von den Kriminaltechnikern genauer auf Blutspuren untersucht werden. Viel würden sie wahrscheinlich nach dem Tauchgang nicht finden, und sie fragte sich, ob sie jemals herausfinden würden, was mit Jo Prell geschehen war.

Vermutlich hatte ihn die Strömung erfasst, und sein Körper würde irgendwann am Ufer der Insel oder des Festlandes aufgefunden werden.

Hendrichs hatte, unmittelbar, nachdem Margo Valeska aufgefunden worden war, mit der Cuxhavener Seenotrettung Kontakt aufgenommen. Tatsächlich war ein Notruf eingegangen, der Seenotkreuzer war ausgerückt und hatte mit der Feuerwehr Neuwerk Funkkontakt gehalten. Nach Einschätzung der Seeretter hätte Jo Prell nur eine Überlebenschance gehabt, wenn er eine der beiden Vogelinseln erreicht hätte. An dieser Seite der Insel Neuwerk gab es auch noch eine Rettungsvorrichtung, die Nordbake, eine Art Metallkabine auf hohen Pfählen. Dort konnten sich Wattwanderer hineinflüchten und mit einer Leuchtrakete auf sich aufmerksam machen, wenn sie sich zu spät auf den Rückweg aus dem Watt gemacht hatten.

Direkt vor der Insel befand sich ein besonders tiefer Priel, der nach dem Niedrigwasser schnell volllief und dann zum unüberwindlichen Hindernis wurde. Doch der Weg wäre für Prell zu weit gewesen.

Sie pfiff nach Prinz zum Zeichen, dass sie den Rückweg antreten musste, und er kam schwanzwedelnd auf sie zu, nachdem er ihre ersten drei Pfiffe ignoriert hatte. Sie beschloss, den etwas längeren Weg über den Deich zu nehmen, um noch etwas Zeit zum Nachdenken zu haben. Sie dachte an die Vernehmung der nicht gerade kooperativen Leuchtturmwirtin Margo Valeska. Sie fand es merkwürdig, dass eine Malerin ganz alleine für die Wintersaison auf die Insel gekommen war und sich dort als Putzfrau verdingte. Und ihr Gefühl, dass die Frau noch irgendetwas anderes im Schilde führte, hatte sie nicht getrogen.

Es war der Inselbriefträger Rudi Hahn, der ihr den verdächtigen Brief aus einem Genlabor gemeldet hatte. Und sie hatten wegen »Gefahr in Verzug« einen Durchsuchungsbeschluss erhalten. Den Brief hatten sie im Zimmer der Wirtin gefunden, er lag ganz oben auf dem Schreibtisch. Sie hatte offenbar Genproben eingeschickt, um eine Vaterschaft nachzuweisen. Eine der Proben hatte eine Verwandtschaft ergeben. War Jo Prell also der Vater der Valeska?

Rike war jetzt am Leuchtturmplatz angekommen und beschloss, nochmals Margo Valeska zu befragen. Die Leuchtturmwirtin saß an der Rezeption und schaute nicht hoch, als sie vorüberging. Rike ging zu ihr. »Was ist im Watt geschehen? Wo ist Jo Prell?«

Die Valeska sah gelangweilt auf. »Ach, haben Sie begriffen, dass ich nicht die Kopfabschneiderin bin?«

»Würden Sie meine Frage beantworten, bevor Sie mir Gegenfragen stellen?«

Margo Valeska hob den Blick von der Tastatur, sah sie abschätzend an und sagte dann: »Der Traktor ist steckengeblieben, wahrscheinlich in einem Schlammloch. Dann sprang er nicht mehr an.«

»Wo ist Jo Prell?«, wollte Rike wissen.

»Das wüsste ich auch sehr gerne«, antwortete die Wirtin aufsässig. Rike spürte die Wut hochkommen gegen diesen Tonfall, doch sie wusste, dass die Wirtin dann gleich dichtmachen würde und sie gar nicht weiterkäme.

»Wann haben Sie ihn zuletzt gesehen und was wollten Sie mit ihm im Watt?«

»Kurz vorher in seinem Traktor. Wir haben einen Ausflug gemacht.«

Rike dachte an die Ergebnisse des Genlabors und fragte danach. Doch die Valeska zuckte ungerührt mit den Schultern. »Privatsache.«

»Es sind zwei schreckliche Morde geschehen, gestern kam es zu einem weiteren Todesfall. Meinen Sie nicht, Sie sollten mit der Polizei kooperieren?«

Margo Valeska sah ihr direkt in die Augen. Sie wirkte aufgebracht. »Ich habe Ihnen ja gestern gesagt, welches Motiv es für die Morde gab. Doch Sie tun meinen Hinweis auf die Likedeeler, bei denen beide Tote Mitglieder waren, als Hirngespinst ab. Dann kann ich Ihnen auch nicht weiterhelfen.«

Diese Dame war einfach ermüdend. »Würden Sie uns eine Kanne Kaffee in den Besprechungsraum bringen?«, fragte Rike ohne große Hoffnung, als sie die Treppe hinaufging. Gerade als sie zur Tür des Ratssaals hineinkam, rief Mareike: »Ich hab was!« Rike zog sich einen Stuhl heran und setzte sich vor Mareikes Schreibtisch. Fast schwarz zeichneten sich die Augenringe vor Müdigkeit auf dem alabasterblassen Gesicht der jungen Kollegin ab, und Rike bekam ein schlechtes Gewissen, ihrem Team solche Arbeitszeiten zuzumuten. Hoffentlich brachte der Tipp sie endlich ein Stück weiter.

»Jo Prell?«, Rike hoffte immer noch, den Sänger lebend wiederzufinden, doch Mareike schüttelte den Kopf. Sie zeigte zu Hendrichs. Er sei dabei, sich den Strömungsverlauf erklären zu lassen, und werde dann eine Karte mit möglichen Fundstellen der Leiche erstellen.

»Dippold hat die Tüte ausgewertet, die ihr gefunden habt«, sagte Mareike, und Rike brauchte einen Moment, bis ihr der Spaziergang und die Tüte am Badehäuschen mit der braunen Flüssigkeit einfielen. Gespannt wartete sie, was Dippold herausgefunden hatte.

»Das war ein Volltreffer, das Blut stammt vom zweiten Opfer Johann Stolten«, erklärte Mareike. Aber das sei noch nicht alles. »Du sollst ihn zurückrufen.«

Sie war gespannt, was er anhand der Tüte herausgefunden hatte, idealerweise die Fingerabdrücke, die direkt zum Täter führen würden. Sie wählte seine Nummer und hörte ihn nuscheln: »Momang.« Dann entschuldigte er sich, er sei gerade dabei, zwischen abgeschnittenen Köpfen, amputierten Beinen und zerfressenen Plastiktüten sein Mittagessen herunterzuschlingen.

»Ihrem Kommissar Rex könnten Sie übrigens auch bessere Manieren beibringen«, flachste er.

»Sollte ich Sie deshalb zurückrufen«, fragte Rike irritiert, der es bei der Beschreibung flau im Magen geworden war.

»Nicht nur, ich habe neben den Biss- und Speichelspuren Ihres Möchtegern-Polizeihundes nämlich Fingerabdrücke erkannt und diese von den Kollegen von der Polizeitechnik abnehmen lassen«, erklärte er.

»Ja, mit welchem Ergebnis?« Das war doch einmal ein brauchbarer Ansatz. Doch wie immer ließ sich der Gerichtsmediziner bitten, wenn er etwas Wichtiges entdeckt hatte.

»Also die Qualität der Abdrücke ist sehr gut, allerdings sind sie nicht in der Datenbank. Sie gehören zu einer Person, die nicht vorbestraft ist.« Die Kollegen hatten auch den Ursprung der Tüte geklärt. Sie kam aus einem Trekkingladen in Kiel. »Den Rest müssen Sie aber selber rauskriegen.« Er verabschiedete sich.

Sie mussten dringend von allen Verdächtigen Fingerabdrücke nehmen und diese abgleichen. Wahrscheinlich hatte der Mörder diese Abdrücke hinterlassen.

*** *Das Wasser drang in seine Kabine, leckte erst nur zaghaft an seinen Füßen, dann spürte er seine Wucht, eine Gewalt, die viel stärker war als die des Menschen. Kälte umschloss ihn mit den Wellen, die durch die offene Tür bis zu seinen Waden schwappten, den Bauch erreichten, die Brust.*

Er hatte die Augen geschlossen und wartete, bis ihn die sanfte Gewalt der Strömung davontrug, er nichts mehr spürte. Nicht mehr mit diesem Schmerz erwachen musste, dieser Schuld, Tag für Tag. Er dachte an ihn, so wie er das fast jeden Moment des Tages machte. An seine letzten Momente auf dem großen Schiff, ganz allein, tapferer kleiner Pirat, viel zu gut für diese hässliche Welt. Er hatte nicht die Härte gehabt, eine zerstörerische Abenteuerlust so wie er selbst, doch sein Bruder war die treueste und gütigste Seele auf Erden, er hatte es getan, weil er ihn gebeten hatte, und er war einen würdigen Piratentod gestorben, so wie er es nun tun würde.

Er fühlte, wie seine Glieder in der kalten Umarmung durch die Wellen erstarrten, dann sah er ihn vor sich. Tim mit seinen Augen, die leuchteten vor Liebe, vor Güte. Ein Blick, den er meinte vergessen zu haben.

Es war kein Blick, der seinen Tod wollte, es waren Augen, die das Leben bejahten. Ein neuer, ein schöner Gedanke, der ihm zum ersten Mal erschien. Die junge Frau, sie hatte Tims Augen, wie hatte er das nicht bemerken können. Jetzt sah er es ganz klar. Ob sie wirklich die Tochter seines Bruders war? Er musste nachdenken, fern dieser Insel. Er würde bei einem Freund am Festland untertauchen. Mit letzter Kraft zog er die Rettungsinsel neben seinem Sitz hervor, nur mühsam konnte er seine steifen Glieder noch bewegen sich aus dem Fahrerhaus gleiten lassen. Er zog an der Schlaufe, und die Rettungsinsel pustete sich selbsttätig auf, er hatte immer ein Ruder dabei und paddelte mit langsamen Bewegungen weit an der Insel vorbei, um ans Festland zu kommen. Seine Zeit war noch nicht gekommen.

KAPITEL 39

Überrascht sah Rike einen Videoanruf von Galinowski auf ihrem Bildschirm ankommen.

»Werteste Kollegin, ich konnte Sie leider nicht erreichen«, er sah sie vom Bildschirm an wie ein begossener Pudel. Dann zwinkerte er ihr auch noch zu, was irgendwie grotesk wirkte. Mein Gott, dieser Giftzwerg hielt sich wohl auch noch für unwiderstehlich. Sie dachte daran, wie er mit allen Mitteln versucht hatte, sie aus der Mordkommission zu drängen. Was er wohl dieses Mal wollte?

»Könnten Sie zur Sache kommen, ich habe extrem viel Arbeit«, forderte sie ihn unwirsch auf.

Er zog ein Gesicht wie ein ertappter kleiner Junge:

»Bitte, Sie müssen mir glauben«, bettelte er. Welches Missgeschick war ihm wohl dieses Mal widerfahren, hoffentlich hatte er nicht erneut eine Zeitungs-Ente lanciert wie beim letzten Mal.

»Also, ich war bei Rosie, und mir sind Ermittlungsergebnisse abhandengekommen«, beichtete er kleinlaut. »Und jetzt sind sie in der Zeitung.«

Also doch. Sie war noch gar nicht dazu gekommen, den »Elbe-Boten« zu lesen. Wegen der Winterpause des Schiffs kam der Briefträger an drei Tagen bei Ebbe mit dem Wattwagen vom Festland und brachte dann auch die Tageszeitungen mit.

»Ich bitte Sie, Frau Kollegin, lassen Sie mich nicht im Stich, Roth schmeißt mich sonst raus«, flehte er. »Ich knie nieder und bitte Sie aus ganzer Seele.«

Oje, er schreckte wirklich vor keinem Kitsch zurück. Sie öffnete die Internetseite der Zeitung und sah den Artikel, den wieder Hartmut Kalla geschrieben hatte, wie immer mit einem reißerischen Titel.

Hamburgs Immobilienmafia
auf der Nordseeinsel Neuwerk

Während die Polizei bei der Ermittlungsarbeit zu den zwei Toten auf der Insel Neuwerk noch immer im Dunkeln tappt, hat der Elbe-Bote im Umfeld der Toten einen neuen Immo-

bilienskandal aufgedeckt. In den vergangenen fünf Jahren, während der Amtszeit des verstorbenen Senators für Stadtentwicklung und Umwelt, Johann Stolten, wurden die strengen Nationalparkgesetze im Hamburgischen Wattenmeer praktisch aufgehoben. Der Inselkaufmann Peter Hein, das erste Opfer des grausamen Mörders, konnte allein in diesem Zeitraum fünf größere Grundstücke entlang der künftigen Hafenauffahrt erwerben. Möglich wurde dies durch Ausnahmegenehmigungen des Senats, die allerdings zuletzt die Regel geworden sind. Die Umwidmung der landwirtschaftlichen Flächen in Bauland hätte den ohnehin wohlhabenden Kaufmann noch um einige Millionen reicher gemacht. In diesem Sommer gelang dem verstorbenen Hein jedoch das Geschäft seines Lebens. Laut Grundbuchamt konnte er einer alten Dame, die aufs Festland ziehen wollte, drei Liegenschaften abkaufen, die beinahe die Hälfte der Agrarflächen auf der Insel umfassen.

Für diese Flächen liegt dem Elbe-Boten eine Bau-Voranfrage für den Bau eines Wellnesshotels mit tropischem Garten und einer überdachten Schwimmlandschaft vor, die bereits vom Senator genehmigt wurde. Wie wir aus gut unterrichteten Kreisen erfuhren, wollte Hein das fertig entwickelte Projekt noch in dieser Woche verkaufen. In einem Bieterwettstreit hatte sich ein Immobilienkonzern aus Katar mit dem Höchstgebot von 20 Millionen Euro durchsetzen können. Der Notartermin war für diesen Donnerstag anberaumt.

Rike war so empört, dass sie Galinowski am liebsten virtuelle Faustschläge verpasst hätte:

»Warum haben Sie das nicht uns mitgeteilt?«, schrie sie den sichtlich betroffenen Galinowski an.

»Ich habe das dem Chef auf den Tisch gelegt.« Er hatte angeblich den Dienstweg genau einhalten wollen.

Rike wurde so richtig wütend, denn Karl Roth war nach seiner Aussprache mit dem Polizeipräsidenten im Amt bestätigt worden und auch weiter für ihre Ermittlungen tätig. Doch auf Anordnung des Polizeipräsidenten hatte er an einer internationalen Tagung zur Terrorbekämpfung teilnehmen müssen. Sie konnte sich nicht vorstellen, dass ausgerechnet der Kollege, der in Hamburg geblieben war, davon nichts mitbekommen hatte.

»Um beim Chef auf Schönwetter zu machen, halten Sie Ermittlungsergebnisse zurück. Sie werfen uns nur Sand ins Getriebe«, warf sie ihm vor. »Und dass Rosie mit einem Journalisten verlobt ist, dürften Sie mittlerweile auch mitbekommen haben. Sie interessiert sich nicht für Sie, sie nutzt Sie doch nur aus, um ihrem Geliebten eine Story zu beschaffen. Merken Sie das nicht?« Rike war außer sich und fragte sich, wie ihr Kollege so dämlich sein konnte.

»So ist die Rosie doch nicht. Ganz und gar nicht, das hat sie bestimmt nicht gewollt«, stammelte er. Eindeutig liebeskrank und hinterhältig noch dazu, dachte Rike. Sie waren personell zwar extrem dünn besetzt und würden auch keinen Ersatz bekommen, doch dieser Intrigant brachte sie auch nicht weiter. Sie hatte Lust, den Mann aus dem Team zu werfen, und wollte ihm gerade empfehlen, sich versetzen zu lassen. In dem Moment kam Mareike und wedelte mit dem Telefon. »Wir haben einen Einsatz in einem Notfall«, rief sie hektisch.

Wortlos hängte Rike auf, um den Kollegen würde sie sich noch kümmern. Der Notruf war bei der Cuxhavener Wasserpolizei eingegangen. Die Person hatte panisch um Hilfe geschrien, und sie hatten die Funkzelle des Mobiltelefons im Südwesten der Insel Neuwerk lokalisieren können, wo sich der Karlshof befand, ein Gasthof mit Hotelbetrieb und eigenen Wattwagen für den Gästetransport. Da der Hof in höchstens 500 Meter Entfernung vom Leuchtturm lag, hatten die Cuxhavener Kollegen die Hamburger Mordermittler gebeten, dort nach dem Rechten zu sehen. Mareike hatte ihr berichtet, dass die Kollegen auf dem Festland die Sache nicht sonderlich ernst nahmen.

»Worum geht es denn?«, erkundigte sich Rike. Doch mehr Informationen hatten die Cuxhavener nicht, der Notruf war mehrmals gewählt worden, dann wurde immer wieder aufgelegt. Die Anfrage nach dem Besitzer des Telefons beim Netzbetreiber lief noch. Sie rasten mit dem Fahrrad den Weg hinter dem Deich in westlicher Richtung entlang. Rike hatte das Gebäude schon auf ihren Touren gesehen. In dem langgezogenen roten Klinkerhaus direkt hinter dem Deich befanden sich unten das Gasthaus und darüber die Hotelzimmer, die jeweils Balkons hatten, deren Blick auf das Meer in Richtung Sahlenburg am Festland ging. Das ganze Anwesen wirkte wie ausgestorben. Eine dicke Kette hing vor dem Ausflugslokal im vorderen Gebäude, sie sahen, dass die Stühle innen hochgestellt waren. Auf ihr Klingeln und Rufen reagierte niemand, keine Menschenseele war zu sehen. Hier hatten die Betreiber ihre Saison offenbar schon beendet. Sie liefen über einen betonierten Platz, an dem ein großes Schild mit der Aufschrift »Wattwagenstation« hing, um das Haus herum, an der hinteren Seite zog sich ein weiterer Gebäuderiegel ins Hinterland, dessen Anbauten wirkten wie eine überdimensionierte Lego-Kreation. Es folgte eine mit Glas überdachte Terrasse, auf der sich zusammengestellte weiße Stühle stapelten. Diese Terrasse bildete die Verbindung zu einem Wirtschaftsgebäude, wo sich die Küche befand, die ebenfalls aufgeräumt und leer aussah.

Rike lief weiter zur dahinterliegenden zweistöckigen Scheune, wo laut einem bunten Werbeschild am Tor Übernachtungen im Heu angeboten wurden. Das Tor war offen. Über sich hörte sie ein Rascheln und zog ihre Dienstwaffe, sie gingen langsam durch den Mittelgang in den hinteren Bereich, wo sie das Geräusch hinter einem Schrank gehört hatte. Dort angekommen senkte sie die Waffe und winkte Mareike heran. Eine Katzenfamilie hatte sich dort eingerichtet, die Katzenmama säugte vier kleine graue Wollknäuel. Ansonsten war der Raum leer.

Sie wählte die Telefonnummer des Hauses, stieß jedoch nur auf den Anrufbeantworter. Hendrichs, der vor dem Haus gewartet hatte, deutete zu den Ställen hinter der Scheune. In einer Garage unter dem Heuboden waren mehrere gelbe Wattwagen untergestellt. Die Karls betrieben ebenso wie der Cowboy Kai-Uwe König im Sommer ein Fuhrgeschäft mit Pferdewagen über das Watt hin und zurück.

Das nächste Gebäude war ein Boxentrakt, der jedoch ebenfalls leer war. Die Tiere musste aber jemand herausgelassen haben, denn sie hatten sie auf den Weiden hinter dem Haus gesehen.

Woher konnte der Anruf wohl gekommen sein, wunderte sich Rike. Sie müssten die Cuxhavener zurückrufen und sie bitten, das Telefon noch genauer zu lokalisieren. Da sah sie aus dem Augenwinkel einen kleinen Anbau am Pferdestall, an der Tür lächelte eine Miss Piggy, darunter hing ein Schild »Glückliche Schweine«. Als sie sich näherten, hörten sie dumpfe Schläge gegen die Tür und Hilferufe. Die Tür war mit einer Eisenkette und einem robusten Vorhängeschloss versperrt.

»Polizei, wer ist da?«

»Hilfe, Hilfe, machen Sie schnell, es ist nicht zum Aushalten. Er bringt mich um«, kreischte eine weibliche Stimme.

Rike erkannte die Stimme von Barbara Hein, der Tochter des ersten Opfers. »Können Sie ein Brecheisen und eine Flex auftreiben?«, wollte sie von Hendrichs wissen, der sich sofort auf sein Fahrrad schwang.

»Sind Sie verletzt?«, fragte sie besorgt. »Es stinkt und ist dreckig, was für ein widerliches Vieh!«, kreischte es von innen. Rike versuchte, die hysterische Frau zu beruhigen, bis Hendrichs Werkzeuge auftreiben konnte.

»Wie lange denn noch?«, kreischte es hinter der Tür.

»Wir kümmern uns und wir stehen vor der Tür, es droht Ihnen keine Gefahr.« Dann endlich hörte Rike das Quietschen von Hendrichs Fahrradbremsen. Kurz darauf konnte er das Schloss knacken.

Barbara Hein kam auf hohen Absätzen aus dem Stall gestakst, ihr rosa Spitzenkleid war braun verschmiert. Rike sah in den Stall, wo ein dickes borstiges Schwein neugierig schnüffelnd auf sie zu kam.

»Was ist passiert? Wer hat Sie da eingesperrt?«, fragte sie.

Barbara Hein schluchzte: »Er hat was gegen das Hotel, er will nicht, dass ich unterschreibe.« Der Rest ging in hysterischem Schluchzen unter.

»Wer hat was gegen das Hotel?«, wollte Rike wissen.

»Der Kai-Uwe«, schniefte sie weiter, »aber ich finde das Nordsee-Palace viel besser als die ganzen dreckigen Ställe hier.« Offenbar meinte sie Kai-Uwe König, den Insel-Cowboy. Sie sollte alleine das Haus ihrer Freunde hüten, die auf das Festland gefahren waren, also auch die Pferde herauslassen und die Post entgegennehmen. Sie habe gerade eine

Zeitschrift gelesen und eine Tasse Tee getrunken, da sei Kai-Uwe König in die Küche gestürmt gekommen.

»Ich habe gleich gesehen, dass er vollkommen außer sich war«, schluchzte die Blondine. Er habe mit dem »Elbe-Boten« gewedelt und sie angefleht, den notariellen Kaufvertrag nicht zu unterschreiben. Als sie nicht darauf einging, wurde er wütend und hatte ihr gedroht, falls sie unterschreibe würde sie ihres Lebens nicht mehr froh auf der Insel. Das werde Neuwerk vollkommen verändern.

»Das war mein Plan, genau wie der von Papa. Ich finde es so eintönig und primitiv. Das bringt Leben auf die Insel«, heulte sie. Sie sei fest entschlossen, zu unterschreiben.

Zum Nachdenken habe er sie in den Stall gesperrt und gesagt, der Peter und der Hannes hätten sich zu Schweinen entwickelt. Jetzt müsse sie sich überlegen, ob sie auch ein Schwein sein wolle. Dann habe er noch etwas von seinen Wiesen erzählt, die dann wegfielen. »Es gibt doch genug Wiesen, oder?« König sei geflohen, als er Rike rufen gehört hatte. Anzeigen wollte ihn die junge Frau nicht. »Das war doch ein Freund von Papa.« Rike gab es auf, die Blondine überzeugen zu wollen, sie mussten König dringend finden. »Schreib ihn zur Fahndung aus«, bat sie Mareike auf dem Rückweg zum Turm.

KAPITEL 40

Er war erleichtert, dass Margo in den Turm zurückgekehrt war. Als er von dem älteren Kripomann gehört hatte, dass sie im Watt verunglückt war und im Krankenhaus lag, hatte ihn das mit einer unglaublichen Wucht getroffen. Er stand unter Schock, so sehr bangte er um Margo.

Seit dem gemeinsamen Abend auf dem Turm war er vollkommen durcheinander. Was immer er gerade tat, Pauls Gedanken kehrten immer wieder zu ihrem Gespräch zurück, er dachte aber auch an ihre Blicke, ihre Gesten. Er wollte herausfinden, wie sie zu ihm stand und was eigentlich im Watt geschehen war, und hatte vorgeschlagen, dass sie am Abend in die derzeit einzige noch geöffnete Kneipe der Insel gehen könnten. Die »Wolkenbar« war der Ort, an dem sich die wenigen außerhalb der Saison verbliebenen Inselbewohner abends zu einem Bier oder Cocktail trafen. Sie befand sich in der ersten Etage über dem Wohnhaus von Kai-Uwe König hinter dem nördlichen Deich der Insel, wo man den besten Blick auf die offene See und die großen Containerschiffe hatte, die zwischen Nordsee und Elbe verkehrten.

Er zog sein bestes Hemd und frische dunkle Jeans aus den Stapeln, die er sorgfältig gefaltet und in seine Reisetasche gepackt hatte, und legte sie bereit. Zuvor wollte er jedoch seinen Fünftagebart beseitigen und rührte sich etwas Rasierschaum an.

»Elektro ist was für Weicheier«, murmelte er, als er sein scharfes Rasiermesser aus der Scheide zog und es glatt über die Wange zog, wie es ihm sein Vater gezeigt hatte.

Mitten in der Bewegung hörte er ein Knacken aus der Etage unter ihm, und gleich darauf ging das Licht im Zimmer aus.

»Autsch«, schrie er, denn er hatte prompt das Messer verzogen und sich ins Kinn geschnitten. Auch im Flur war es finster, er suchte einen Schalter, doch dabei stieß er gegen den Holzritter, der dort in seiner Rüstung gestanden war und jetzt mit lautem Scheppern auf den Steinboden fiel.

Endlich hatte er den Schalter gefunden, doch das Licht funktionierte nicht. An der Treppe hörte er, wie eine Tür zufiel und jemand nach unten stieg. Außerdem meinte er, einen Schrei gehört zu haben. Das war doch Margos Stimme? Hatte sie um Hilfe gerufen, und wo kam das Geräusch her? Er rief sie, doch bekam keine Antwort. Wenn ihr nun etwas zugestoßen war? Die Amateure von der Polizei waren die Letzten, die er um Hilfe gebeten hätte. Im Dunkeln tastete er sich an die Rezeption vor, doch dort war sie nicht. Er erinnerte sich an eine Geheimtür in der Küche, von der sie gesprochen hatte, und tastete die Wand ab, bis er eine winzige Ritze in der Holzvertäfelung fühlte. Knarrend öffnete sich die Wand, er tastete sich mit dem Fuß vor, eine Taschenlampe wäre hilfreich gewesen, doch er wollte sich auf keinen Fall nochmals im Dunkeln zurück in sein Zimmer tasten und wertvolle Zeit verlieren. Irgendwo in der Küche bewahrte Margo ihre Feuerzeuge auf, er strich über die Anrichte, schmiss allerdings nur einen Teller herunter. Dann dachte er an den kleinen Tisch, an dem sie manchmal saß, und ertastete mit der Hand ein Gefäß, das der Aschenbecher sein musste. Dann hatte er Glück, direkt daneben fühlte er die glatte Plastikoberfläche des Feuerzeugs und knipste es an, um in die Öffnung zu leuchten. Er ging langsam die Treppe hinab, die er dahinter erkannt hatte.

Etwas knirschte unter seinem Fuß, er hob es auf und besah sich den Gegenstand im Licht der kleinen Flamme. Eine Kette mit einem Anhänger. Die musste von Margo sein, sie trug immer einen Talisman, eine silberne Kette mit der schützenden Hand der Fatima als Anhänger. Er ging weiter und musste mit dem Fuß etwas umgestoßen haben, das laut die Treppe hinunter polterte, dann kam er an eine Tür und hörte direkt davor ein dumpfes Stöhnen.

Von Margo wusste er, dass man über die Treppe ungesehen in die untere Turmetage gelangte, direkt in die Geschäftsräume von »Störtebekers Wunderkammer«. Vorsichtig öffnete er die Tür. Im Halbdunkel sah er, dass auf einem Stuhl jemand gefesselt und geknebelt saß. Er löste Fesseln, Knebel und Augenbinde und erkannte Mark Cors, den Schmuckhändler und Schwiegersohn von Hein.

»Was ist passiert, wo ist Margo?«

Mark Cors zeigte benommen auf eine weitere kleine Tür im Nebenraum.

»Da entlang, Vorsicht, er ist bewaffnet.«

»Wer denn, wer war das?«, wollte Paul wissen.

Doch der Schmuckhändler schüttelte nur stumm den Kopf und setzte sich wieder auf den Stuhl.

Cors sah aus, als wäre er vollkommen durch den Wind, er würde also nicht auf dessen Hilfe zählen können. Er erinnerte sich, wie verächtlich Peter Hein von seinem Schwiegersohn gesprochen hatte. Der sei ein Jammerlappen und habe sich die Liebe seiner Tochter mit irgendwelchen albernen Geschenken erschlichen. Die hübsche Barbie habe etwas Besseres verdient, einen echten Mann. Der Kaufmann war nicht einmal davor zurückgeschreckt, seine Tochter mit ihm verkuppeln zu wollen, doch Paul hätte sich nicht für die größte Mitgift der Welt mit dieser oberflächlichen Blondine eingelassen.

Paul rannte die Treppe hinunter, bis er unten vor dem Leuchtturm angekommen war. Zum Glück war die Kellertür geöffnet, er ging durch den Gewölberaum hindurch und erkannte die niedrige mit einem Brett verstellte Öffnung in den unterirdischen Gang. Von dort kamen die Rufe, gebückt ging er hinein, es musste ein Teil des geheimen Wegesystems unter dem Turm sein.

Er bedauerte, dass er nicht doch sein Handy mitgenommen hatte, um mehr Licht zu haben, das Feuerzeug konnte er nur gelegentlich anknipsen, um sich zu orientieren. Er tappte den holprigen niedrigen Gang entlang, der sich am Ende verzweigte. Auf der rechten Seite befand sich eine Treppe nach unten, links ging der Gang weiter. Er zögerte, denn schon länger hatte er keine Rufe mehr gehört. Mit der kleinen Flamme leuchtete er in beide Richtungen, dabei entdeckte er etwas Helles auf einer der Treppenstufen und hob es auf. Es war ein Tuch oder ein Schal aus einem seidigen Stoff mit einem aufgedruckten Frauenkopf, das er schon an Margo gesehen hatte und das eindeutig nach ihrem Parfüm duftete. So hatte Margo die Richtung markiert, in die sie der Entführer gebracht hatte. Er ging die ungleichmäßig ausgetretenen Stufen hinab. Dann stieß er schmerzhaft mit dem Schädel an die Decke, die noch niedriger war, als er gedacht hatte.

Zum Glück war er wegen der Dunkelheit langsam gegangen, er musste sein Feuerzeug sparsam einsetzen, da er nicht wusste, wie viel Gas sich noch darin befand. Gebeugt tastete er sich vor, bis seine Arme plötzlich keinen Halt mehr an den Wänden fanden, der Gang hatte sich verbreitert. Er ließ die Flamme den Weg erhellen und erkannte, dass er sich in einem unterirdischen Gewölbe befand. Er meinte, ein leichtes Stöhnen gehört zu haben, und leuchtete mit der Flamme um sich, dann sah er endlich Margo. Sie lag auf einem langen schmalen Tisch, der Entführer hatte ihre Handgelenke mit einem Seil an einem vorne angebrachten Rad befestigt und sie zudem noch geknebelt.

Er nahm ihr das Tuch aus dem Mund und riss an den Fesseln, die sich aber nur noch enger um Margos Hände schlossen.

»Auauau, ich steh gar nicht auf Sadomaso«, war das Erste, was Margo mit ihrem soeben befreiten Mundwerk hervorstieß. Die Frau hatte Nerven!

Der Entführer hatte einen tückischen Seemannsknoten geschlungen, der die Handgelenke auf Zug noch fester einschnürte.

»Ich muss jetzt mal fummeln«, er hatte eigentlich den Knoten gemeint und wurde sich im gleichen Moment der Zweideutigkeit bewusst, »also am Knoten.«

»Das ist aber nicht gentlemanlike, die Notlage einer Dame auszunutzen«, konterte Margo, der die Lust am Spotten offenbar trotz der Ereignisse nicht vergangen war. Endlich hatte er den Knoten gelöst und konnte sie befreien.

»Mein Held«, lobte sie ihn ironisch. »Immer zu Ihren Diensten, Madame«, sagte Paul, doch als sie aufstehen wollte, klang ihre Stimme plötzlich ganz kläglich:

»Ich glaube, mir wird gerade schwindlig.«

Er konnte sie gerade noch auffangen, ihre Knie hatten nachgegeben, sie wäre sonst zu Boden gestürzt. Er half ihr, sich wieder auf den merkwürdigen Tisch zu setzen, sodass sie sich einen Moment ausruhen konnte.

Immerhin war sie ja gerade erst aus dem Krankenhaus entlassen worden. »Wer war das, ist der Entführer noch da?«, flüsterte er.

»Er ist weg, er wollte morgen wiederkommen, ich sollte gestehen, dass ich Jo Prell umgebracht habe«, gab sie leise zur Antwort.

Doch von wem sprach sie eigentlich?

»Du wolltest es mir nicht glauben, es war der letzte Pirat, einer der Likedeeler«, wisperte Margo weiter.

»Er hat mich hier drauf gefesselt und mir angedroht, dass er mich in die Länge ziehen will, bis ich die ganze Wahrheit ausgespuckt habe. Es ist eine Streckbank, auf die er mich gebunden hat!«

Er machte nochmals das Feuerzeug an, um sich das Gerät anzusehen, das er für einen simplen Tisch gehalten hatte, und entdeckte an einem Ende ein aufklappbares Holzbrett mit zwei Öffnungen, in denen wohl die Füße fixiert wurden. Mit dem hölzernen Rad am anderen Ende des Tischs wurden die daran gefesselten Hände nach vorne gezogen, er kannte die Beschreibungen dieser im Mittelalter verbreiteten Tortur. Ihn schauderte.

»Hat er dir wehgetan?«, fragte er voller Sorge.

Doch Margo sagte, dass sie höchstens eine kleine Hautabschürfung abbekommen habe, und drängte ihn, endlich an die Oberfläche zu steigen. Sie wusste, dass einer der Geheimgänge zu einem Ausgang direkt an dem kleinen Friedhof führte, und dass der Entführer diesen wahrscheinlich genommen habe. Sie schlug deshalb vor, den Keller auf dem gleichen Weg zu verlassen, wie sie hineingekommen waren.

Ihm war immer noch nicht klar, wer dieser geheimnisvolle Pirat sein sollte. Doch Margo war erschöpft, und auch wenn sie es niemals zugegeben hätte, zitterte sie vor Schwäche und Angst. Er wusste nicht, ob der Entführer sie bedroht und geschlagen hatte, er musste sie erst einmal hier herausbringen und ihr ein Glas Wasser holen. Sie erlaubte ihm sogar, sie an den Eingang des Tunnelsystems zu tragen. Sie kamen wieder dort heraus, wo er in das Labyrinth eingestiegen war, in dem Gewölbekeller.

Dort erwartete sie allerdings bereits die Polizei. Friederike von Menkendorf und Mareike Schmidt standen mit
gezückten Waffen vor dem Eingang und sahen ihn überrascht an.

»Frau Valeska, Sie sind Opfer eines Gewaltverbrechens
geworden, möchten Sie Anzeige erstatten?«, fragte die von
Menkendorf wie immer ohne jegliche Empathie.

»Sie sehen doch, dass Frau Valeska vollkommen erschöpft
ist«, verteidigte Paul sie. Er hatte jetzt noch einen weiteren
Grund, auf der Insel auszuharren. Margo war in Gefahr, und
er war sich jetzt über seine Gefühle für sie im Klaren. Er
war verliebt, so sehr wie noch nie in seinem Leben, und er
musste die Frau seines Herzens schützen. Denn die Hamburger Polizei war dazu nicht in der Lage. Alles Weitere
würde sich finden, wenn diese Fälle endlich einmal aufgeklärt waren.

Er wusste, dass Margo einen Lebensgefährten in Berlin hatte. Doch die Entscheidung, für sechs Monate ohne
ihren Partner auf eine einsame Insel zu gehen, sprach für
sich. Sobald es Margo besserging, würde er ihr seine Gefühle
gestehen.

KAPITEL 41

Rike fühlte sich nach den Ereignissen der letzten 24 Stunden am Ende ihrer Kräfte. Sie hatte ihr Handy abgeschaltet, da irgendwelche Boulevard-Reporter nach der letzten Veröffentlichung im »Elbe-Boten« ihre Handy-Nummer herausbekommen hatten und es pausenlos klingelte. Sie hatte auch gesehen, dass der Polizeipräsident versucht hatte, sie anzurufen. Wenn sie nicht bald Fortschritte meldete, würde sie wahrscheinlich endgültig abgesetzt.

Doch nach den letzten dramatischen Ereignissen schienen sie kurz vor der Auflösung des Falls zu stehen, sie hoffte, dass sie König finden würden, und sie spätestens am Tag darauf ihren Bericht nach Hamburg schicken konnten.

Ruhepausen konnten sie sich keine erlauben. Bevor sie am späten Abend zu einer weiteren Sitzung mit ihren beiden Kollegen zusammenkam, musste sie wenigstens für kurze Zeit an die frische Luft. Das war zwar kein Ersatz für den fehlenden Schlaf, doch bei einem Spaziergang gelang es ihr immer am besten, den Überblick zu gewinnen. Außerdem hatte sie ein sehr schlechtes Gewissen gegenüber ihrem vierbeinigen Freund. Als sie gerade nach ihm pfeifen wollte, kam Prinz mit seinem Krokodil unter dem Schreibtisch hervor.

Galinowski hatte seit dem Gespräch am Vormittag ungewohnt eifrig gearbeitet und sogar etwas Interessantes herausgefunden. Johann Stolten hatte als Jugendlicher vier Jahre auf der Insel gelebt. Seine Tante hatte einen Insulaner geheiratet, der das Hotel »Meereswoge« betrieben hatte, die verfallene Villa, an der sie schon mehrfach vorbeispaziert war. Das Gebäude stand leer, die Fenster waren mit

Brettern vernagelt, und der Putz bröckelte ab. Sie wollte sich das Gebäude nochmals ansehen, vielleicht gab es noch weitere Hinweise auf Besuche von Stolten. Vielleicht hatte er dort seine letzten Stunden verbracht, bevor er ermordet worden war.

In seinen Inseljahren hatte Stolten die Inselschule besucht – gemeinsam mit den beiden Opfern und Kai-Uwe König. Gegen den hatte Mark Cors soeben Anzeige erstattet, da er ihn niedergeschlagen, gefesselt und geknebelt hatte. Offenbar war der Inselbürgermeister zu einem richtiggehenden Rachefeldzug aufgebrochen, hatte erst Barbara Hein unter Druck gesetzt und danach die Valeska bedroht. Den hatten sie eigentlich ganz und gar nicht unter Verdacht gehabt, und er hatte auch in den beiden ersten Fällen ein Alibi. Doch Cors hatte ihn eindeutig identifizieren können.

Der Schmuckhändler hatte an seinem Schreibtisch vor dem Bildschirm gesessen und war gerade dabei, eine Materialbestellung abzuschließen. König hatte ihn überfallen und war von seinem Laden aus direkt die Treppe nach oben gestürmt. Da er geknebelt war, hatte Cors Margo Valeska nicht mehr warnen können. Dann hatte König die Pensionswirtin entführt, die sie noch nicht vernehmen konnten. Rike war keineswegs sicher, dass die Dame nun kooperieren würde. Sie hatten gerade die Ergebnisse der kriminaltechnischen Untersuchung des Traktors erhalten, und es gab keinerlei Hinweise auf eine Straftat, die dort begangen worden war. Was auch immer mit Jo Prell geschehen war, den Verdacht, dass Margo Valeska ihn angegriffen oder ermordet hatte, ließ sich nicht erhärten. Zudem hatte Cors ihren Bericht über die Piratenclique vor über 30 Jahren bestätigt. Er hatte gehört, wie König die Valeska nach den Morden an seinen Piratenbrüdern gefragt hatte, wie er sich ausdrückte.

Mark Cors wusste von seinem Schwiegervater, dass die Jugendlichen sich Blutsbrüderschaft geschworen und Schiffe ausgeraubt hatten. Sein Schwiegervater Peter Hein hatte mit seinem Piratenleben geprahlt, wenn er einen über den Durst getrunken hatte. Rike bezweifelte allerdings stark, dass diese Jungenstreiche von vor über 30 Jahren tatsächlich mit den Morden zu tun haben konnten.

Es war mittlerweile dunkel geworden, doch der Mond und die Sterne leuchteten so hell, dass sie ohne Probleme den Weg auf dem Deich fand. Die Wellen schwappten gemächlich ans Ufer, in der Ferne sah sie die Schiffe auf dem Weg von der Elbemündung in die Nordsee vorübergleiten, die mit ihrer hellen Beleuchtung fast festlich aussahen.

Sie waren jetzt auf der Höhe des verlassenen Hauses angekommen, das einige Jahre lang als einziges Luxushotel der Insel in Betrieb war. Über den Betreiber Willy Harding kursierten jede Menge Anekdoten, das hatte ihr der Briefträger erzählt, der sich vor ihr und Mareike gebrüstet hatte, dass er jedes Geheimnis der Insel kenne. Angeblich sollte der Hotelier die Wasserhähne vergoldet und das Haus mit echten Perserteppichen ausgelegt haben, alle Möbel waren Maßanfertigungen ebenso wie der gigantische Kronleuchter. Anfangs war das Haus gut gelaufen, Willy Harding schenkte an Silvester jährlich kostenlos Champagner für seine Stammgäste aus – die Bälle waren die größten Gesellschaftsereignisse in der Inselgeschichte. Doch dann war der Hotelier wohl größenwahnsinnig geworden, er hatte sich über die unzuverlässigen Reeder vom Festland geärgert und zwei Dampfer gekauft, mit denen er eine eigene Schifffahrtslinie eröffnete. Just in dem Jahr war das Wetter besonders stürmisch, und die Gäste blieben aus. Die Banken hatten ihm schließlich den Geldhahn zugedreht, und er war eines Tages sang- und klanglos von der Insel verschwunden. Zu diesem Zeitpunkt war seine Frau schon längst mit einem Kapitän von der »MS Rose«, einem von Willys Schiffen, getürmt. Seither stand das Gebäude leer und verfiel. Ein Holztor mit einer dicken Metallkette versperrte den Zugang, doch Rike zog daran und erkannte, dass diese nur durch die Metallmaschen geschlungen und um den Türpfosten gelegt war. Sie ging auf das Haus zu und sah die Fassade aus der Nähe an.

Die Fenster waren mit Brettern vernagelt, die Treppen vor dem Eingang mit Gras überwachsen, aus Fugen wucherten Büsche. Sie versuchte, die Tür zu öffnen, doch diese war fest verriegelt. Auch den Weg um das Haus herum hatte sich die Natur zurückerobert, mühsam mussten Prinz und sie sich durch Sträucher, Glasscherben und Bierdosen vorarbeiten, bis sie zu einer Veranda auf der Rückseite kamen, deren Tür nicht abgeschlossen war. Der Raum war vermutlich früher der Speisesaal, die Vierertische und Stühle standen noch so im Raum, wie sie vermutlich verlassen worden waren. Die Tische waren mit weinroten Tischdecken, Besteck und Servietten eingedeckt, wenn auch alles von einer Staubschicht überzogen war. Nur in einer Ecke des Saals war ein massiver Holzschrank umgekippt, um ihn herum hatten sich Porzellanscherben des Hotelgeschirrs ergossen. Rike sah, dass die Einzelteile einen Goldrand hatten und mit einer dunkelblauen Muschel und dem Schriftzug *Meereswoge* verziert waren. Sie ging weiter und sah hinter dem Schrank einen Tresen, auf dem benutzte Gläser standen, dahinter sogar noch volle Schnapsflaschen. Ordentlich lag ein Stapel Speisekarten auf den Tresen gestapelt. Sie fand es erstaunlich, dass noch niemand all das mitgehen lassen hatte. Sie kam sich wie in einem Museum vor, in dem ein Moment des damaligen Luxuslebens auf der Insel eingefroren war. Nur der muffige Geruch trübte die Entdeckung.

Prinz zerrte an der Leine, knurrte und bellte dann wütend, fast so wie neulich, als er den Schädel gefunden hatte. Ob er wohl ein Drogenversteck oder -labor erschnüffelt hatte? Das abgelegene aufgegebene Hotel erschien ideal für illegale Geschäfte, es gab keine Nachbarn, die irgendetwas beobachten oder hören konnten, und nirgendwo auf der Insel, außer im Turm, waren Überwachungskameras installiert.

Rike folgte Prinz über eine Treppe im Halbdunkeln in die oberste Etage. Zum Glück hatte sie noch daran gedacht, eine Taschenlampe einzustecken und leuchtete den Raum aus. Sie standen in einer Dachkammer mit Bett, Schreibtisch und einem alten Filmplakat an der Wand. Hier roch es nicht so muffig, wie im übrigen Haus, sondern eher nach Tabak. Auf dem Bett lag ein ausgerollter Schlafsack, den sie sich unter dem Lichtstrahl genauer ansah. Er war aus einem leichten orange-schwarzen Material gefertigt, das nach einem sehr modernen Modell aussah. Der Schlafsack roch noch neu, er lag also erst seit kurzem dort und war vielleicht vor nicht langer Zeit benutzt worden.

Prinz knurrte noch lauter, Rike beschloss, ihn loszumachen. Sollte der Nachwuchs-Rex doch einmal zeigen, was sein Spürsinn taugte. Mit großen Sprüngen rannte er aus dem Zimmer, sie hörte, wie jemand die Treppe hinunterrannte und dann laute Flüche ausstieß: »Hau ab, du Mistvieh!«

Rike war stolz, ihr Prinz wurde wohl noch zum echten Polizeihund. Er hatte sich fest in die Hose des Mannes verbissen und knurrte ihn drohend an. Zufrieden sah Rike, als sie dem Mann ins Gesicht geleuchtet hatte, dass es der Inselbürgermeister Kai-Uwe König war, dem sie nun die Handschellen anlegte.

»Sie sind festgenommen wegen des Verdachts, Peter Hein und Johann Stolten ermordet zu haben, ferner wegen des Verdachts, Barbara Hein und Margo Valeska entführt zu haben. Sie können einen Anwalt hinzurufen, alles was Sie sagen, kann gegen Sie verwendet werden«, belehrte sie ihn. Er ließ sich zwar festnehmen, widersprach ihr aber lautstark.

»Frau Kommissarin, Sie täuschen sich. Ich habe mit den Morden nichts zu tun. Die Toten waren wie Brüder für mich«, protestierte er. Er fühle sich selbst bedroht und habe sich deshalb versteckt.

Das schien Rike eine denkbar dünne Ausrede.

»Aha, deshalb haben Sie auch zwei Frauen entführt und einen Mann niedergeschlagen«, antwortete sie sarkastisch.

Sie beschloss, Hendrichs anzurufen, damit er sie bei der Zuführung des Verdächtigen zum Leuchtturm unterstützen käme, und schaltete ihr Mobiltelefon an. Doch auf der Ostseite der Insel war der Empfang einfach miserabel, sie kam nicht in das Netz.

So blieb ihr nichts anderes übrig, als alleine zu Fuß mit dem in Handschellen gelegten König über den Deich zurück zum Leuchtturm zu gehen. Sie brachte den Mann in ihr improvisiertes Kommissariat und rief dann Roth an, um ihn zu fragen, wie sie weiter vorgehen sollten. Bevor sie ein zweites Mal den Hubschrauber für den mutmaßlichen Mörder bestellte, wollte sie sich lieber Rückendeckung holen. Sie erreichte Roth, der gerade bei einem Galadinner auf der Kriminalistentagung in London saß.

Sie sollten den Mann zunächst in einem geeigneten Raum im Turm festsetzen und dort vernehmen, ordnete er an. Er würde den Staatsanwalt kontaktieren.

KAPITEL 42

Als Margo in ihrem Bett im Leuchtturmzimmer aufwachte, fühlte sie sich wie gerädert, jeder einzelne Knochen und jeder Muskel schmerzte, am Handgelenk hatte das grobe Seil, mit dem sie König im Turmkeller an den Tisch der Streckbank gefesselt hatte, eine blutige Abschürfung hinterlassen. Sie hatte Angst, dass König sie nochmals bedrohen würde, denn er war überzeugt, dass sie es war, die seine Kumpel auf dem Gewissen hatte. Er hatte sie, als sie ihm widersprochen hatte, noch mit einer riesigen Zange bedroht, die nach Pferdemist roch. Er hatte die scharfen Öffnungen so gehalten, als wolle er ihr einen Finger abschneiden, er bebte vor unbändiger Wut und sah zu allem entschlossen aus.

Sie hatte damit gerechnet, dass ihr letztes Stündchen geschlagen hatte, der Cowboy hatte sie immer wieder gefragt, warum sie das getan habe.

»Was getan?«, hatte sie zurückgefragt.

»Stell dich nicht dumm. Du hast die Drohbriefe geschickt«, brüllte er sie an.

Dann drohte er, sie in dem Keller inmitten der Ratten festzuhalten und das Seil der Streckbank anzuziehen, bis sie die Wahrheit sage. Er hatte angekündigt, nur noch einmal wiederzukommen, das sei ihre letzte Gelegenheit zu reden. Ansonsten würde sie ganz langsam und bei lebendigem Leibe von den Ratten gefressen werden.

Wenn Paul sie nicht gefunden hätte, würde sie wahrscheinlich immer noch im unterirdischen Verlies schmachten, allmählich verhungern und verdursten und vielleicht tatsächlich von den Ratten verspeist werden. War er der Mörder?, fragte sie sich. Vieles sprach dafür, allerdings würde er sie dann sicherlich nicht mit Fragen traktieren und behaupten, dass sie seine Freunde umgebracht hatte.

Wenn er nicht der Mörder war, dann war er vielleicht selbst in Gefahr und hatte in Panik gehandelt. Sie war sich sicher, dass die Morde mit dem Raubzug der Piraten auf den Frachter zu tun hatten.

Das erklärte sie ihm, doch er hörte kaum zu und wollte ihr schlicht nicht glauben. »Habt ihr etwas gefunden, das wertvoll war, oder etwas entdeckt, was ihr nicht wissen solltet? Oder kann das etwas damit zu tun haben, wie Tim damals gestorben ist?«, fragte sie ihn.

»Ein Unfall«, sagte der Cowboy, aber das sei ohnehin keine Angelegenheit, in die sie ihre schöne Nase stecken sollte. »Das geht Sie nichts an.« Wenn er sich damit nicht täuschte. Zwar war die Laboranalyse nicht eindeutig, da sie kein Genmaterial von Tim hatte. Doch die große Übereinstimmung des Erbguts mit Jo sprach dafür. Sie war sich sicher, dass sich Renata nicht mit dem Vater der beiden Jungs eingelassen haben konnte.

»Ich bin Renatas Tochter«, sagte sie, und der Cowboy wirkte vollkommen entgeistert.

»Dann geht es um Rache?«, flüsterte er und sah sie fassungslos an. Als sich Schritte näherten, war er geflüchtet. Margo hatte so gehofft, dass es Paul war, und dachte daran, wie erleichtert sie war, als er endlich in dem Gewölbe gestanden hatte und sie von ihren Fesseln befreit hatte.

Sie drehte sich nochmal in ihrem Bett um und dachte daran, wie behutsam er sie hochgehoben und aus dem Tunnelsystem getragen hatte, und lauschte seinen ruhigen Atemzügen. Danach hatte er sie vor der Karrierepolizistin in Schutz genommen und die Nacht auf ihre Bitte hin ganz brav auf dem Sofa in ihrem Zimmer verbracht. Er hatte sich wie ein Gentleman verhalten.

Margo hatte Angst, dass König nochmals versuchen könnte, sie anzugreifen. Außerdem hatte sie fürchterliche Albträume von einer mörderischen Krankenschwester gehabt. Als sie aufwachte, dachte sie an den Hass, den sie in den Blicken von Brigitte gesehen hatte.

Langsam formte sich das Puzzle der damaligen Ereignisse und Beziehungen zu einem Bild. Sie wollte noch einmal mit einem Zeitzeugen der Piratenjahre sprechen. Denn der Schlüssel für die Ereignisse lag in der Vergangenheit. Sie war sich mittlerweile sicher, dass die Ereignisse damals etwas mit den schrecklichen Morden zu tun hatten.

KAPITEL 43

Irgendwie sah Kai-Uwe König deplatziert aus auf dem Stuhl von Rikes Schreibtisch. Sie hatte ihm die Handschellen entfernt. Er hatte seinen Cowboyhut vor sich auf den Tisch gelegt und schwieg sie mittlerweile seit zehn Minuten stoisch an. Zuvor hatte er erklärt, er werde nur in Anwesenheit seines Anwalts und nach einer Beratung mit diesem etwas sagen. Aber sie waren nicht auf dem Festland, wo man den Anwalt jederzeit herbeirufen konnte. Aus irgendeinem Grund wollte er auf Zeit spielen.

Den Anwalt per Hubschrauber einzufliegen, hatte der Staatsanwalt nicht genehmigt. Das Polizeiboot konnte ihn erst am Vormittag aus Cuxhaven auf die Insel bringen. Rike wollte ihn eine Zeit lang schmoren lassen und dann nochmals einen Versuch starten, in der Zwischenzeit widmete sie sich den Akten.

Mareike hatte in der Zwischenzeit ganze Arbeit geleistet und sich die Eigentumsverhältnisse auf Neuwerk genau angesehen. Sie hatte einen amtlichen Bebauungsplan an die Wand gepinnt und dort eingezeichnet, wo das Wellnesshotel und die dazugehörige Badelandschaft genau liegen sollten. Der »Nordsee-Palace« nahm mit seinen Nebengebäuden fast die gesamte nordöstliche Hälfte der Insel zwischen dem Nationalparkhaus und dem Deich ein.

Auf einer anderen Karte zeigte sie die Besitzverhältnisse. Peter Hein besaß nicht nur diese Grundstücke, sondern hatte im Laufe der Jahre auch fast alle nutzbaren Wiesen im Westen der Insel erworben. Bislang war die Fläche als Agrarland ausgewiesen, er hatte diese schon lange gekauft, bevor von dem Hafenprojekt die Rede war.

»Möglicherweise hatte er schon damals Informationen über die Hafenpläne«, vermutete Mareike. Johann Stolten habe diese selbst gegen heftige Kritik aus seiner Partei durchgesetzt, er habe damit eigentlich nichts gewinnen können, hatte sie recherchiert. »Es könnte auch sein, dass Hein Druck auf ihn ausgeübt hat.« Die andere Möglichkeit war, dass er mitverdiente, wenn Hein seine Grundstücke versilberte. Aber eigentlich brauchte er das Geld ja nicht, er war schon vermögend und hatte zudem noch sein stattliches Senatorengehalt.

Mareike hatte auch bei den Schiffcharter-Gesellschaften und Fuhrunternehmen recherchiert, ob sie mögliche Hotelinvestoren befördert hatten. Bei einer Verleihfirma für noble Segeljachten war sie fündig geworden. Im August hatte Peter Hein dort eine Woche lang die größte und luxuriöseste Jacht gemietet, mit Bordkino und Bordbar. Ein Skipper hatte die Besucher in den kleinen Hafen auf der Insel gebracht. Im Urlaubstrubel waren die Besuche am wenigsten aufgefallen. Nach Informationen seiner Tochter hatten die Investoren aus Katar sich wegen des herrlichen Blicks auf die vorbeifahrenden Schiffe für den Nordwesten entschieden. Für Kai-Uwe König bedeutete das Projekt nach Mareikes Recherchen den sicheren wirtschaftlichen Ruin. Mit Rotstift hatte sie zwei kleinere Flächen neben dem geplanten Hotel auf die Karte gekritzelt.

»Was ist das?«, fragte Rike.

Mareike legte den Finger über den Mund und drehte die Augen in Richtung König, dann bat sie Rike kurz vor die Tür ihres Sitzungsraums. »Das wären die Weiden, die ihm dann übrig blieben.« Seine Kutschpferde standen fast das ganze Jahr draußen auf den Wiesen, das waren keine Tiere, die sich in einer Box halten ließen. Außerdem wäre das logistisch nicht machbar, die notwendigen Mengen Heu und Futter auf die Insel zu transportieren.

Das war mit Sicherheit ein Motiv für die Morde. Der Mann war ein absoluter Pferdenarr und hatte auf der Insel seinen Lebenstraum realisiert. Den würde er sich nicht so einfach zerstören lassen. Dass er wütend war, weil er sein Lebenswerk in Gefahr sah, erschien ihr logisch. Sie würde noch einen Versuch starten, mit ihm zu reden. Sonst mussten sie eben den rechtsstaatlichen Gang der Dinge abwarten und sich bis zur Ankunft seines Anwalts gedulden.

»Herr König, ich kann Ihre Wut vollkommen verstehen«, versicherte sie ihm. »Mir sind Pferde auch deutlich lieber als ein Luxushotel auf Ihren Weiden.«

Doch der Mann ging auch auf diesen Versuch nicht ein. »Ich werde Ihnen alles sagen, was ich weiß, aber nur in Gegenwart meines Anwalts«, wiederholte er. »Und im Übrigen bitte ich um Polizeischutz vor Margo Valeska.«

Rike sah allerdings keinen Grund, warum der Mann geschützt werden sollte.

»Den können Sie haben, wenn Sie mir eine stichhaltige Begründung liefern.« Doch König schüttelte nur unwillig den Kopf. Sie wollten ihn vorübergehend in der Pensionsküche unterbringen, da der Raum nur ein kleines Fenster hatte und eine solide Tür, die sie sichern konnten. Später wollten sie ein Zimmer für ihn vorbereiten lassen, wo er die Nacht verbringen konnte. Leider würden sie schon wieder wenig Schlaf bekommen, denn sie mussten sich bei der Nachtwache abwechseln.

KAPITEL 44

Margo hatte in den »Neuwerker Blättern«, einer als Loseblattsammlung erscheinenden Zeitung der Inselbewohner gesehen, dass ein Stickkränzchen bei Marita König, der betagten Mutter des Inselbürgermeisters, geplant war. Sie packte zwei Flaschen Bier und eine Schachtel Zigaretten ein, die zum Glück in der Vorratskammer neben der Küche gelagert waren, denn die Beamten hatten ihre Küche vorübergehend beschlagnahmt. Vergeblich hatte sie dagegen protestiert.

Zum Glück waren die Polizisten nun so beschäftigt, dass sie nicht bemerkten, wie sie den Turm verließ. Denn eigentlich hatte sie sich zu einer Vernehmung melden sollen, sobald es ihr besserging. Sie ging den kleinen Pfad hinter dem Leuchtturm auf das Hexenhäuschen zu und klopfte. Niemand antwortete, doch der alte Herr musste in jedem Fall zu Hause sein. Wie immer war die Tür offen, sie ging durch sein Kuriositätenkabinett mit den Einmachgläsern die Treppe hinauf. Diesmal hatte die Schwiegertochter den alten Lehrer nicht ans Bett geschnallt, er saß in einem Schaukelstuhl vor dem Fenster und hatte die Augen geschlossen.

»Hände hoch oder ich schieße«, hatte er gerufen, als die Tür sich knarrend geöffnet hatte. Der Mann war etwas wunderlich, aber wer wollte ihm das nach den Ereignissen auf der Insel verdenken.

»Proviant«, rief Margo. Erleichtert sah sie, dass Alfred Olscher nur geblufft hatte und keine Waffe in der Hand hielt.

»Ach, Sie sind es«, sagte er erfreut, »hier passiert ja so einiges. Man muss sich schützen.«

Sehr interessiert musterte er Margos Mitbringsel, und seine Miene hellte sich auf. Er bat Margo, ihm eine Flasche zu öffnen, und steckte sich eine Zigarette in den Mund. Feuer wollte er nicht.

»Da macht die Alte zu viel Theater, die ist ganz übellaunig, seit sie wieder da ist. Ich nuckle etwas am Tabak und stelle mir einfach vor, ich würde rauchen.«

Margo sah ihm zu, wie er genussvoll an der Zigarette schnüffelte und sie dann wieder unangezündet im Mundwinkel hängen ließ. Sie wusste, dass der alte Herr ihre letzte Chance war, etwas über die damalige Zeit zu erfahren. Mit König zu reden, war einfach aussichtslos. Der Mann hasste sie und hielt sie offenbar für eine Mörderin. Er würde ihr niemals bei ihren Recherchen helfen, aber das ließ sie gleichgültig. Die Abneigung beruhte auf Gegenseitigkeit. Was sie nicht verstand, war der Hass von Brigitte, und warum diese versucht hatte, sie im Krankenhaus umzubringen.

Vielleicht konnte der ehemalige Lehrer ihr erklären, was damals zwischen den jungen Leuten vorgefallen war. Sie erzählte ihm, dass Jo Prell im Watt verschollen war.

»Bitte erzählen Sie mir, was damals geschehen ist. Sie waren doch wie ein Vater für Tim«, bat sie ihn eindringlich.

»So lang her …«, sagte er.

»Ich wüsste doch nur gerne etwas über meinen Vater«, sagte Margo und erzählte von den Laborergebnissen. Es gab keine andere Erklärung der Ergebnisse. Jo Prell war lediglich ein naher Verwandter, nur Tim konnte ihr Vater gewesen sein. Der alte Herr hatte ganz feuchte Augen bekommen.

»Mädel, gib mir doch mal Feuer.« Gierig hielt er ihr eine Zigarette entgegen und inhalierte tief und lange den Rauch. Dann sagte er: »Eigentlich wollte ich dieses Geheimnis mit ins Grab nehmen. Ich habe gedacht, dass es damals noch mehr Leid über die Überlebenden gebracht hätte«, sagte er. Doch nun sehe er, welches Leid sein Schweigen anrichte.

Tim hatte sich ihm damals anvertraut, er hatte sich leidenschaftlich in Renata verliebt und wollte Brigitte verlassen. Er hatte ihn um Rat gefragt, denn er hatte von klein auf ein gemeinsames Leben mit Brigitte geplant, doch seine Gefühle für Renata waren so stark, dass er nicht länger mit der Lüge leben konnte. Eine ganze Zeit lang war er voller Gewissensbisse hin und her geschwankt und brachte es nicht übers Herz, Brigitte zu verlassen. Es war nicht so leicht, den alten Kindheitstraum und diese Vertrautheit aufzugeben. Und er wusste, welchen Schmerz er seiner langjährigen Freundin zufügen würde.

Doch dann war Renata schwanger, und er war fest entschlossen, Brigitte die Wahrheit zu sagen und sie zu verlassen.

»Ich weiß nicht, ob er noch vor dem Unfall mit ihr geredet hat«, sagte der Lehrer. Auf jeden Fall war auch sie schwanger, das hatte er aber erst nach dem Unglück erfahren. Er wusste nicht, wer der Vater war, das Kind war etwa neuneinhalb Monate nach Tims Tod auf die Welt gekommen. Tim hätte also der Vater sein können, es kam nicht so selten vor, dass sich Babys etwas länger Zeit ließen als die üblichen neun Monate. Er hatte sich damals natürlich die Frage gestellt, ob Tim beide Frauen geschwängert hatte. Vielleicht hatte Brigitte sich aber auch von einem anderen Mann trösten lassen, nachdem Tim ihr seine Liebe zu Renata gestanden hatte.

Über die Ereignisse im Watt wusste er nichts, er hatte nur Gerüchte gehört. Mit Tims Tod hatte er nicht nur seinen Lieblingsschüler, sondern auch einen Freund und Vertrauten verloren. Zu keinem der anderen Jungs hatte er ein so enges freundschaftliches Verhältnis.

Margo fiel ein, dass Brigitte vielleicht erst aus dem Brief ihrer Mutter die Wahrheit erfahren hatte über den Unfall und über das Verhältnis von Tim und Renata. Das erklärte ihre unendliche Wut, den Hass, den sie in ihren Augen gesehen hatte. Sie hatte ja bis dahin nichts von einem gemeinsamen Kind von Renata und Tim gewusst und geglaubt, dass ihr ehemaliger Geliebter durch einen Unfall in der Scheune ums Leben gekommen war.

Margo fragte sich, ob Tim der Vater von David war, er wäre dann ihr Halbbruder. Darüber konnte der alte Herr nichts sagen. Er sah müde aus und sprach verwaschen, Margo fürchtete, dass sie ihn zu stark in Anspruch genommen hatte.

Er bat sie noch, das zweite Bier in eine Saftbox umzufüllen und die leeren Flaschen und die Zigarettenstummel verschwinden zu lassen. Sie solle unbedingt wiederkommen. In der Woche darauf sei die Alte wieder auf dem Festland zum Einkaufen.

KAPITEL 45

Rike war nicht nur wütend auf sich selbst, die Wirtin hatte auch noch so etwas gemurmelt, was wie »Amateurtruppe« klang. Als sie ihren derzeit Hauptverdächtigen in ein Zimmer verlegen wollten und die Küche öffneten, erlebten sie eine böse Überraschung. Der Raum war leer, sie sahen in den Schränken und unter dem Tisch nach und aus dem Fenster, doch der Mann hatte es geschafft zu fliehen. Ein Rätsel, da das Fenster zu klein war, um herauszuklettern. Außerdem befand es sich mehr als 20 Meter über ebener Erde.

Es musste irgendeinen geheimen Gang geben, worüber ihnen kein einziger Inselbewohner Auskunft gegeben hatte. Komisch schien Rike nur, dass die Wirtin gerade von draußen die Treppe heraufkam, als sie die Flucht bemerkt hatten. Dass Valeska ihrem Verdächtigen geholfen haben könnte, war jedoch unwahrscheinlich. Nach der Entführung schien sie Angst vor ihm zu haben.

Die Wirtin zuckte mit den Schultern, doch sie wollte offenbar noch immer nicht mit ihnen kooperieren. Mit Sicherheit kannte die Dame des Rätsels Lösung. Ganz ausgeschlossen war es nicht, dass deren Entführung nur fingiert war und sie mit König unter einer Decke steckte. Manchmal hatte Rike den Eindruck, die ganze Insel hätte sich gegen sie verschworen.

Aber mit der Wirtin hatten sie ja auch noch ein Hühnchen zu rupfen. Noch immer hatte sie keine Aussage gemacht, sie bat sie zur Vernehmung. Erstaunlicherweise fand sie sich ohne größeren Protest im Ratsherrensaal ein und erklärte hochmütig, sie würden komplett in die falsche Richtung ermitteln, und sie hätte den Fall praktisch aufgeklärt.

Die sollte sich mit Galinowski zusammentun, dachte sich Rike insgeheim. Kai-Uwe König hatte Margo Valeska zwar angeblich mit Folter gedroht und im Leuchtturmkeller festgehalten, sie sei aber mittlerweile überzeugt, dass er nicht der Mörder sei.

»Was veranlasst Sie zu diesem Gedanken?«, fragte Rike ohne große Erwartungen.

Zumindest anhören könnte sie sich die Geschichte, denn noch immer gab es eine Menge offener Fragen, und der Mann hatte ein Alibi, wenn auch ein wackliges. Die Wirtin berichtete von der damaligen Jugendgang, die sich als Hobbypiraten versucht hatten. Zwei junge Frauen, Brigitte Hein und ihre Mutter Renata, waren mit den Männern befreundet und in den gleichen Mann verliebt. Tim, einer der Jungs, der Bruder des Wattrockers Jo Prell, war bei einer Räuber-Tour auf ein havariertes Frachtschiff ums Leben gekommen, da ihn seine Kameraden im Stich gelassen hatten. Sie ging davon aus, dass die Taten damit in Verbindung standen.

»Das alles begann mit einem Brief, den ich nach dem Tod meiner Mutter an Brigitte Hein schicken sollte«, sagte sie.

»Was stand denn in dem Brief?«, wollte Rike wissen.

»Ich habe ihn nicht gelesen, das war der Wille meiner Mutter«, sagte Margo. Rike war skeptisch, beruhte das Ganze nur auf vagen Vermutungen?

»Ich habe aus den Äußerungen von Brigitte Hein und Gesprächen mit Mitgliedern dieser Gruppe rekonstruiert, was darin gestanden haben könnte.« Sie glaube deshalb, dass Brigitte Hein hinter den Morden stand.

Rike fand das nicht gerade stichhaltig, das beruhte doch auf vielen Hypothesen und wenig Beweisen.

Rike hatte erhebliche Zweifel an der Darstellung. Wie sollte die ältere Dame dies körperlich und logistisch bewältigt haben? Auch das Motiv schien ihr ziemlich weit hergeholt.

»Gibt es irgendwelche Beweise für Ihre Vermutungen?«

»Vermutlich war es ein Auftragsmörder«, behauptete Margo ihre etwas hanebüchene Theorie.

»Mal angenommen, auf dieser Insel hier mitten in der Nordsee gäbe es Auftragsmörder. Ich habe noch niemals gehört, dass einer von denen Köpfe abschneidet. Eine Schusswaffe ist schneller, praktischer und sauberer«, belehrte sie Margo Valeska. Die nickte und sagte, sie habe diesen Einwand erwartet. Doch alles deute auf Brigitte Hein. Beweisen konnte die Wirtin leider nichts, es konnte sich also durchaus um das Produkt einer blühenden Fantasie handeln. Selbst wenn ihr die Frau nicht sympathisch war, eine Lösung auf dem Silbertablett hätte Rike gerne entgegengenommen.

Die Wirtin dachte länger nach und sagte dann: »Einen Beweis gibt es vielleicht doch. Brigitte Hein war im Krankenhaus und hat vermutlich versucht, mich zu vergiften. Sie hat versucht, etwas in meine Infusionslösung zu füllen.«

Das konnte allerdings nicht stimmen, denn das Krankenzimmer war bewacht worden. Im Krankenhaus war das Medikament mit Sicherheit nicht aufbewahrt worden, denn die Valeska hatte diese Behauptung erst jetzt aufgestellt. Wäre sie früher damit gekommen, hätten sie die Medikamente untersuchen lassen können und ganz klar feststellen können, ob sie die Wahrheit sagte.

Rike befragte Mareike im Nebenraum, ob sie im Krankenhaus etwas Ungewöhnliches bemerkt hatte. Mareike hatte an dem Morgen ohne Unterbrechung auf einem Stuhl vor dem Zimmer gesessen und hätte jeden Eindringling sofort bemerkt. Das Fenster hatte sie zuvor genau untersucht, es ließ sich nicht von außen öffnen. Doch dann erschrak die junge Kollegin. Ihr fiel ein, dass am Vormittag tatsächlich eine Krankenschwester gekommen war. Sie schlug sich an die Stirn: »Nein, das kann nicht wahr sein!«

Sie erinnerte sich daran, dass sie die Frau noch nie zuvor gesehen und gedacht hatte, dass die Schwester aussah, als hätte sie das Rentenalter längst überschritten. Rike zeigte ihr auf dem Laptop ein Foto von Brigitte Hein, und Mareike nickte bedrückt. Sie war untröstlich, dass sie auf diesen Trick mit der Dienstkleidung hereingefallen war. Einen Beweis hatten sie damit allerdings noch nicht.

»Für Sie steht ja auch eine hübsche Erbschaft auf dem Spiel«, provozierte sie die Valeska, als sie wieder hinter ihrem Schreibtisch Platz genommen hatte. Die sollte nicht denken, dass sie so schnell aus dem Schneider war. Immerhin war sie es, die mit Jo Prell ins Watt gefahren war.

»Sie meinen, er wäre gegen seinen Willen mit dem Traktor ins Watt gefahren, weil ich ihm gedroht habe oder so?« Margo Valeska lächelte ironisch.

»Na dann dilettieren Sie mal weiter.« Sie stand auf und verließ den Raum. Launische Ziege, dachte Rike. Sie würden auf jeden Fall König zur Fahndung ausschreiben. Und mit der Dame waren sie noch längst nicht fertig.

*** *Wehmütig stand er am Strand und sah dem kleinen Boot mit der Kerze hinterher, das sich in Richtung der Unendlichkeit der Meere entfernte. »Lebe wohl, mein Kamerad.« Er senkte grüßend den Kopf und verfolgte dann das auf den Wellen schaukelnde Licht. Es stimmte ihn traurig, dass niemand hier am Strand stehen würde, wenn es bei ihm so weit wäre. Nun waren alle Kameraden tot, niemand mehr, der ihr Lied für ihn singen würde, er war der letzte Likedeeler. Die Erinnerungen an ihre Abenteuer, aber auch an ihre schrecklichste Niederlage würde er mit ins Grab nehmen. Damals waren aus Freunden Feinde geworden, niemals mehr hatte er das Gefühl von Kameradschaft gespürt, nur die Schuld, die unendliche Schuld, einen der ihren im Stich gelassen zu haben. Auch ihre Vorbilder waren am Verrat zugrunde gegangen. Es war wie damals, mächtige Gegner hatten sich gegen die Piraten verschworen. Damals war es die Hanse, die ihre Feinde – ihre Vorbilder – eingekerkert hatte. Heute war ihnen die Staatsmacht auf den Fersen, aber es gab noch einen gefährlicheren Feind, der einen nach dem anderen grausam ermordete. Er würde fliehen müssen, um mit dem Leben davon zu kommen.*

KAPITEL 46

Rike wachte von einem lauten Poltern auf und sah, wie Prinz gegen die Zimmertür sprang und dann wütend bellte. Es klopfte. Sie sah auf den Wecker und sprang erschrocken aus dem Bett in ihrem Zimmer im Leuchtturm. Entsetzt sah sie auf die Uhr, es war bereits zehn Minuten nach acht Uhr. Es war wieder einmal spät geworden, oder besser gesagt früh. Bis zwei Uhr hatte sie mit den Kollegen die letzten Ereignisse und ihr weiteres Vorgehen diskutiert. Sechs Stunden Schlaf war mehr, als sie in den anderen Nächten bekommen hatte, doch mittlerweile war sie vollkommen übermüdet. Sie hatte nur noch einen kleinen Moment ruhen wollen, als der Wecker geklingelt hatte, und war dann nochmals tief eingeschlafen.

Sie sprang aus dem Bett und öffnete die Tür, Mareike stand davor und sah genauso übernächtigt aus wie sie. Ihre blonden Locken standen in alle Richtungen ab, die Kollegin hatte kleine Augen, die sie nur mit Mühe offenzuhalten schien. Rike wunderte sich, dass Mareike ein Pyjamaoberteil mit dem Aufdruck *Sleepy* zur Uniformhose trug. Sie war wohl ebenso wie sie gerade aus dem Schlaf gerissen worden.

»Herr König und sein Anwalt sind erschienen«, sagte Mareike und sah sie fragend an.

Das war in der Tat eine Überraschung, mit der sie nicht gerechnet hatte. Sie hatten eigentlich Verstärkung aus Cuxhaven angefordert, um die komplette Insel zu durchsuchen.

Rike bat sie, den Neuankömmlingen schon einmal Kaffee anzubieten, während sie schnell noch eine Dusche nehmen und einigermaßen korrekt bekleidet zur Vernehmung erscheinen wollte.

Der Cowboy und sein Begleiter, der sich als Dr. Fischer vorstellte, hatten schon am Eichentisch in ihrem Arbeitsraum Platz genommen, ihre Kaffeetassen waren unberührt. König trug noch immer seine Jeans und das karierte Hemd vom Vortag, der Kontrast zu seinem Anwalt konnte kaum größer sein.

Fischer trug einen dunkelblauen Anzug mit hellblauem Einstecktuch, blütenweißem Hemd und dunkelblauer Krawatte mit hellblauen Streifen. Die Haare hatte er mit Gel in Form gebracht. Sein Mandant wolle eine Aussage machen, erklärte der Jurist mit getragener, emotionsloser Stimme. Er habe diese bereits zusammengefasst und werde sie verlesen.

Kai-Uwe König habe den Turm nach seiner vorläufigen Festnahme aufgrund einer psychischen Notlage verlassen und sei am späten Abend bei Niedrigwasser durch das Watt nach Sahlenburg am Festland gelaufen. Er befand sich in einem psychischen Ausnahmezustand, weil er Angst vor Hunden habe.

Sein Arzt könne das attestieren.

Rike musste sich bremsen, um nicht laut zu lachen. Ausgerechnet der kernige Cowboy sollte Angst vor Hunden haben? Da war der Paragrafenreiter ja richtig kreativ gewesen.

»Oh, das tut mir aber leid für Herrn König«, konnte sie sich nicht verkneifen. Doch der Jurist ging darauf nicht ein, fragte nur: »Können wir dann weitermachen?«

König wolle ein Geständnis über sein Fehlverhalten ablegen. Hatte der wirklich *Fehlverhalten* gesagt? Das war ja selbst für einen Juristen eine gigantische Untertreibung.

»Wir sind ganz Ohr«, sagte sie, und der Jurist las mit monotoner Stimme weiter.

Kai-Uwe König hatte Barbara Hein aufgesucht, nachdem er im »Elbe-Boten« von der anstehenden Vertragsunterzeichnung gelesen hatte. Damit werde sich Neuwerk für immer verändern, als Bürgermeister fühle er sich für das Gemeinwohl zuständig. Deshalb habe er möglicherweise einen unangemessenen Ton angeschlagen. Er habe aber keine bösen Absichten gehabt, sondern die Dame lediglich zum Nachdenken anregen wollen.

Zudem habe sein Mandant in einem emotionalen Ausnahmezustand die junge Frau befragt, die mutmaßlich seinen Freund Jo Prell, seine Kameraden Peter Hein und Johann Stolten auf dem Gewissen hat. Er habe den Grund für die Taten erfahren wollen, er hatte nicht die Absicht, Frau Valeska zu ängstigen oder zu verletzen. Vielmehr habe er aus Todesangst gehandelt, er habe das als Notwehr empfunden. Sein Mandant habe, ebenso wie die beiden ersten Opfer, vor seinem Tod Drohschreiben erhalten, die er leider vernichtet habe. Deshalb habe er Angst gehabt, dass auch er ermordet werden solle.

»Mit den Todesfällen auf der Insel hat Kai-Uwe König nichts zu tun. Er ist vielmehr ein Opfer, das bedroht wurde«, endete die Erklärung. Diese ließ allerdings noch viele Fragen offen.

»Warum verdächtigen Sie Margo Valeska?«, wollte Rike wissen.

»Es geht um Rache«, sagte König, bevor sein Anwalt einschreiten konnte. Er bestätigte, dass sie sich als Jugendliche zu einer Piratenbande zusammengeschlossen hatten. Einer der Seeräuber, Tim, sei ums Leben gekommen, als sie ein großes Frachtschiff, das vor der Insel gestrandet war, ausräumen wollten. Valeskas Mutter und Tim standen sich nah.

»Warum haben Sie uns denn früher nichts davon erzählt?«, fragte Rike.

»Es geht ja immerhin um einen Todesfall und um Raub. Zudem mussten wir damals schwören, über die wirkliche Todesursache von Tim zu schweigen. Sein Vater wollte die Schande, dass seine Söhne Kriminelle waren, nicht bekannt werden lassen, und hatte den Tod als Scheunenunfall angegeben«, sagte König.

Der Anwalt räusperte sich. »Das wäre allenfalls unterlassene Hilfeleistung, und der versuchte Einbruch wäre mittlerweile verjährt.«

»Tims Vater hatte uns angedroht, dass wir wegen Mordes angeklagt würden und bis ans Lebensende ins Gefängnis müssten, wenn wir jemals ein Sterbenswörtchen über die Ereignisse verraten würden«, erklärte König. Das habe er sogar dem eigenen Sohn, Jo Prell, angedroht und sie alle hätten sich daran gehalten.

Nun meldete sich Mareike zu Wort: »Ja, aber eines verstehe ich nicht: Was soll denn Margo Valeska mit diesen Ereignissen zu tun gehabt haben, sie war damals vermutlich noch gar nicht geboren?«

Fragend sah König seinen Anwalt an, der nickte ihm zu und erklärte dann: »Diese Aussage wird unter der Bedingung der Vertraulichkeit abgegeben, denn mein Mandant möchte nicht das Ziel irgendwelcher Verleumdungsklagen werden, bloß weil er der Polizei die Arbeit abnimmt. Im Gegenzug erwarten wir, dass die Ermittlungen gegen ihn wegen seines Fehlverhaltens gegenüber Frau Hein, Frau Valeska und Herrn Cors eingestellt werden.«

»Das wissen Sie so gut wie wir, dass wir keine Ermittlungen zu Straftaten einstellen können. Aber wir können die Kooperation des Beschuldigten als strafmildernd einstufen«, entgegnete Rike. Dr. Fischer bat, sich mit seinem Mandanten unter vier Augen beraten zu können, und

Mareike und Rike verließen den Raum, bis Fischer sie wieder hineinbat.

»Ich habe meinem Mandanten zugeraten, seine Sicht der Ereignisse darzustellen«, erklärte er.

»Wie gesagt, wir waren damals eine Clique, die sich die Likedeeler nannte, so wie die Männer von Störtebeker. Wir haben uns meist mit irgendwelchen Kindereien beschäftigt, und dann hatten wir eines Tages die Schnapsidee, ein echtes Schiff auszurauben. Früher lebten die Neuwerker von der mehr oder weniger legalen Bergung der Fracht von gestrandeten Schiffen. Großvater Prell war noch ein echter Pirat, den wir alle bewunderten. Dieser geplante Überfall auf das gestrandete Schiff endete leider in einem Drama.«

»Aber warum beschuldigen Sie Frau Valeska?«, fragte Mareike nochmals.

»Sie müssen mich schon mal ausreden lassen. Das ist ziemlich verwickelt«, ranzte sie König an.

Es gehe um das damalige Unglücksopfer Tim Prell, der eigentlich eher zufällig an jenem Tag mit ihnen losgezogen war. Jo Prell hatte einen Sportunfall und konnte seine Aufgabe in der Clique nicht ausführen, er schickte stattdessen seinen Bruder Tim.

»Der war gar kein richtiges Mitglied der Likedeeler, eher so ein blasser Bücherwurm. Aber die Brüder gingen füreinander durch dick und dünn.«

Dann sah er Mareike an und erklärte, jetzt komme er auf die Verbindung zu sprechen. Der verunglückte Tim hatte seit langen Jahren eine Freundin, Brigitte, die heute Hein hieß. Das war so etwas wie das ewige Pärchen, von dem alle wussten, dass sie wahrscheinlich mal miteinander alt werden würden. Bis Renata auf die Insel kam, Renata Valeska übrigens. Er sprach den Nachnamen gedehnt aus und sah die beiden Polizistinnen bedeutungsvoll an, ob sie den Namen auch richtig eingeordnet hatten.

Damals sei das ganz und gar unüblich gewesen, dass Menschen aus dem Ausland in die Region arbeiten kamen, Gastarbeiter gab es damals auf der Insel noch nicht. Die Ankunft der jungen Frau aus Polen, die zudem eine richtige Schönheit war und aus der Großstadt kam, wirbelte die Clique der Jugendlichen durcheinander. Leider hatte sie sich ausgerechnet Tim ausgesucht, der ja schon vergeben war.

»Die Renata hat ihm den Kopf verdreht, er hat sich Hals über Kopf in sie verliebt und wusste nicht mehr ein noch aus. Deshalb ist er überhaupt erst mit uns mitgekommen, denn der Tim war eigentlich so ein Stiller, der immer seine Nase in den Büchern hatte. Ganz anders als sein Bruder, mein bester Freund. Die Renata hat damals für ihr Studium gearbeitet, sie war zwar nur Putzfrau im Schullandheim, aber wir haben sie trotzdem bewundert. Und wie der Name sagt, Renata war die Mutter der Leuchtturm-Vertretung, Margo Valeska.

Vermutlich will sie ihre Mutter rächen, die kürzlich gestorben ist«, endete König. »Seit sie ankam, hat sie hier herumgeschnüffelt, sie hat keine Zeit verloren, um sich an Peter Hein heranzurobben. Jo Prell ist gestorben, als er mit ihr im Watt unterwegs war.«

»Was war mit Johann Stolten?«, fragte Rike.

»Das weiß ich leider nicht«, erklärte König. Er wusste aber, dass sich der Senator bedroht gefühlt hatte. Bei einem Besuch auf der Insel hatten sie sich getroffen und er hatte von einem Drohbrief berichtet, auf dem ein Piratenkopf als Zielscheibe abgebildet war, und darunter die aus Buchstaben zusammengeklebte Aufforderung »Stell dich, wenn Du nicht so enden willst!«. Dem war ein Artikel beigefügt, wie Störtebekers Männer auf dem Hamburger Grasbrook geköpft und ihre Schädel aufgenagelt zur Schau gestellt worden waren.

»Und warum haben Sie uns darüber nicht informiert?«, Rike war empört.

Doch König erklärte, er habe den Brief für eine Spinnerei gehalten, die irgendein Urlauber verfasst habe oder ein Jugendlicher, beispielsweise aus dem Ferienlager der Stadt Salzgitter. Mit den Früchtchen habe er im Laufe seiner Amtszeit schon so einiges erlebt. Doch nun sei er sicher, dass diese Valeska diese Schreiben verschickt habe, das passe ins Bild. Nach dem Mord an seinen Freunden habe sie es nun auf ihn abgesehen.

»Wie soll eine Frau denn eine solche Tat begehen?« Rike fand die Anschuldigung absurd.

»Vielleicht hatte sie einen Helfer, der die Tat ausgeführt hat.«

»Hätten dann nicht auch Jo Prell oder Brigitte Hein ein Motiv gehabt, den Tod zu rächen? Und warum nach so vielen Jahren?«

König schüttelte entschieden den Kopf: »Niemals, ich kenne die beiden, seit wir Kleinkinder waren. Hat die Valeska so etwas behauptet?« Das sei eine perfide Lüge, um den Kopf aus der Schlinge zu bekommen.

»Aber Ihnen kamen die Todesfälle doch auch ganz recht«, provozierte sie ihn.

»Das ist ungeheuerlich, ich sage gleich gar nichts mehr.«

»Der Hein hat sich sämtliche Grundstücke unter den Nagel gerissen, und Stolten stellte die Genehmigungen aus«, hakte sie nach.

»Ja, der Peter hat Hannes unter Druck gesetzt, stellen Sie sich mal vor, wenn das rausgekommen wäre, dass der Senator früher das Hobby hatte, Schiffe auszurauben.« Er sei aber eben deshalb auf die Insel gekommen, sie hatten lange darüber geredet, wie sie Hein zur Räson bringen könnten.

»Der hat Hannes über Jahre erpresst.«

Er und Johannes Stolten hatten dann einen Plan geschmiedet. Beide standen vor den Trümmern ihrer Existenz. Stolten wollte die Erpressung nicht länger mitmachen, denn langsam war seine Partei auf seine mehr als großzügige Auslegung des Naturschutzes auf der Insel aufmerksam geworden, es hatte eine öffentliche Anhörung in der Hamburger Bürgerschaft gegeben, und wenn das Projekt der Ölscheichs verwirklicht worden wäre, hätte das Stolten sein Amt gekostet. Er hatte die Genehmigung zurücknehmen wollen. Das könne er sogar beweisen, er habe ein Dokument von Hannes im Haus.

Hein sollte durch eine drohende Steuerprüfung in seine Schranken gewiesen werden, denn er hatte in den vergangenen Jahren auch erhebliche Summen von Stolten erhalten, die sich dieser fein säuberlich hatte quittieren lassen. Der Tod von Stolten habe ihm persönlich keinerlei Vorteile gebracht, denn der wollte ja seine Genehmigungen zurückziehen. Ebenso wenig Sinn hätte es für ihn gehabt, Peter Hein zu ermorden, denn er erwartete nicht, dass seine Erbin die Vorhaben aufgeben würde. Barbara Hein sah nur das Geld, sie würde alles daransetzen, an die Investoren zu verkaufen. Rike schwieg und dachte nach, die letzten Argumente klangen stichhaltig, auch wenn sie das noch überprüfen mussten. Ohnehin hätten sie mit der derzeitigen Beweislage niemals einen Haftbefehl durchbekommen. Notgedrungen musste sie König mit seinem Anwalt ziehen lassen.

»Meine Damen!« Dr. Fischer deutete eine Verbeugung an, bevor er den Cowboy durch die Tür schob und den

Turm eilig verließ. Er war mit seinem Motorboot gekommen, das er am Staatsanleger festgemacht hatte. Der kleine Bauernhafen, wo die Segelboote üblicherweise anlegten, sei zu flach gewesen, hatte er ihnen noch mit gewichtiger Miene mitgeteilt.

Nach dem Frühstück war Rike kurz mit Prinz vor die Tür gegangen, als sich ein Fenster öffnete. »Wir haben etwas Handfestes!«, rief Mareike von oben.

Rike stürmte die Treppe hinauf und beugte sich über eine Aufnahme, die aus dem Cuxhavener Krankenhaus gekommen war. Auf dem Bild von der Überwachungskamera war tatsächlich die Krankenschwester aufgenommen worden, die niemand im Krankenhaus kannte, die Frau, die auch Mareike gesehen hatte, als sie den Raum bewachte.

Vielleicht hatte ihre Wirtin die Wahrheit gesagt, dass Brigitte Hein ins Krankenhaus eingedrungen war und versucht hatte, etwas in ihre Infusionsflasche zu füllen. Doch zu beweisen war eine versuchte Vergiftung nicht mehr. Die Infusionsflasche war schon längst durch eine Spezialfirma entsorgt worden und nicht mehr auffindbar. Auch darauf konnte die Valeska gesetzt haben. Aber sie mussten den Verdacht zumindest überprüfen.

KAPITEL 47

Rike hatte das Küstenstreifenboot der Wasserschutzpolizei aus dem Revier in Cuxhaven angefordert, um auf das Festland überzusetzen. Als sie und Mareike vom Weg hinter dem Deich auf dessen Krone traten, sahen sie das Schiff mit seinem blauen Rumpf und dem weißen Aufsatz am offiziellen Anleger für den Senat ankern. Es war ein stürmischer Morgen mit hohem Wellengang, und sie dachte erleichtert daran, dass es auch Vorteile hatte, wenn man keine Zeit für geregelte Mahlzeiten fand. Der Seegang löste bei ihr Schwindel aus, trotz des von allen Seiten spritzenden Wassers musste sie sich auf das Deck stellen und an der Reling festhalten, um die Übelkeit zu bekämpfen. Sie war erleichtert, als sie nach der stürmischen Fahrt an der polizeieigenen Kaianlage festmachten, über Funk hatten die Kollegen ihnen bereits einen Streifenwagen bestellt, der sie im Ortsteil Döse vor der Villa von Brigitte Hein absetzte.

Die Dame schien vorteilhaft geschieden zu sein, dachte Rike, als sie ihren Blick über das zweistöckige Gründerzeithaus mit frisch renovierter Fassade in erster Reihe am Wasser schweifen ließ. Die Hausherrin fanden sie im Garten, wo sie gerade ihre Blumentöpfe für den Winter in Stoffhüllen wickelte. Sie trug einen Burberry-Mantel und Gummistiefel, die ebenso teuer aussahen. Dazu hatte Brigitte Hein offenbar passend zur Gartenarbeit ein diskretes Make-up und Lidschatten in Herbstfarben aufgelegt.

Sie schien nicht sonderlich überrascht über den Polizeibesuch und bat die Besucher in ihren Salon, der einen spektakulären Blick über die Bucht bot.

Rike und ihre beiden Kollegen verzichteten auf den angebotenen Tee und die Kekse, obwohl ihnen der Magen knurrte. Rike hielt es nicht für ganz ausgeschlossen, dass die Dame versucht hatte, Margo Valeska zu vergiften. Wer weiß, ob sie ihnen dann nicht auch etwas in den Tee mischen würde.

Rike knallte ihren Laptop mit der Aufnahme aus dem Krankenhaus auf den Tisch.

»Warum haben Sie versucht, Frau Valeska zu vergiften?«

Die Hausherrin versuchte nicht, etwas abzustreiten.

»Es ist Renatas Schuld, dass mir das Liebste auf dieser Welt genommen wurde, und ihre Tochter ist genauso eine Hexe, die alles zerstört«, rief sie aus. Sie habe unter Schock gestanden, nachdem der Bruder ihres ehemaligen Lebensgefährten ums Leben gekommen war.

Sie holte ein Taschentuch heraus und begann heftig zu schluchzen. »Ihre Mutter hat Tim, meine große Liebe, auf dem Gewissen. Und nun hat ihre Tochter noch dessen Bruder umgebracht.« Dann begann sie von damals zu erzählen und nickte einfach nur, als die Polizistinnen ihren Rekorder aufstellten. Sie wollte sich offenbar die Dinge von der Seele reden.

Eigentlich waren sie Freundinnen gewesen, doch dann hatte Renata ihrem Freund den Kopf verdreht. Der habe sich komplett verändert, nachdem er sich in Renata verguckt hatte. Die beiden hatten nichts gesagt und geglaubt, sie hätte das Verhältnis nicht bemerkt. Doch eine liebende Frau bekommt so etwas natürlich mit. Aber sie hatte sich damals dafür entschieden abzuwarten.

»Ich war mir sicher, das wäre vorübergegangen.« Irgendwann hätte Renata die Insel verlassen und dann wäre alles wieder so gewesen wie früher. Sie weinte heftig und konnte erst einmal nicht weitersprechen.

»Das Schlimmste war, dass Tim mich mit dieser Hexe betrogen hat. Sie war schwanger.«

Ihre Freundin – jedenfalls wäre sie das ganz am Anfang gewesen – hätte sich über die Piratenstreiche amüsiert. Ihr war es langweilig und sie war über die Abwechslung dankbar. Sie war sogar mit denen auf Raubzüge gegangen. Die habe das abenteuerlich gefunden, denn sie kam aus so einem drögen polnischen Professorenhaushalt und kannte so etwas nicht. Aber das war kein Spiel, das war kriminell.

»Die Bande hat Tim einfach sterben lassen«, sagte sie schluchzend. Das habe ihr Renata allerdings erst sozusagen posthum in einem Brief mitgeteilt.

Rike reichte ihr ein Taschentuch und bat Mareike, ein Glas Wasser zu holen. Dann fragte sie so sanft, wie sie konnte: »Haben Sie sich deshalb an den Piraten von damals gerächt?« Brigitte Hein nickte und erklärte:

»Ich war es und ich bereue es nicht.« Sie wollte die Menschheit von diesen Missetätern befreien, die nur Böses im Sinne hatten. Und ihr Werk sei eigentlich noch nicht zu Ende, einer der Übeltäter laufe noch frei herum. Auf die Justiz könne sie sich ja nicht verlassen, der Mord an ihrem Tim sei ja mittlerweile verjährt.

»Mord verjährt nicht, aber es handelt sich vermutlich in dem Fall um unterlassene Hilfeleistung«, wandte Rike ein.

Doch Brigitte Hein schrie erregt: »Es ist doch durchaus Mord, dass sie ihn auf dieses Schiff geschickt haben und ihn dann nach seinem Sturz einfach sterben ließen. Sich selbst haben die natürlich in Sicherheit gebracht.« Nicht einmal Ermittlungen hatte es gegeben, alles sei vertuscht worden, und sie habe nicht einmal geahnt, wie schrecklich Tim in seinen letzten Lebensstunden hatte leiden müssen.

Rike war im ersten Moment erleichtert, dass sie endlich

ein Geständnis hatten. Doch dann begann sie, nachdenklich zu werden. Woher sollte Brigitte Hein das Betäubungsmittel haben, und wie hatte sie die Männer transportiert?

»Wer hat Ihnen dabei geholfen?«, fragte Rike.

Unwillig schüttelte Brigitte Hein den Kopf.

»Niemand. Das habe ich ganz alleine getan.« Auf weitere Fragen wollte sie nicht eingehen, sie sei müde. Sie streckte ihre beiden Hände vor, Rike könne sie jetzt gerne verhaften. Rike bat sie nochmals, genau zu schildern, wie sie vorgegangen war. Brigitte Hein behauptete, das habe sie vor lauter Aufregung vergessen.

Rike hatte starke Zweifel an dem Geständnis. Denn die ältere Frau schien körperlich nicht in der Lage, die Taten auszuführen, und sie hatte kein Täterwissen. Doch warum tischte sie ihnen dann diese Geschichte auf, wen wollte sie decken? Vielleicht wollte sie ja ihren alten Jugendfreund Kai-Uwe König entlasten, warum auch immer. Für sie war der Mann noch nicht ganz als Täter auszuschließen, denn sie hatten nichts als seine Behauptungen über den plötzlichen Gesinnungswandel von Johann Stolten.

Die Leuchtturmwirtin hatte ein ebenso starkes Motiv wie die Hein, doch ihre Aussage hatte sich als die Wahrheit erwiesen. Sie hatte sie zudem auf die Piratenclique hingewiesen. Das hätte sie kaum getan, wenn sie selbst die Morde begangen hatte. Brigitte Hein hatte den Mordversuch im Krankenhaus an ihr zugegeben. Keine der Frauen wäre zudem körperlich zu einer Enthauptung der Opfer fähig gewesen. Sie mussten das Umfeld von Brigitte Hein unter die Lupe nehmen. Hendrichs hatte sich ihr Haus vorgenommen, doch sie mussten auch ihre Tochter auf der Insel befragen. Sie beschloss, Karl Roth anzurufen und ihm von dem Geständnis zu berichten. Sie erreichte ihn am Flughafen, und er versprach, sich selbst auf den Weg in den Norden zu machen, um sie zu unterstützen. Er wollte ihnen zudem die »Libelle« schicken, sodass sie schnellstmöglich auf die Insel zurückkehren konnten.

KAPITEL 48

Sie bestellten die »Libelle« auf den Landeplatz der Polizeidirektion in Cuxhaven direkt hinter dem Hafen. Brigitte Hein übergaben sie den Kollegen am Festland, da ihnen der Neuwerker Leuchtturm als Untersuchungsgefängnis zu unübersichtlich schien. Rike wollte vermeiden, dass ihnen erneut eine Verdächtige durch irgendeinen Geheimgang entwischen konnte. So schnell hatten sie die Fahrt vom Festland noch nie zurückgelegt, in nicht einmal fünf Minuten setzte der Helikopter seine Kufen auf dem Grasplatz gegenüber dem Leuchtturm auf. Sie verabredeten sich für den späteren Nachmittag, der Pilot war unmittelbar nach der Landung wieder in Richtung Hamburg abgeflogen und wollte Roth abholen und auf die Insel bringen.

Sie hatten gerade damit begonnen, alle Informationen, die sie über Brigitte Hein hatten, systematisch durchzugehen. Als sie das dröhnende Geräusch des ankommenden Hubschraubers hörten, gingen sie nach unten vor den Turm, um ihren Chef zu empfangen. Überrascht sah Rike, dass Karl Roth noch jemand folgte, der mit hängenden Schultern und gesenktem Kopf lief. Das war doch unmöglich! Ausgerechnet Galinowski, was sollte das denn? Der hatte Glück, dass sie ihn nicht aus dem Team geworfen hatte. Eigentlich hatte sie das vorgehabt, aber dann waren sie zu dem Noteinsatz gerufen worden, um Barbara Hein aus ihrer Zweisamkeit mit Miss Piggy zu befreien, und sie hatte nicht mehr daran gedacht, dass sie eigentlich um die Versetzung des Kollegen bitten wollte.

Was hatte der Mann Roth schon wieder vorgespielt? Dass er das Geständnis bekommen hatte? So etwas in der Art würde ihm ähnlich sehen. Bis jetzt hatte er es immer geschafft, den Kopf aus der Schlinge zu ziehen und sich selbst im besten Licht darzustellen.

Sie prüfte Roths Gesichtsausdruck, doch war daran nicht abzulesen, was er gerade dachte. Ob er ihr vorwerfen würde, dass sie nicht effektiv genug gearbeitet und die richtige Spur zunächst verworfen hatte?

Die meisten Fakten kannte er bereits, denn sie hatte ihn während seiner Londoner Tagung täglich mit Mails auf dem neuesten Stand gehalten. Sie ging aber nochmals ausführlich auf das Verschwinden von Jo Prell, dessen Fahrt mit Margo Valeska, die Einschüchterungsversuche durch Kai-Uwe König und schließlich das Geständnis von Brigitte Hein ein. Sie teilte ihm auch mit, welche Zweifel sie an diesem Geständnis hatte.

»Rike, Sie und Ihr Team haben hervorragende Arbeit geleistet«, lobte Roth sie. Er runzelte die Stirn und warf Galinowski einen strengen Blick zu. »Ich habe übrigens auch Zeitung gelesen. Das war ungeheuerlich, dass so etwas nochmal passieren konnte.« Dann sagte er etwas versöhnlicher, dass er dafür sei, dass ein Kollege eine zweite Chance erhalte. Ironisch setzte er hinzu: »In diesem speziellen Fall auch eine dritte, Galinowski hat etwas herausgefunden, das zur Lösung des Falls beitragen könnte.« Er nickte ihm aufmunternd zu. Rike war skeptisch, was der Aufschneider diesmal wieder vorhatte.

Der Kollege hatte extra einen dunkelgrauen Anzug angezogen mit passend gemusterter Seidenkrawatte. Jetzt zog er mit bedeutungsvoller Miene einen Projektor aus seiner Tasche, baute ihn auf und warf eine Art Stammbaum der Heins an die Wand.

»Also: Brigitte Hein hat einen Sohn aus erster Ehe, der allerdings nicht bei ihr aufgewachsen ist, sondern in einem Kinderheim und später in einer Pflegefamilie«, erklärte Galinowski. Die Verwandtschaft sei nicht offensichtlich, denn der Sohn trage den Mädchennamen der Hein, Jansen. Unter diesem Namen hatten die Eltern der Dame auch lange den Inselladen betrieben. Daneben gab es noch eine Halbschwester namens Barbara Hein, die allerdings kaum für die Taten infrage kam.

Dann verteilte er Zettel mit dem Konterfei von David Jansen. Rike stutzte – das konnte doch nicht sein, das war der Ranger! Den hatten sie bereits im Visier gehabt, allerdings hatten sie damals geprüft, ob er als fanatischer Naturschützer möglicherweise zwei Umweltsündern den Garaus gemacht hatte. Plötzlich kam ein Puzzleteil zum nächsten. Denn ebenso wie König konnte der Biologe über ein Tiernarkotikum verfügen, und er hatte in seiner Ausbildung mit Sicherheit gelernt, einen Betäubungspfeil abzuschießen. Sie beschlossen, den Mann umgehend zu vernehmen. Rike und Mareike legten ihre Schutzwesten an und gingen über den Vorplatz zum Nationalparkhaus.

Die Ausstellung war geöffnet, der Ranger saß mit seinen beiden Praktikanten an einem großen Tisch, der im Bürobereich hinter dem Empfangstresen stand. Konzentriert hatten sie sich über Dokumente gebeugt. Als er die Polizisten sah, sagte er: »Moment bitte, wir werten gerade die Vogelzählung aus.«

»Wir müssen Ihre Zählung leider beenden, und zwar sofort«, unterbrach Rike seine Ausführungen. Sie baten ihn in den Vorraum, er ging voraus, und dann ging alles ganz schnell. Der Mann rammte ihr die Tür ins Gesicht, flüchtete in den Toilettentrakt, aus dem eine Tür zur hinteren Seite des Gebäudes führte. Direkt dahinter lag eine kleine Holzbrücke, über die man auf die Hauptstraße hinter dem Deich gelangte. Er schnappte sich ein dort stehendes Fahrrad und raste damit in Richtung des Deichs, Rike rannte ihm hinterher und schrie Mareike nur zu, sie solle andersherum folgen, dann könnte sie ihn am Mittelweg abfangen. Doch Rike sah, dass er in die andere Richtung fuhr, er war ihr vielleicht 50 Meter voraus, und der Abstand wurde größer. Dann bog er plötzlich in die Auffahrt auf den Deich ein. Als Rike auf der Deichkrone stand, sah sie, dass er trotz des auflaufenden Wassers ins Watt gefahren war. Er hatte sein Fahrrad weggeworfen und rannte jetzt weiter an dem Weg für die Wattwagen und Wanderer entlang, der mit Stöcken markiert war. Sie blieb stehen und zog ihr Handy aus der Tasche, um den Hubschrauber, der erst vor wenigen Minuten zum Rückflug gestartet war, zur Überwachung zu bestellen. Die Kollegen waren auch als Retter ausgebildet, sie hoffte, dass sie Jansen bergen würden. Die Priele waren bereits weitgehend vollgelaufen, schnell schlossen sich die kleinen Rinnsale zu einer geschlossenen Wasseroberfläche, wie sie es zuletzt auch bei der Suche nach Jo Prell gesehen hatte. Verfolgen konnten sie Jansen von der Insel aus nicht, der Hubschrauber würde einige Zeit brauchen. Es wäre lebensgefährlich, bei auflaufendem Wasser ins Watt zu rennen. In den Prielen hatte die Strömung eine solche Kraft, dass es immer wieder zu tödlichen Unfällen kam. Hendrichs, der ihnen nach dem Eintreffen des Durchsuchungsbeschlusses gefolgt war, hatte unterdessen die Wohnung von David Jansen einer ersten Kontrolle unterzogen, er kam auf Rike zu, die noch das aufsteigende Wasser beobachtete.

Er zog einen länglichen Gegenstand und ein Fläschchen aus einer Tüte und sagte: »Das war ein Volltreffer. Ich habe das in seinem Rucksack gefunden.«

Rike verstand nicht gleich, was an dem dünnen Stöckchen so interessant sein sollte. Doch dann zeigte ihr Hendrichs noch einen kleinen roten Pfeil.

»Das benutzen Tierärzte für die Betäubung von Großtieren.« Das war mit großer Wahrscheinlichkeit eine der Tatwaffen, das Blasrohr, von dem Professor Dippold gesprochen hatte. Rike hatte ein gutes Gefühl, der Nebel lichtete sich. Sie hatten jetzt endlich den wahren Täter gefunden, der zur Tat in der Lage war und zudem bei ihrer Ankunft die Flucht ergriffen hatte. Brigitte Hein hatte ihren Sohn vermutlich in Schutz nehmen wollen und daher das Geständnis abgelegt.

Roth hatte ihr mitgeteilt, dass der Hubschrauber noch im Einsatz war und nicht gleich in den Norden kommen konnte.

So konnten sie nur hoffen, dass ihr Verdächtiger die Rettungsbake in Richtung Sahlenburg rechtzeitig erreichte und dann festgenommen werden konnte.

Direkt hinter diesem Metallkorb über dem Meer wäre in Richtung Sahlenburg am Festland noch der tiefste Priel zu queren, dieser müsste mittlerweile schon ein reißender Fluss geworden sein. Die Strömung während des auflaufenden Wassers war so stark, dass Jansen eigentlich keine Chance hatte, ans Festland zu kommen, wusste sie von ihren Ermittlungen zum Verschwinden des Wattrockers im Norden der Insel. Die Cuxhavener Kollegen mussten die Rettungseinrichtung überwachen, ob der Verdächtige dort auftauchte.

KAPITEL 49

Er konnte an nichts anderes mehr denken, seit er die Insel verlassen hatte. Irgendwie hatte Paul seine Vorlesung an der Uni hinter sich gebracht und wie ein Roboter mechanisch die Fragen der Studenten beantwortet. Er spürte ihre fragenden Blicke. Sie hatten natürlich mitbekommen, dass ihr Dozent mit seinen Gedanken ganz weit weg war.

Er war verliebt wie noch nie zuvor in seinem Leben, doch er hatte es nicht gewagt, seiner Angebeteten ein Geständnis zu machen. Er hatte sich alle möglichen Situationen vor Augen geführt, wo sie ihn in ihrer schlagfertigen Art auf die Schippe genommen hatte, und dann hatte er Angst vor der eigenen Courage bekommen. Mehrmals hatte er versucht, eine Erklärung zu formulieren, doch seine eigenen Worte erschienen ihm zu langweilig, zu schwülstig oder einfach zu abgedroschen, um wirklich das auszudrücken, was er fühlte.

Lethargisch lag er auf seinem Ledersofa vor dem Kamin, den er angeheizt hatte. Draußen war wieder einmal typisches Hamburger Schmuddelwetter, der Himmel hüllte sich in tiefes Grau, und es regnete ohne Unterlass. Eine kleine Hoffnung blieb ihm noch, denn er würde in jedem Fall auf die Insel zurückkehren müssen. Bevor er abreiste, hatte er noch den früheren Insellehrer kennengelernt, der in seinem Rollstuhl oft vor dem Laden von Peter Hein gestanden hatte. Mit zwei gleichaltrigen ehemaligen Gastwirten hatte der ein kleines heimatgeschichtliches Archiv angelegt.

Nach diesen Aufzeichnungen über die räumliche Entwicklung der Insel, die sich durch Deichbauten und Anschwemmungen von Sand und Landgewinnungsmaßnahmen mehrfach verändert hatte, musste er seine Karte anders interpretieren. Der kleine Friedhof hatte vor dem damaligen Deich gelegen, an dieser Stelle würde sich nach 600 Jahren nichts mehr finden lassen.

»Der Störtebekerschatz!«, hatten die Herren laut lachend ausgerufen. Die Insulaner hätten in der Vergangenheit selbst scheinbar wertlose Schiffsladungen wie Holz oder Stoffe in Sicherheit gebracht, wie sie sagten, und auch den einen oder anderen Piratenschatz geborgen, ob er denn ernsthaft glaube, die hätten einen Schatz 600 Jahre liegen lassen.

Das glaubte er natürlich nicht, aber er wollte niemandem erzählen, was er wirklich suchte. Er hoffte darauf, dass noch Gegenstände zu finden waren, die Störtebeker zuzuordnen waren und die Schatzsucher gar nicht interessiert hatten. Denn aus diesem Grund hatte er den Schädel aus dem Museum entwendet, den er selbstverständlich zurückgebracht hätte. Durch einen DNA-Vergleich hätte er die wissenschaftliche Sensation des Jahrhunderts enthüllen können, nämlich das Rätsel um den berühmtesten deutschen Piraten zu lösen. Störtebeker war ein Mythos, und sein Buch über den Piraten würde ein Bestseller, er könnte die Filmrechte bis nach Hollywood verkaufen. Das wäre ein wesentlich besserer Fund als ein Kasten voller Goldmünzen, denn die könnte er nirgendwo legal verkaufen und müsste den Fund mit dem Land Hamburg teilen.

Er hoffte, auf etwas zu stoßen, das ihn weiterbrachte. Selbst Kleidungsstücke oder Gebrauchsgegenstände konnten vielleicht mit heutigen Analysemethoden neue Erkenntnisse bringen. Irgendetwas musste doch zu finden sein. Er war fest entschlossen, seine Suche später fortzusetzen. Er holte sich ein neues Bier und ließ den Blick über die verstreuten Unterlagen schweifen, die noch vom Besuch der Bullen auf dem Boden verteilt waren. Normalerweise hätte er sich darüber wahnsinnig geärgert, doch seine Gedanken kehrten wieder zurück zur Insel.

Selbst wenn er der berühmteste Störtebekerforscher aller Zeiten war, diese verpasste Gelegenheit konnte er niemals mehr aufholen. Noch nie in seinem Leben hatte er eine Frau getroffen, die ihn so sehr faszinierte wie Margo. Er dachte an die Nacht, die er in ihrem Zimmer verbracht hatte, wenn auch in getrennten Betten. Wie nah sie sich im Geiste waren, was für ein einmaliges Gefühl! Das ging auch über einfache Verliebtheit hinaus, sie war die Frau seines Lebens. Er ließ sich aufs Sofa fallen und verfluchte sich, dass er nichts gesagt hatte. In drei Tagen würde sie die Insel verlassen und nach Berlin zurückkehren. Ob sie dann auch zu ihrem Lebensgefährten zurückging, wusste er nicht. Da kam ihm eine Idee. Er sprang auf und rannte zu seinem Telefon.

KAPITEL 50

Rike atmete tief den Duft von Rosen und Lavendel vor dem Fenster ihres Hauses ein und blickte hinab zur Elbe, in der sich die Abendsonne goldrot spiegelte. Das Treppenviertel war landschaftlich für sie nicht weniger schön als die Nordseeinsel Neuwerk, zudem lag es auch noch am Rande der Großstadt, sie konnte am Morgen durch die Natur spazieren und abends in die Oper gehen, jedenfalls theoretisch. Sie konnte sich gar nicht mehr erinnern, wann sie zuletzt einmal zeitig genug aus ihrem Büro gekommen war.

Eigentlich hatte sie für diesen Abend ihre Lieblingsnachbarn Carlos und Stefan eingeladen, doch die hatten am Tag davor wieder abgesagt und von irgendeinem Fest bei einer Freundin gesprochen. Auch ihre beiden Kollegen Mareike und Hendrichs, denen sie sich nach dem gemeinsamen Inselleben freundschaftlich verbunden fühlte, hatten an dem Abend keine Zeit. Aber Rike war entschlossen, den Abend zu Hause zu genießen.

Prinz lag schnarchend unter dem Tisch, und sie musste bei dem Geräusch lächeln, obwohl sie sich gerade über ihren Vierbeiner geärgert hatte. Der hatte prompt ihre für den Abend eingekauften Grillspieße, die sie auf dem Küchentisch vergessen hatte, fein säuberlich abgenagt.

Rike war zumindest froh, der Blamage entgangen zu sein, die Gäste ohne Essen zu empfangen. Sie hatte aus dem Feinkostladen einen leckeren Kartoffelsalat bestellt, den sie sich nun ohne Beilagen auf den Teller lud. Ihre Großmama war eine wundervolle Köchin gewesen, und Rike bedauerte wieder einmal, dass sie sich nie für haushaltliche Dinge interessiert hatte.

Vor einer Woche war sie mit den Kollegen von der Insel zurückgekehrt, und allmählich kam sie zur Ruhe, die Albträume, die sie auf der Insel verfolgt hatten, wurden seltener. Ihr Chef hatte besorgt gefragt, ob sie nicht die Polizeipsychologin konsultieren wolle, doch das hatte sie entschieden zurückgewiesen. Nicht alle Männer waren ihr so wohlgesonnen wie ihr Mentor Karl Roth, und in dieser Männerwelt hieß es schnell, dass Frauen zu zart besaitet für diesen Beruf seien. Rike war sich sicher, dass die grausame Art des Tötens auf der Insel Männer mindestens genauso schockiert hatte.

Ganz zufrieden war sie nicht mit der Aufklärung des Falls, denn die eigentlich Schuldige würden sie wohl nicht belangen können.

David Jansen, der vermutlich im Watt umgekommen war, hatte die Taten ausgeführt, das konnten sie durch die zahlreichen Indizien beweisen. Sie hatten das Naturschutzzentrum, den Garten und seine Wohnung penibel untersucht, der Techniker Volker Hendrichs war schließlich in der Regenwassertonne im Garten auf ein längliches Paket gestoßen. In einer wasserdichten Plastikhülle befand sich eine Art Machete mit einer leicht gekrümmten Klinge, die sich nach vorne verbreiterte. »Ein Kukri-Schwert«, hatte der Kollege nach längerer Betrachtung festgestellt.

»Wurde das schon in anderen Fällen als Tatwaffe eingesetzt?«, hatte Rike ihn gefragt. Doch er konnte sich nicht an Ermittlungen erinnern, in denen ein solches Schwert eine Rolle gespielt hatte. Hendrichs kannte diese Art der Machete von einer Nepalreise. »Dieser Säbel gehört zur traditionellen Uniform. Die scharfe Klinge eignet sich aber auch hervorragend für Urwald-Expeditionen, mit keinem anderen Werkzeug lässt sich so leicht der Weg durch das Unterholz freihauen«, hatte er erklärt.

Im Nationalparkhaus stießen sie auch auf einen massiven geschmiedeten Nagel, der genauso aussah, wie die beiden, mit denen die Schädel der Toten befestigt waren.

Niemals hätten sie dieses Beweisstück ohne Prinz gefunden, denn es war ausgerechnet in der Pappmascheefigur eines Eisbären versteckt, wo sich sonst der Lautsprecher befand. Prinz hatte den Bären einfach umgeworfen, und sie hatte ihn schon zurechtweisen wollen. Doch als sie ihn knurren hörte, ahnte sie, dass er etwas Verdächtiges erschnüffelt haben musste. Er hatte an der Figur gescharrt, bis sie die Klappe an der Unterseite gefunden hatte, wo der Nagel, in einem Handtuch eingewickelt, verborgen war. Dieses Exemplar war wohl für das Opfer Nummer drei vorgesehen. Diese handgeschmiedeten Metallstifte stammten von einem Mittelalterdorf südlich von Hamburg, der Verkäufer hatte den Ranger wiedererkannt. Und wenn Jansen auch eindeutig der Täter war, sie waren überzeugt davon, dass Brigitte Hein seine Auftraggeberin war. Sie hatte ihren Sohn zu den Taten angestiftet, im Gegensatz zu ihm hatte sie ein starkes Motiv für die Verbrechen.

Doch Brigitte Hein hatte die Tat nach dem Verschwinden von David im Watt geleugnet und ihr Geständnis widerrufen. Angeblich hatte sie das Geständnis nur abgegeben, um ihren Sohn zu schützen. Da dieser vermutlich im Watt umgekommen war, gab es nun keinen Grund mehr für sie, zu lügen.

Sie hatte sich ausgerechnet Waissmayr als Anwalt genommen, und der hatte sie innerhalb von kürzester Zeit aus der Untersuchungshaft freibekommen. Es gab hingegen keinen Zweifel, dass David Jansen die grausamen Morde verübt hatte. Das Betäubungsmittel in den Pfeilen, die Hendrichs gefunden hatte, entsprach dem Gift aus den Gewebeproben der Opfer. Jansen hatte während seiner Ausbildung häufig mit Betäubungspfeilen für Zootiere zu tun gehabt. Professor Dippold hatte die Mordwerkzeuge, das gebogene Schwert und das Blasrohr mit den Pfeilen untersucht und ihre Vermutung bestätigt. Außerdem hatten sie bei einer weiteren Durchsuchung auf der Insel ein holländisches Lastenfahrrad mit Elektroantrieb gefunden, dessen Abdrücke genau mit denen übereinstimmten, die sie bei ihrem zweiten Besuch an der Ostbake gefunden hatte. Dieses Fahrrad nutzte der Ranger als Dienstfahrzeug, er hatte es aber im Feuerwehrschuppen unter einer Plane versteckt, vermutlich, nachdem er den Schädel von Johann Stolten an der Ostbake angenagelt hatte. Die Plastiktüte, die sie am Badehaus gefunden hatte, trug nur David Jansens Fingerabdrücke, darin hatte er den Kopf aufbewahrt und transportiert.

Die Blutuntersuchung am Tatort hatte ergeben, dass Jansen seine Opfer beide im Leuchtturmkeller enthauptet hatte. Nicht auf alle Fragen hatten sie eine Antwort gefunden, beispielsweise wussten sie nicht, was in der Viertelstunde geschehen war, nachdem er die Betäubungspfeile abgeschossen hatte. Wollte er von den Opfern noch ein Geständnis über die unterlassene Hilfeleistung auf dem Schiff, als Tim verblutet war, und hatte er es bekommen? Die Antwort auf diese Frage hatten Täter und Opfer mit ins Grab genommen. Sie konnten auch nur mutmaßen, warum Hein bei lebendigem Leib geköpft worden war. Brigitte Hein und er hatten keine gute Ehe geführt. Sie hatte ihr Leben lang ihrer ersten großen Liebe nachgetrauert, und ihr Mann hatte irgendwann mit Gewalt darauf reagiert. Ihren Sohn hatte er geradezu verabscheut, und der Junge wuchs in verschiedenen Kinderheimen auf. Hein war nicht der Vater von David Jansen, Brigitte Hein hatte auf die Frage der Vaterschaft nur mit hartnäckigem Schweigen reagiert. Zeugen hatten aber ausgesagt, dass der Inselkaufmann nicht akzeptieren wollte, dass sie vor der Ehe ein Kind gehabt hatte, und den Jungen so heftig verprügelt, dass seine Mutter es für besser befunden hatte, ihn in ein Heim zu bringen. Vor allem seit der Scheidung hatten Mutter und Sohn dann ein sehr enges und inniges Verhältnis gepflegt. Rike fand es erstaunlich, dass der Biologe trotz seiner Vergangenheit als Heimkind so brilliante Abiturnoten und Studienergebnisse erzielt und Karriere gemacht hatte. Sie kannte nur wenige Menschen, die trotz einer so schwierigen Kindheit so weit gekommen waren, allerdings hatte die Vergangenheit Jansen am Ende doch eingeholt. Er musste einen unbändigen Hass auf seinen Stiefvater gehabt haben, um diesen so zu ermorden.

Sie dachte auch an ihren irrtümlich Verdächtigen Nummer 1, Paul Conelly, der hatte ja nun wirklich ein starkes Motiv gehabt. Und auch mit der Malerin Margo Valeska hatte sie sich geirrt, aber ihr Instinkt hatte in einem Fall nicht getrogen. Die Dame hatte ihre eigenen geheimen Ermittlungen geführt und immer wieder ihre Arbeit behindert.

Rike wurde aus ihren Gedanken gerissen, da das Telefon penetrant klingelte. Eigentlich wollte Rike diesmal ihren Vorsatz wahrmachen und an ihrem freien Tag nicht antworten, doch als sie auf dem Display sah, dass ausgerechnet Karl Roth versuchte, sie zu erreichen, nahm sie das Gespräch widerwillig an.

»Ich muss Sie dringend zu einer Besprechung im Turm bitten, der Polizeipräsident lässt mir keine Wahl«, sagte er sehr ernst, und Rike erschrak. Ein Auto sei schon unterwegs und würde sie in einer halben Stunde abholen. Neulich war er noch voll des Lobes gewesen, als sie gemeinsam von der Insel abgereist waren.

Natürlich waren dem Team einige Fehler unterlaufen, es war schließlich ihr erster großer Fall und kein gewöhnlicher Mord. Obwohl, gab es das überhaupt? Seufzend stellte sie ihr »Becks« wieder in den Kühlschrank und pfiff nach Prinz, der freudig kläffend unter dem Tisch hervorkam. Sie nahm ihn kurzerhand mit, sie hoffte, dass einer der Kollegen auf ihn aufpassen würde, während sie sich ihren Anpfiff abholte. Sie seufzte, als sie die blaue Holztür abschloss und auf das Polizeiauto zuging, das schon vor dem Haus stand. Drinnen saßen die beiden jungen Kollegen, die sie auf den Flughafen gefahren hatten.

»Wieder zum Hubschraubereinsatz?« Der Fahrer zwinkerte Rike verschwörerisch zu.

»Heute bitte nur zum Fahrstuhl des Polizeipräsidiums«, flachste sie zurück, lehnte sich im Polster zurück und streichelte Prinz den Kopf, den er auf ihre Knie gelegt hatte. Noch immer steckte ihr die Müdigkeit in den Knochen, und sie musste aufpassen, vom gleichmäßigen Schaukeln des Wagens nicht direkt in den Tiefschlaf zu gleiten. Dann würde sie verschlafen und strubbelig beim obersten Dienstherrn eintreffen. Sie sah aus dem Fenster und dachte über ihre Argumente nach, um ihrem obersten Chef zu erklären, wie es zu den Fehlern gekommen war. Sie war müde, als sie am Präsidium eintrafen, und hätte am liebsten auf der Rückbank geschlummert. Rike hatte sich ein paar Sätze zurechtgelegt, um sich für alle möglichen Vorwürfe zu ihren Ermittlungen rechtfertigen zu können. Angespannt fuhr sie zu Roth in die oberste Etage, nickte der Sekretärin zu und ging schnurstracks auf das Chefbüro zu. Sehr ernst sah Karl Roth sie an und bat sie, Platz zu nehmen.

»Was haben wir denn falsch gemacht?«, fragte er dann streng. »Aber wir haben den Fall doch gelöst. Natürlich gab es Fehler …«, stammelte Rike.

Was sollte das? Sie verstand die Welt nicht mehr. Dann stand Roth auf und bat sie, ihm zu folgen, wortlos ging er voran in Richtung des gegenüberliegenden Gebäudeflügels. Er murmelte etwas von »Sonderkommission« und ging in den Konferenzraum, wo er sie bat, vor der Tür zu warten. Dann winkte er sie herein und Rike traute ihren Augen nicht. Ihr ganzes Team war versammelt, viele Kollegen aus den Mordbereitschaften, und in der Ecke standen ein Mikrofon, Schlagzeug und ein Keyboard. Darüber blinkte eine Reihe Blaulichter. Das konnte nur »BlueLight« sein, die polizeieigene Rapper-Band.

Rike war völlig überrumpelt, als sie das Lied hörte:

»Rike von M, du bist der Star, ab heute bist du Hauptkommissar.« Rike konnte nicht an sich halten, und obwohl sie wusste, dass dies absolut verpönt war, konnte sie eine Träne der Rührung nicht unterdrücken. Sie wischte sie schnell weg und hoffte, dass die Kollegen ihre Gefühlsduselei nicht bemerkt hatten. Nachdem ihr Roth zur Beförderung gratuliert hatte, sah sie einen riesigen Blumenstrauß und dahinter ihre Freunde Carlos und Stefan. Nun wusste sie, welche Party die beiden gemeint hatten. Mareike und Hendrichs überreichten ihr einen Karton, aus dem sie ein nagelneues Hundehalsband zog mit dem Aufdruck »Kommissar Prinz«.

KAPITEL 51

Margo war es wehmütig ums Herz, als sie ihren Koffer packte. Sie stieg noch einmal die Stufen zur Aussichtsplattform des Leuchtturms hinauf und beobachtete, wie sich die graublau glitzernde Wüstenlandschaft um die kleine grüne Insel langsam wieder mit Wasser füllte. Sie ließ ihren Blick auf dem schiefen Viereck mit seinen Höfen und Weiden ruhen, wo ein Teil ihrer Vorfahren seit Jahrhunderten gelebt hatte. Es war gut, dass sie gekommen war, und sie konnte nun Frieden mit ihrer Vergangenheit schließen.

Die Ereignisse der vergangenen Wochen waren schrecklich, doch die Insel war ihr trotzdem irgendwie ans Herz gewachsen. Sie fühlte sich aber nicht in der Lage, die Einsamkeit nach all den Erlebnissen weiter auszuhalten. Sie konnte es noch immer nicht fassen, dass ausgerechnet David diese grausamen Taten begangen hatte und nun tot war. Er hatte keine Chance mehr gehabt, bei auflaufendem Wasser das Festland zu erreichen. Und die ehemalige Freundin ihrer Mutter hatte tatsächlich versucht, sie aus dem Weg zu räumen. Ausgerechnet von ihr hatte sie sich Trost erwartet und die Wahrheit. Sie hatte Antworten gefunden, auch wenn noch immer vieles offenblieb. Auch die schreckliche Mordserie würde sich wahrscheinlich nie ganz aufklären lassen. Vermutlich war Brigitte Hein die Anstifterin der grausamen Morde gewesen, doch sie war so schlau, dass man das vermutlich nie nachweisen konnte. Sie hatte ihr Geständnis zurückgezogen, nachdem feststand, dass David ums Leben gekommen war.

Margo war entsetzt, dass sie sich so in David getäuscht hatte. Sie hatte den Naturschützer anfangs als ihren einzigen

Vertrauten auf der Insel betrachtet. Sie wusste noch immer nicht, wer sein Vater war. David war nur zwei Wochen jünger als sie selbst.

Möglicherweise war er ihr Halbbruder, vielleicht hatte Brigitte sich aber auch bei einem der anderen Jungen ausgeweint. Vielleicht hatte sie damals schon gespürt, wie es um ihren Tim stand und die bevorstehende Trennung einfach nur verdrängt, nachdem er umgekommen war. Margo wollte aber lieber mit diesem Teil der Vergangenheit abschließen.

Sie war froh zu wissen, wer höchstwahrscheinlich ihr Vater war. Der Insellehrer hatte ihr noch einige Kinderbilder von ihm geschenkt. So gerne hätte sie seinen Bruder Jo Prell noch so vieles gefragt, doch der Sänger war nicht wieder aufgetaucht, auch seine Leiche war noch immer nicht gefunden worden, man nahm an, dass er ertrunken war. Um sich innerlich zu verabschieden, war Margo am Tag zuvor nochmals zur Vogelinsel gelaufen und hatte an der Stelle innegehalten, wo der Traktor in etwa gestanden hatte. Außerdem hatte sie noch eine Schuld zu begleichen. Sie hatte die halben Bestände der Pension an Keksen und Schokolade in ihren Rucksack gepackt und sah schon von Weitem die Punkerin vom Ufer der Vogelinsel Scharhörn winken.

Längst hatten die Gänse sie erspäht und waren aufgeregt hochgeflattert. Sie winkte zurück und ging auf den »Vogelpalast« zu, wie das Stelzenhaus auf der Insel genannt wurde.

»Heute siehst du aber viel gesünder aus als neulich«, hatte die Vogelwartin sie begrüßt.

»Ich weiß gar nicht, wie ich dir danken soll. Du hast mein Leben gerettet.« Margo war gerührt über diese mutige und herzliche junge Frau. Sie packte die Vorräte aus, von denen sie wusste, dass Marlen Wilkens sie in ihrer Einöde schmerzlich vermisste.

»Ein Kaffee wäre nett, dann muss ich wieder«, sagte sie, als sie die kindliche Freude sah, mit der die Punkerin sich ein Stück Schokolade in den Mund schob. Sie war in den weißen Container neben dem Holzhaus gegangen und kam mit zwei Tassen wieder. Sie stießen mit dem Kaffee auf Jo an, den sie beide gemocht hatten. Dann sah Margo auf die Uhr, es war höchste Zeit, um noch bei Ebbe zurück auf die Insel zu kommen. Die beiden Frauen umarmten sich, und Margo ging mit zügigen Schritten in das Watt in Richtung Neuwerk. Sie dachte daran, wie sie mit Jo auf genau diesem Weg mit dem Traktor hinausgefahren war. Er hatte verzweifelt gewirkt, so als hätte er keine Freude mehr am Leben, dachte sie im Nachhinein. Ganz hatte sie die Hoffnung nicht aufgegeben, dass er überlebt haben könnte. Wenn sie an ihn dachte, stellte sie ihn sich gerne an schönen Orten irgendwo auf der Welt vor, wo er an einem Strand unter Palmen saß und Gitarre spielte.

Zurück in der Pension packte sie ihre Sachen. Im Turm war es still, nachdem alle Gäste abgereist waren. Die Kommissarin hatte sich überraschenderweise sogar bei ihr entschuldigt. Es wurden keine Ermittlungen wegen des mutmaßlichen Todes von Jo gegen sie aufgenommen, denn es erschien tatsächlich unsinnig, dass sie ihn gegen seinen Willen ins Watt gelockt haben könnte. Die Menkendorf hatte tatsächlich zugegeben, dass sie zuvor auf dem Holzweg gewesen war und Margo erheblich zur Aufklärung des Falls beigetragen hatte. Die Polizisten waren vor einigen Tagen zurück nach Hamburg geflogen worden. Sie hatte mitbekommen, dass der ältere Herr der Menkendorf gratuliert hatte. Die hatte sie tatsächlich gefragt, ob sie mal auf dem Festland einen Kaffee trinken gehen wollten. Das konnte sie sich allerdings nach all den Feindseligkeiten beim besten Willen nicht vorstellen.

Margo hatte sich entschlossen, die Insel so bald wie möglich zu verlassen. Eine der Studentinnen aus dem Nationalparkhaus war bereit, die Pension über den Winter zu betreuen. Als sie gerade ihre Jacke anziehen wollte, bemerkte sie etwas, das in ihrer Tasche knisterte. Es war eine vergilbte Zeitungsseite, die sie überrascht auseinanderfaltete und las.

Der letzte Pirat

Verschmitzt deutet Ludwig Prell auf ein hölzernes Steuerrad an der Wand des Gasthauses, das sein Enkel betreibt. »Jahrelang saß die Polente einmal in der Woche direkt davor«, sagt er lächelnd. Die Polizisten ermittelten wegen des Einbruchs auf der ›Emmanuel M.‹, einem griechischen Frachter, der im Dezember 1967 auf dem Scharhörnriff gestrandet war.

»Wir haben dort ein wenig aufgeräumt«, verrät der letzte Pirat der Insel Neuwerk, der heute seinen 90. Geburtstag begeht, dem Reporter der ›Cuxpost‹. In jedem Fall sei der kleine Ausflug mittlerweile verjährt.

Ganz Deutschland saß damals vor dem Fernseher, als der imposante Frachter nach mehreren Anläufen nicht geborgen werden konnte und von seiner Reederei aufgegeben wurde. Die Matrosen durften ein letztes Mal auf ihr Schiff, um ihre Habseligkeiten in Sicherheit zu bringen. Viel fanden sie allerdings im Beisein der Reporter nicht mehr vor, selbst die Halterung mit dem Fernglas des Kapitäns war leer, alle Wertsachen weg, nur drei Ostgroschen hatten die Strandräuber übrig gelassen.

»Die ›Emmanuel M.‹ war eine Herausforderung, denn der Bug war über 100 Meter hoch. Da gehörte schon Mut dazu«, sagt Prell heute. Er verweist auf die Tradition der

Insel. Schon immer gingen die Neuwerker »stranden«, bei einer Strandung gab der Turmvogt einen Kanonenschuss ab, sofort machten sich die Inselbewohner auf den Weg, um die Schiffsladungen zu bergen. Das Strandgut wurde, mit Namen der Berger beschriftet, im Turm gelagert, die Finder erhielten am Ende einen Teil des Auktionserlöses. Früher setzten die Insulaner manchmal Irrlichter auf die Riffe, damit die Schiffe auf Grund liefen und sie das Strandgut bergen konnten.

Doch die Rettung der Menschen habe immer im Vordergrund gestanden, betont der letzte Pirat, in dessen Haus so manches Erinnerungsstück seinen Platz gefunden hat. Er sei übrigens nicht der letzte Pirat, er habe einen sehr begabten Enkel, den er bereits angelernt habe.

Margo war gerührt, das musste ihr Urgroßvater sein. Was für ein wunderschönes Andenken an die Insel und die Familie ihres Vaters. Sie steckte den Artikel in ihr Skizzenbuch und schloss ihre Tasche. Wer hatte ihr wohl diesen Artikel unbemerkt in die Tasche gleiten lassen?

Nachdem sie sich beim Lehrer verabschiedet hatte, brachte sie den großen rostigen Schlüssel des Leuchtturms in das Nationalparkhaus.

Auf dem Weg zum Schiffsableger sah sie aus der Ferne den Cowboy, der ein Pferd an der Longe trainierte. Diesen Mann würde sie nicht vermissen. Wenn der früher mit der Polizei geredet hätte, könnten seine beiden ermordeten Kameraden vielleicht noch leben. Stattdessen hatte er diese irrwitzige Entführung versucht und ihr die Schuld in die Schuhe schieben wollen. Als Margo vorüberging, nickte ihr der Inselbürgermeister mit seinem üblichen finsteren Blick zu.

Margo hoffte, dass das Wassertaxi, das sie aus Cuxhaven bestellt hatte, pünktlich war. Als sie den Deich hinaufkam, sah sie einen Mann nervös hin und herlaufen. Das war doch unmöglich, sie sah Gespenster.

Margos Herz klopfte stark, er war es wirklich.

»Margo, Lust auf eine Spritztour?«, fragte Paul und strahlte.

»Gestatten, Klaus S«, er deutete auf ein weißes Schiff am Anleger und nahm Margo, die noch immer wie angewurzelt dastand, den Koffer aus der Hand. Eigentlich hatte sie bei der Reederei in Cuxhaven ein Wassertaxi bestellt. Paul hatte nur gewusst, dass sie nach seiner Abreise noch etwa eine Woche auf der Insel bleiben wollte. Dann hatte er in der Reederei ihr genaues Abreisedatum erfragt und das Wassertaxi abbestellt, verriet er ihr.

»Ich habe drei Tage gebraucht, um aus Hamburg bis hierher zu fahren«, sagte er, als er in Richtung Steg ging und dabei unsicher lächelnd fragte:

»Oder willst du doch lieber ein normales Wassertaxi rufen?«

»Ist das dein Hausboot?« Margo war perplex, sie hätte nicht damit gerechnet, Paul wiederzusehen, nachdem der so sang- und klanglos verschwunden war. Sie hatte auch nicht gewusst, dass er überhaupt mit seinem Hausboot durch die Gegend fuhr. »Der Kahn wird ja hoffentlich nicht sinken wegen des schweren Koffers«, zog sie ihn dann auf, folgte ihm über den Steg auf das Schiff. Ihm schien wirklich etwas an ihr zu liegen. Sie wusste noch nicht, ob daraus mehr werden könnte. Jetzt, nachdem sie ihre Wurzeln gefunden hatte, wollte sie ihr Leben neu ordnen.

Sicher war sie sich, dass sie keine Kompromisse mehr in ihrem Liebesleben eingehen, sich nicht länger mit einer leidenschaftslosen Beziehung abfinden wollte. Das war eine Lehre, die sie aus den letzten Wochen mitnehmen wollte. Sie dachte an Renata und Brigitte und wie Letztere eine hasserfüllte alte Frau geworden war, die niemals dort gelebt hatte, wo sie wollte, an all die Jahre, die sie an der Seite eines ungeliebten Mannes verloren hatte und dabei immer einer Liebe aus der Vergangenheit nachtrauerte. Lange schaute sie zurück auf Neuwerk, bis die Insel aus ihrem Blickfeld verschwand und der Leuchtturm nur noch wie eine kleine Nadel aus der tiefblauen Nordsee hervorragte.

DANKSAGUNG

Ein besonderer Dank an den »letzten Piraten auf Neu-werk« Lüder Griebel für spannende Interviews. Svenja und Christian Griebel steuerten Fakten und historisches Archivmaterial bei, ebenso Alina Griebel. Imme Flegel vom Nationalparkhaus Neuwerk und ihrem Team danke ich für Informationen und Wandertouren. Wattwagen-fahrerin Anke Rosenkranz berichtete nicht nur über den Fuhrverkehr, sondern brachte die Autorin bei jedem Wet-ter sicher an Land – bei Hagel, Sturm oder hohem Was-serstand.

Herzlichen Dank an den Hamburger Polizeihauptkom-missar Holger Vehren für die Beratung zur Polizeiarbeit und die Einladung ins Präsidium. Der Historiker Dr. Ralf Wiechmann erläuterte Annahmen über die Identität des Piraten Störtebekers, über die im Buch unwissenschaft-lich spekuliert wird.

In medizinischen Fragen unterstützten mich Henry Priebe und Dr. Erika Ziegert, sowie Roman Scholz und Debora Gavish vom Genlabor IGenea AG. Bei der Suche nach dem richtigen Tatwerkzeug beriet Holzapfel Berlin.

Dem Text verhalf Claudia Senghaas vom Gmeiner-Verlag den richtigen Schliff – dafür ein herzliches Dankeschön. Ohne meinen Agenten Michael Wenzel wäre das Buch nicht erschienen, vielen Dank. Zudem stand mir Julia Wagner von

DeinTextDeinBuch mit Ratschlägen zur Seite. Last, but not least danke ich meinem Mann Andreas für seine Unterstützung und sein Engagement als Testleser.

*Weitere Titel finden Sie auf den
folgenden Seiten und im Internet:*

WWW.GMEINER-SPANNUNG.DE

Alle Bücher von Susanne Ziegert:

**Kommissarin Friederike
von Menkendorf
ermittelt:**

1. Fall: Störtebekers Erben
ISBN 978-3-8392-2266-9

2. Fall: Tod im Leuchtturm
ISBN 978-3-8392-2596-7

3. Fall: Tod vor Helgoland
ISBN 978-3-8392-0202-9

4. Fall: Küstendorf
ISBN 978-3-8392-0368-2

**5. Fall: Verrat auf
Helgoland**
ISBN 978-3-8392-0738-3

**6. Fall: Wattrennen in
den Tod**
ISBN 978-3-8392-0831-1

weitere:

**Der kleine Pferdehof
am Deich**
ISBN 978-3-8392-0573-0

GMEINER SPANNUNG

WWW.GMEINER-VERLAG.DE
Wir machen's spannend

Sibylle Narberhaus
Sylterbe
Roman
336 Seiten, 12,5 x 20,5 cm,
Broschur
ISBN 978-3-8392-0908-0

Als die Kunststipendiatin Leonie Mahnke spurlos ver-
schwindet, folgt die Polizei rätselhaften Hinweisen entlang des Kampener Kunst- und Kulturpfads. Die Lage
spitzt sich zu, als die Leiche der Stiftungsleiterin Marti-
na Engelhorst aufgefunden wird. Wer ist für ihren Tod
verantwortlich? Gibt es eine Verbindung zur entführten
Stipendiatin? Während die polizeilichen Ermittlungen
auf Hochtouren laufen, kommt Landschaftsarchitektin
und Hobbyermittlerin Anna Scarren dem Entführer
unwissentlich gefährlich nahe und begibt sich selbst in
größte Gefahr. Ein Wettlauf gegen die Zeit beginnt.

SPANNUNG

GMEINER

WWW.GMEINER-VERLAG.DE
Wir machen's spannend